I0749657

LA CONQUISTA DEL HEARTLAND

Sonata de Pekín

Iker Izquierdo

LA CONQUISTA DEL HEARTLAND

Sonata de Pekín

Biblioteca **Creativa**

LA CONQUISTA DEL HEARTLAND: SONATA DE PEKÍN

Biblioteca Creativa

Editor, Miguel Rubio Lastra, Ediciones Catay Co. 佳台書店

40758, Taichung (Taiwán)
edicionescatay.com

Primera edición, abril de 2026
ISBN 978-626-92755-3-3 (tapa blanda)

ÍNDICE

A mis padres Fernando y María Ángeles,
a mi hermana Estibaliz y a mi sobrino Alain.

Quien gobierne Europa del Este dominará el *Heartland*;
quien gobierne el *Heartland* dominará la *Isla-Mundial*;
quien gobierne la *Isla-Mundial* gobernará el mundo.
HALFORD J. MACKINDER,
The Geographical Pivot of History

Yo estaba enamorado del amor…
Carta de Fabrizio del Dongo a la duquesa Sanseverina
STENDHAL,
La Cartuja de Parma

ÍNCIPIT

Debo una disculpa al lector, pues en mi anterior obra había prometido que no volvería a recurrir al artificio del manuscrito. En cierto modo, he cumplido a medias. Me explicaré. Poco después de editar las memorias de mi amigo Mateo Cortina —a quien, por cierto, estoy traicionando al revelar su nombre—, recibí en mi retiro taiwanés una caja procedente de Japón. Venía remitida por Haruka Barrientos Maeda. En el interior había varios cuadernos y algunos libros, además de un sobre con una nota dentro, firmada por Sebastián Barrientos a la atención de Iker Izquierdo. Decía así:

Querido amigo:

Me temo que tengo malas noticias, porque si estás leyendo esta nota quiere decir que ya estaré muerto. Sé que debería haberte avisado, pero ya me conoces. No me gusta molestar a nadie. Imagínate el lío que hubiera supuesto para ti venir hasta Tokio para mi funeral. Con tu reúma y todo eso… ¡Quita, quita!

En fin, voy a ser muy breve y me ahorraré las loas a nuestra amistad, de cuya bondad siempre fuimos conscientes. Lee con atención. Lo que te envío son los diarios y manuscritos de Lope Carvajal. ¿Te acuerdas de él? Seguro que sí. Creo que lo llegaste a conocer en persona. Yo no. El caso es que todo este material cayó hace unos años en manos de Mateo, que no sabía qué hacer con él. Lo leyó y le pareció que tenían mucha enjundia, por eso me los remitió para que hiciera con ellos una serie de televisión o una novela, pero nunca tuve tiempo. Ya sabes cómo he estado toda mi vida, apurado con los gastos, escribiendo mierda para ganar dinero. Ahora que mi tiempo se acaba, te lo remito a ti. A lo mejor te quedan fuerzas para darle a Lope una historia que no desmerezca demasiado.

Un fuerte abrazo y espero que nos veamos en el cielo, o en el infierno, o donde sea.

Sebastián

Como parecía que, en efecto, todavía me quedaban algunas fuerzas y un deseo infantil de escribir un último libro, acepté el reto que había pasado de Mateo a Sebastián, y me dispuse a leer los diarios y notas de Lope Carvajal. Al principio, pensé en escribir una especie de estudio sobre su obra periodística con un enfoque biográfico, pero luego me di cuenta de que los dos años que vivió en Pekín bien merecían una novela. Nunca se me dio bien la ficción, pero tampoco la prudencia. Allí donde quizás debería haber callado, he escrito una historia que, por muy inverosímil que parezca, es verdadera. A no ser que Lope Carvajal mintiera en sus diarios. Todo puede ser, pero… ¿y eso qué importa? Veamos.

I
Bienvenido a Pekín

La noche en que Lope Carvajal llegó a Pekín fue declarada la más fría del siglo. Tiempo después, cuando abandonó la ciudad persiguiendo a un cervatillo, el clima sería muy distinto.

Los lagos de la capital acogían a entusiastas del patinaje sobre hielo, y los restaurantes de olla mongola rebosaban de comensales ansiosos por quemarse los labios con una sopa reconfortante. El pronóstico meteorológico anunciaba posibles nevadas para los próximos días, cortas e insuficientes como siempre lo eran en la región de Pekín, aunque quizás bastarían para blanquear, durante unas horas mágicas, los tejados centenarios de la Ciudad Prohibida. La venta de antigripales se disparó en las farmacias en previsión de los probables resfriados, y muchas personas mayores o con achaques renunciaron a salir de casa, quedándose al abrigo de la calefacción de gas natural. Por fortuna, los días de incertidumbre invernal, durante los que se especulaba con posibles estrecheces en el suministro de energía, habían quedado atrás, y los habitantes del norte de China saludaban alborozados y satisfechos los grandes acuerdos energéticos firmados con Rusia. Aun así, muchos ancianos seguían apegados a sus bolsas de agua caliente para caldear el lecho por las noches y a los vasos de agua tibia para entonar el estómago por las mañanas.

Aquella tarde, en uno de los aeropuertos de Pekín, un tren se puso en marcha con un movimiento suave y gracioso, como una ola gentil que llevara en volandas hacia la playa a una falúa rauda y briosa. Los torsos de los pasajeros se inclinaron ligeramente hasta que la inercia acompasó sus cuerpos a la velocidad del vagón. Una voz metálica, femenina y amable anunciaba en chino las paradas previstas en el trayecto y advertía a los usuarios del tren que no olvidasen sus pertenencias ni equipajes al bajar. Entre numerosos viajeros arrebujados en gruesos abrigos de plumón de ganso y gorros de lana neozelandesa, Lope Carvajal leía *Camino de servidumbre*, de Friedrich Hayek, y entre pasaje y pasaje echaba un vistazo a su alrededor, como si intentara identificar algún elemento del alma colectiva china, pero solo había viajeros cansados de largos vuelos y trabajadores bostezando tras todo un día trasladando maletas o sirviendo cafés en el aeropuerto.

Lope acababa de cumplir los veintiocho años y, tras varios cursos enseñando historia a adolescentes problemáticos de los pueblos de Madrid, decidió marcharse a la China con sus ahorros y matricularse en alguna universidad de la capital. Quería estudiar historia del oriente y geopolítica, y labrarse un futuro en el mundo académico del más alto copete, enseñando a los hijos de la burguesía internacional y codeándose con lo más granado de la universidad. En Madrid, tras un semestre infernal en Aldea del Fresno, comunicó estos planes a sus amigos, con la suerte de que uno de ellos, Nacho Perdomo —que se había afianzado en el *ABC* como reportero de la sección política—, le presentó al redactor de un nuevo periódico que llevaba varios meses en circulación. Parecía que la nueva cabecera contaba con más inversores cada día gracias a la novedad de sus análisis y a una perspectiva independiente, por lo que estaban intentando reforzar la sección internacional. Lope había escrito para algunas revistas varios artículos sobre distintos temas, y solían publicarle cartas al director en los periódicos. Además, siendo alumno Erasmus, había escrito un pequeño libro sobre su estancia en Manchester que recibió el elogio —pronto olvidado— de un escritor famoso en las páginas de *El Semanal*. Rubén Cortado, jefe de internacional del nuevo periódico, quedó gratamente sorprendido por la prosa de Lope y, sabiendo que pensaba mudarse a Pekín, le ofreció ser el corresponsal en la capital china. Si bien la paga no sería muy cuantiosa, le permitiría mantener el grueso de sus ahorros y quizás darse algún pequeño lujo.

China lo atraía desde hacía tiempo, no solo por razones de exotismo, sino porque el país estaba cada vez más presente en la realidad española. A pesar de la mala prensa de su régimen político, el fulgurante desarrollo económico chino no dejaba de sorprenderle. Lope pronto quiso desentrañar aquel secreto, y mientras seguía vagabundeando por Madrid de un colegio privado a otro, haciendo precarias sustituciones, comenzó a estudiar mandarín por Internet. Cuando llegó a Pekín, su nivel era medio, siendo muy generosos, pero había conseguido hacerse entender con las azafatas del avión y el personal del aeropuerto sin recurrir demasiado al inglés, algo que apuntaló su confianza y retrasó las inevitables frustraciones de comunicación inherentes al aprendizaje de un idioma. El agente que selló su pasaporte en la zona de control le sonrió con amabilidad y le dio la bienvenida a China. Lope percibió cierta alegría en su gesto, lo que le recordó a uno de sus profesores de la facultad de Historia de la Complutense, quien llegó a afirmar que en los países comunistas la risa era una *rara avis*.

Cerró el libro y consultó el mapa de metro en el móvil. Constató que todavía faltaba un rato para llegar. El tren corría ahora por la superficie, y los pasajeros contemplaban el ocaso descendiendo sobre la tierra. A lo lejos, semejando la luminiscencia de bombillas LED al final de su vida útil, el brillo pálido de las estrellas se confundía con las luces de la ciudad. El contorno de las torres de apartamentos era cada vez más nítido, y formaban un bosque de gigantes enhiestos entre las sombras, como cariátides sosteniendo el firmamento.

Se anunció la primera parada. Algunos viajeros bostezaron mientras estiraban tímidamente los brazos entumecidos por el frío. En el otro lado del vagón, una chica joven se levantó de su asiento y se sentó frente a él. Miraba absorta el paisaje nocturno por la ventana. Su rostro formaba un óvalo perfecto; la nariz recta lo dividía en dos partes simétricas, con sus grandes ojos acuosos de color caoba y una boca generosa de labios amelocotonados que dotaba de ambigüedad a su expresión. Unas veces parecía sonreír; otras, parecía sumida en la melancolía. El pelo liso, del color de la herrumbre, terminaba en un cuello blanco, casi de alabastro, que le tapaba las orejas menudas rematadas por dos pendientes sencillos. Un mechón rebelde le invadía de vez en cuando el campo de visión. En sus manos enguantadas sobaba un mechero metálico, como si no viera la hora de salir para fumarse un cigarrillo. Su belleza serena y enigmática captó enseguida la atención de Lope, que la contemplaba con disimulo y visible placer estético. ¡Cómo le hubiera gustado sacar la cámara y haberle hecho un retrato! En cierto modo, le recordó a su primera novia, una pianista de rasgos delicados que salía bien en todas las fotografías y cuyo plato preferido era la merluza rebozada con guarnición de puerros fritos.

Lope era muy sensible a la vista de las mujeres hermosas. A su edad, ya era muy consciente de su belleza y de su don para la conquista. Aunque nunca se enorgulleció de ello, pensaba sinceramente que se le daba mejor que la escritura, la enseñanza o la fotografía, a la que también era aficionado. Buena parte de los ahorros que traía de España procedían de trabajos como modelo para marcas de ropa, inmobiliarias de lujo y cadenas de hoteles. Su hermosura era latente, de esas que no impactan a primera vista, sino que cala lenta e inadvertida en los sentidos del observador. Había personas cuya belleza deslumbrante, lejos de suponer un regalo del cielo, les generaba dificultades imprevistas: la intimidación. Lope no intimidaba, sino que enamoraba como lo hacen las personas amables y los animales hermosos, y había desarrollado una serie de gestos que infundían confianza, por lo que las mujeres solían dar siempre el primer paso.

En cierto modo, por costumbre y por cansancio, él esperaba que aquella chica le hablase en cuanto posara la vista en su rostro. Pero no ocurrió así, y justo cuando se dio cuenta de que debía ser él quien iniciara la conversación, el anuncio de una nueva parada resonó en el vagón y la joven se levantó para bajar del tren. La siguió con la mirada. En el andén, se detuvo para comprobar que llevaba consigo todas sus pertenencias, y cuando el tren ya partía, echó una mirada fugaz hacia la ventana de Lope, el cual quedó convencido de que la joven se había resistido a no mirarle durante el tiempo que estuvo frente a su asiento. Se sonrió lamentándose de no haber podido conocer a aquella princesa urbana de enigmáticas facciones. Sacó su libreta y anotó una descripción de la chica. Podría servirle de inspiración para un cuento o quizás para esa novela que le rondaba la cabeza desde hacía años y que era incapaz de poner por escrito.

El tren adquirió velocidad y entró bajo tierra. El paisaje se convirtió en una pared negra y opaca con luces fugaces que se distorsionaban como una lluvia de Perseidas. La megafonía anunció la última parada: Beixinqiao. Muchos pasajeros comenzaron a moverse inquietos de acá para allá, organizando sus enseres, agarrando sus maletas y amontonándose en torno a las salidas. Lope hizo lo propio, comprobando las direcciones que tenía apuntadas. Su futuro compañero de piso lo estaría esperando en la salida tres. Era un iraní de nombre Farid, a quien le había sido presentado por el servicio de alojamiento de la universidad para alumnos que no habían tenido la suerte de conseguir acomodo en el campus. Lope contactó con él, y pronto se pusieron de acuerdo sobre su llegada.

Bajó del tren. Tras un momento de confusión, localizó las señales de salida y se dispuso a seguir la corriente principal del gentío. Atravesó el torno con las maletas y localizó la salida tres. Mientras subía por las escaleras mecánicas, una ráfaga de aire helado presagió la pronta llegada a la superficie. Las luces de las farolas se adivinaban en el trozo de cielo visible. Emergió en una ancha acera poblada de viandantes abrigados hasta la nariz, que pisaban con cuidado para no resbalarse con el barro. Un bulto negro se destacó entre la gente y le hizo señales con la mano.

—¡Hola! ¿Eres Lope? —dijo el bulto—. Soy Farid.

—Soy Lope.

Vestía un grueso abrigo gris de buen paño y se tocaba con un sombrero negro de lana. La bufanda solo dejaba ver unos ojos marrones y expresivos que parecían sonreír. Se estrecharon la mano.

—Eres más alto de lo que yo creía —rio Farid—. Eso está muy bien.

—Supongo que sí.

—Te había traído una bufanda por si acaso, pero veo que eres previsor.

—Eres muy amable. Soy previsor, pero luego los planes me suelen salir mal.

—¡Bueno, no te fustigues demasiado! ¡Bienvenido a Pekín! —exclamó el iraní agarrando una de las maletas—. ¡Sígueme! ¡Es por aquí!

Echaron a andar por la calle en dirección oeste. Los coches eléctricos silbaban a su paso y los letreros luminosos anunciaban toda clase de establecimientos. Era una avenida amplia y transitada, el piso estaba en buenas condiciones y aquí y allá llegaban olores de los puestos de comida, unos prometedores, otros no tanto. El aire era tan frío y seco que a Lope le costaba respirar. Farid se paró en una sección de la avenida algo más despejada, sacó el móvil y comenzó a manipularlo.

—Estoy pidiendo un taxi —dijo a modo de explicación—. Cuando contrates un teléfono tendrás que aprender a manejar esta aplicación.

Tras una carrera de veinte minutos, el taxi se paró ante un edificio moderno de apartamentos. El vestíbulo era espacioso, muy iluminado y de escasa decoración, diseñado a base de líneas rectas y tonos grises. Saludaron a un individuo en el mostrador de recepción que entregó a Lope un manojo de llaves con una tarjeta que abría el portal y activaba el ascensor.

—Lu *shifu*, le presento a mi nuevo compañero de piso —dijo Farid—. Va a estar con nosotros unos años. O eso espero.

—*Ohh! Huanying huanying!* ¡Bienvenido a Pekín! —exclamó el guardia muy efusivo estrechando la mano de Lope—. ¿Es la primera vez que viene a China?

—Sí, Lu *shifu*. Es la primera vez que vengo. Muchas gracias.

El señor Lu pasaría de los sesenta años, era delgado y de rostro agradable, vestía el uniforme con corrección y mantenía el mostrador limpio y ordenado; se estaba preparando para cenar fideos instantáneos y ver un culebrón de Zhao Lusi en su tableta de Huawei.

—¡Vaya frío que hace hoy! ¡Brrrrrrr! —exclamó el hombre—. Vayan a casa rápido y háganse una sopa. ¡Mañana, la mitad de los viejos como yo, con pulmonía!

Y se echó a reír. Justo en ese momento, una pareja salía del ascensor. Ambos saludaron a Farid.

Él se llamaba Jorge y era un sujeto de mediana edad, de piel clara y barba rojiza. El pelo empezaba a clarear en algunos puntos y se veía lacio y descuidado. Hablaba con energía y decisión, pero sin gesticular. Llevaba viviendo varios años en Pekín y trabajaba de profesor y bibliotecario en el Instituto Cervantes. Su novia se llamaba Laura, era más joven que él y había sido su alumna, circunstancia bastante habitual en aquella época entre los expatriados del mundo de la enseñanza.

—A ver si quedamos un día —dijo Jorge—. Vivimos en el sexto. Si no coincidimos, pásate por el Cervantes. Bienvenido a Pekín.

Lope se lo agradeció y se despidieron.

Farid lo condujo hasta los ascensores. Permanecieron en silencio mientras subían al séptimo. El iraní se quitó la bufanda y Lope pudo ver su rostro con más claridad. Se reveló hermoso, varonil, de barba castaña y cuidadísima, nariz a la griega y dientes blancos y rectos. Lope pensó que se parecía bastante a él, aunque su cabello negro era liso, corto y duro como el de un zorro de los Pirineos. Hechas estas salvedades, la semejanza era innegable y ambos esbozaron una sonrisa cómplice.

El ascensor daba a un pasillo amplio con dos puertas a cada lado y una al fondo, hacia la que se dirigieron. Farid abrió la puerta, encendió las luces y entraron en un pequeño zaguán flanqueado por dos muebles zapateros.

—El de la derecha es el tuyo —indicó Farid quitándose el abrigo y colgándolo en el perchero.

La casa se abría de inmediato a un salón-cocina muy espacioso, de estilo americano, uno de cuyos lados daba a un amplio ventanal cubierto con una gruesa cortina gris marengo. Todo parecía muy ordenado y recogido. Lope pudo captar un agradable aroma a bosque de pinos y abetos. La alfombra, en distintos tonos verdes, dotaba al salón de un colorido grato y llamativo.

Encima del sofá había un retrato grande, y a su lado, un espacio para otro.

—Ese es el general Qasem Soleimani, héroe y mártir de Irán —le informó Farid en tono ceremonioso—. Al lado hay espacio para que pongas el retrato de tu héroe preferido. Por favor, no pongas a Trump.

Lope no supo qué decir. La situación le había cogido desprevenido. Por alguna razón no se había imaginado a Farid como alguien interesado en la política, pues cuando contactaron por primera vez le dijo que trabajaba para una empresa china de videojuegos. Por otra parte, a pesar de ser profesor de Historia, no estaba muy familiarizado con la situación de

Oriente Medio, ni mucho menos con Irán, más allá de cuatro o cinco cosas básicas.

Farid hablaba en un tono que lo mismo denotaba seriedad que ironía fina, pero no estuvo seguro de esto último hasta que el iraní se echó a reír y, palmeándole el hombro, le dijo:

—Me caes bien, *don* Lope. —Y luego, girándose—: Esa puerta es la de tu habitación y este es el baño. La mía tiene aseo incorporado. Como ves es un apartamento pensado para matrimonios con un solo hijo. O para gente como nosotros.

—¿Como nosotros?

—Sí, solteros de oro. ¿No habrás dejado novia en España, verdad?

—No, ¿y tú?

—Todavía no he encontrado a la futura señora Rostami, pero algo me dice que está al llegar. Intuición. Una característica de los persas.

—¿China o iraní? ¿O puede ser de cualquier nacionalidad?

—No tengo preferencias, pero teniendo en cuenta que vivimos en China y que hay unos cuantos cientos de millones de chinas, parece que la estadística juega abrumadoramente a su favor. —Farid hizo un gesto de disculpa—. Pero bueno, quizás me consideras un frívolo. Te acabo de conocer y lo primero de lo que te hablo es de mujeres. Eso es porque me gustan, porque las considero extraordinarias, superiores a nosotros en tantos aspectos que me siento como un hombre de las cavernas a la caza del oso. El oso es un ser superior, casi un dios. No sé si me explico.

—Creo que sí.

—Disculpa, no quiero parecer frívolo. Dime, ¿a quién vas a poner junto a Soleimani?

—¿Te importa si dejo las maletas en mi habitación y me ducho? Luego hablamos de lo que quieras.

Lope quiso así evitar una situación incómoda en la que quizás tendría que revelar demasiado de sí mismo.

—¡Claro, perdona! ¿Tienes hambre? Si no estás muy cansado te invito a cenar por aquí cerca. Al fin y al cabo, es viernes. Mañana puedes dormir todo lo que quieras.

Lope asintió aliviado.

Su habitación era sencilla y recogida. Una cama de uno treinta y cinco, un escritorio con una silla y un armario para la ropa. La ventana daba a una calle estrecha, pero juzgó que la alcoba estaría bien iluminada, ya que el edificio de enfrente era de un solo piso y el sol entraría a raudales por las mañanas. Deshizo parte de las maletas y se metió en el baño.

El agua caliente le masajeaba la piel. Inspeccionó los enseres de ducha. Había champú *for men* con aroma a café y una pastilla de jabón naranja que olía a sándalo. Estaba todo sin estrenar, por lo que supuso que Farid lo habría comprado para él. Se lavó el pelo con suavidad y se enjabonó todo el cuerpo a conciencia. Salió de la ducha y trasteó con el cuadro de mandos del aparato extractor de aire. Después se secó el pelo y se acicaló; se vistió con pantalones de sport y camisa de seda marrón, ajustada a su torso trabajado en el gimnasio. Antes se miró en el espejo y contempló satisfecho su buena figura. Se peinó con cuidado y abrió el bote de perfume que le había regalado Pietro Vilches, uno de los pocos amigos de la infancia con los que todavía salía los fines de semana. Tras ponerse la colonia y mirarse con satisfacción en el espejo, tuvo la certeza repentina de que aquella sería una noche memorable.

Cuando salió de su cuarto, se encontró cara a cara con Farid, y ambos se miraron satisfechos.

—Nos parecemos bastante —dijo Lope—. ¿No crees?

—Ya veremos, señor español —respondió riendo—. ¡Espero que te guste la carne de cabra!

Regresaron al frío de la noche invernal pekinesa. La ciudad volvió a darles la bienvenida con sus neones, su furiosa actividad y un rumor de promesas que regalaba los oídos de dos jóvenes en busca de la hedonía. Farid pidió un taxi. El vehículo era un coche eléctrico de la marca china BYD que superaba en lujo a cualquiera de su clase y se vendía a un precio significativamente inferior al de sus competidores europeos. El taxista sorprendió a Lope por su aspecto: muy moreno, pelo negro y rizado —algo cardado—, con un pendiente en la oreja y ataviado con un traje blanco de sport y camisa de seda negra. La calefacción del coche estaba al máximo, por lo que tuvieron que quitarse los abrigos y las bufandas. Al ponerse en marcha, el vehículo emitió un suave sonido, similar al de una nave espacial en una película de ciencia ficción. El taxista pronunció unas palabras y, de los altavoces, para sorpresa de los dos viajeros, brotó una canción de Michael Jackson. Lope no estaba muy ducho en música popular; lo suyo era la Historia, el fútbol y las novelas policiacas. Sin embargo, la tía Manuela lo había familiarizado con algunos de sus ídolos musicales, incluido Jackson. Y por si fuera poco para reconocerlo, el taxista había colocado una estampita del cantante junto a otra del Buda.

—Esto no es lo habitual —dijo Farid señalando con la cabeza al conductor.

Sin duda no era lo habitual, pero cualquier gran ciudad acogía a una proporción constante de población extravagante. Durante el trayecto, la voz de Michael se mezclaba con la del taxista al son de «Thriller» y «Billie Jean».

—*It's close to miiiiiidnight, and something evil's lurking in the dark* —cantaba el maromo.

Farid fue explicando las características de la vida nocturna de la capital. Se contaban por lo menos cinco zonas principales con todo tipo de ambientes y locales, música para todos los gustos y edades, comida de las cuatro esquinas de la tierra...

—¡Y mujeres! —sentenció Farid—. Hermosas, elegantes, chinas, occidentales, indias. ¿Te gustan las indias?

—Nunca he conocido a ningún indio.

—Yo sí, y no te los recomiendo. Pero bueno, no quería hablarte de mujeres sino de... ¡Mira, ese es el Estadio de los Trabajadores!

A Lope casi no le dio tiempo de admirar la mole en la que, según le dijo Farid, jugaba el equipo de fútbol de la ciudad. El taxi se paró al final de la avenida y anunció el fin del trayecto. Frente a ellos se alzaba un edificio largo de un solo piso y tejado a dos aguas, adornado con todo tipo de decoración estrafalaria. En la entrada, se divisaba un enorme neón con forma de camello que informaba al cliente de que había llegado a «Las Noches del Desierto». Farid le explicó que era un restaurante uigur al que solía venir a menudo por su excelente calidad.

Un joven de rasgos tártaros, vestido con un jubón de cachemira verde, los llevó a una mesa en el centro del largo comedor. Al fondo, una banda de música tocaba baladas regionales modernizadas con guitarras eléctricas y batería. Tras asegurarse de que Lope no tenía escrúpulos con ningún tipo de comida, Farid se dispuso a pedir.

Poco después, el mismo joven plantó dos jarras de cerveza en la mesa y sendos cuencos de cacahuetes picantes.

—Por tu primera noche en Pekín, señor Lope.

—¿Puedes beber alcohol?

—¿Quién crees que soy? ¿El imán de Tabriz? El secreto está en no embriagarse.

Estaba sorprendido, pero se encogió de hombros y procedió a brindar.

Mientras los platos llegaban, charlaron de la vida en la ciudad. Lope hizo muchas preguntas de tipo práctico y Farid contestó lo mejor que pudo. El iraní era un conversador de raza, aunque tenía tendencia a poner ejemplos de política persa que Lope no siempre entendía y que procuraba evitar. Ambos dieron cuenta de una copiosa cena a base de costillas de cabra, pinchos morunos, verduras fritas y picantes, fideos anchos como cinta de embalar y un pescado de río aderezado con una sabrosa salsa de naranja. De postre, degustaron unas empanadillas dulces en forma de triángulo dorado, espolvoreadas con azúcar y acompañadas de leche de burra con peladura de limón y un sabroso membrillo. Al parecer, era un postre inventado en época de Gengis Kan.

—¿Tendrán café? —preguntó Lope—. He sentido los primeros síntomas del *jet lag*.

—Te pediré un doble expreso. Por cierto, no pareces haber tenido miedo de mí. ¿Por qué?

Lope se sobresaltó, pero enseguida se repuso:

—¿Cómo que miedo de ti? ¿Por qué iba a tener miedo de ti?

—Verás, tú no estabas el primero en la lista para compartir mi apartamento. Hubo otros dos, un estadounidense y un danés. Según me dijeron en la universidad, ambos se negaron a vivir conmigo al saber que yo era iraní. A lo mejor pensaron que soy un terrorista.

—¿Lo eres? —preguntó enarcando una ceja.

—¡Ja! No, no lo soy, pero podría estar mintiéndote —respondió siguiendo la broma—. Verás, la mayor parte de la gente que no conoce Irán cree que todos los varones somos ayatolás o algo así. Te confieso que no habré ido a la mezquita más de diez veces en toda mi vida.

—¿En serio? ¿Puedes no ir? ¿No te obligaban tus padres?

—La verdad es que no. Mi padre es biólogo y mi madre maestra de primaria. Solo van a la mezquita en ocasiones solemnes y profesan unas creencias más bien vagas. Conmigo cumplieron el mínimo exigible y luego me dejaron en paz.

En un primer momento, Lope pensó que el iraní le estaba engañando. Aunque reconocía no saber nada de Irán, era difícil borrar las ideas impregnadas por los medios de comunicación y las redes sociales. Ya en la calle, Farid continuó explicando que, a pesar de que el Estado iraní estaba fundado desde la revolución sobre principios islámicos, en los últimos años la asistencia a los templos había declinado tanto que cientos de mezquitas estaban cerrando por todo el país. Según los medios extranjeros esto se debía a la represión y a la miseria económica asociada a los principios religiosos, pero Farid estaba en franco desacuerdo. La tradición secular irania impediría, al parecer, la generalización de principios religiosos «fanáticos». Por otro lado, la revolución islámica estaría siendo víctima de su propio éxito. El régimen del Shah mantenía a la gran mayoría del pueblo iraní en la pobreza y la ignorancia. Los próceres de la revolución pusieron en marcha un proyecto para revertir esta situación, y a pesar de las dificultades, habían tenido éxito. Farid concluyó:

—Se ha observado cómo en la mayoría de países con cierto éxito económico y educativo, la vida religiosa tiende a desaparecer o a aguarse.

A falta de fuentes o conocimientos directos, esta explicación resultaba convincente a oídos de Lope, aunque sospechaba que el problema era multifactorial, como en general lo eran todos los problemas de tipo sociológico.

Siguieron caminando por la avenida Gongti y sus cuerpos entraron en calor. Ráfagas de viento helado zaherían la pequeña parte del rostro que la bufanda no cubría. A mitad de trayecto, comenzó a nevar y varios copos traviesos se colaron por los intersticios de sus ropas, llegando al cuello y haciéndoles respingar. Los viandantes se paraban a admirar la tenue cortina blanca que difuminaba las luces de la ciudad. Farid explicó que raramente nevaba en la región de Pekín y nunca era suficiente para cuajar, por lo que a las pocas horas las calles se convertían en un lodazal.

A lo lejos, vislumbraron una zona más iluminada donde la acera se expandía acogiendo numerosos árboles enguirnaldados con luces de distintos colores. Pronto se distinguió un complejo comercial con grandes ventanales, cartelería de neón y clientes que entraban y salían como abejas de un panal. Al llegar, Farid giró a la izquierda por una calle más modesta y menos iluminada, donde destacaban portalones con nombres de bares y discotecas. A pesar de la nieve y el frío, una multitud de jóvenes charlaban en grupos y bebían directamente de la botella en plena calle. Se abrieron paso con dificultad y a pocos metros penetraron en un edificio por una puerta pequeña. Unas escaleras estrechas ascendían a los pisos superiores, cada uno de los cuales acogía un bar distinto. En el último, otra escalera interior daba acceso a una amplia terraza entarimada con tablones un poco deformados por la acción de la intemperie. A un lado quedaba la barra, elevada en zócalo, y en el resto varias mesas y sillas, así como unas grandes estufas que emitían un calor agradable y hogareño. La música no estaba demasiado alta y no era necesario gritar para hacerse entender.

—¡Bienvenido al Kokomo! —exclamó Farid extendiendo los brazos—. Uno de mis bares preferidos. Y además es histórico.

Se acercaron a la barra y pidieron bebidas. El local estaba muy concurrido, pero el experto iraní consiguió hacerse un hueco junto a una estufa situada en el borde de la terraza. La nevada cesó y la luna hizo acto de presencia aprovechando un claro abierto entre los nubarrones. Un edificio gris de oficinas quedó bañado por la luz plateada. El calor de la estufa era reconfortante. Farid sacó un paquete con puros cortos y finos.

—Prefiero el Winston —dijo Lope rechazando el puro de Farid y encendiendo un cigarrillo. Pensó en la chica del tren que sobaba su mechero. ¿Habría suspirado de placer al fumar tras muchas horas en un avión?

Lope no era fumador empedernido, pero de vez en cuando se permitía un pitillo, sobre todo después de una buena comilona. Se entretenía en contemplar el humo disiparse en el aire. Mantenía a raya esta costumbre que consideraba una especie de rebeldía en tiempos de acoso a los fumadores, pero daba prioridad a su forma física. Solía correr media hora todos los días e iba al gimnasio con regularidad.

Siguieron hablando de Irán, de Pekín y de fútbol.

—¿Te puedes creer que no me gustan ni Messi ni Cristiano Ronaldo? —exclamó Farid—. Que solo dos jugadores marquen una era completa de la historia del fútbol dice mucho de esa era, y poco bueno. Además, coincide con Guardiola y su «fútbol noria»: doy vueltas hasta que te marees.

Lope rio la gracia de Farid. Aunque era madridista, no odiaba al Barcelona, pero compartía la convicción objetiva de que el fútbol de Guardiola había destruido el propio deporte.

—De repente, todo el mundo quería jugar como el Barcelona. Nos han querido matar de aburrimiento. Por fortuna, las cosas vuelven a su cauce, aunque nada será igual —sentenció Farid.

Mientras debatían esta importante cuestión, dos chicas se les acercaron pidiendo tabaco en un inglés muy decente. Farid respondió en chino y ofreció su caja de puros. Lope les calculó la misma edad que tendrían ellos. Vestían con formalidad y revelaban una apariencia agradable. La más alta, que se presentó como Xiao Zhang, aceptó uno de los puritos de Farid, mientras que la otra, Meng Mi, se decidió por el Winston.

—¿De dónde sois, chicos? —preguntó Xiao Zhang. Tenía expresión risueña y una bonita dentadura. Un pequeño lunar adornaba su barbilla.

Farid se presentó y procedió a hacer lo mismo con Lope.

—Encantada. ¿Y tú qué haces? —preguntó Xiao Zhang dirigiéndose a Lope.

Dio una calada al cigarro para ganar unos segundos con los que organizar la frase en chino.

—Soy corresponsal de un periódico español y también voy a estudiar un máster en Tsinghua.

—¡O sea que también eres periodista! —exclamó Meng Mi, revelando una voz de contralto y un cierto tono de entusiasmo. La chica lucía unas antiparras grandes y redondas, tenía las carnes blancas y el talle gentil, los labios como de granadina y las manos, elegantes, se colocaban a cada poco el pelo liso y negro por detrás de sus orejas menudas. Fumaba con torpeza, y Lope adivinó que quizá era la segunda o tercera vez que probaba un cigarrillo.

—Algunos lo llaman el oficio más vil del mundo —respondió Lope—, pero otros lo dignifican y luchan por su libertad de informar.

—¡No! *Bu shi!* —rio Meng Mi dándole un manotazo en el pecho—. ¡Yo también soy periodista!

—Las dos trabajamos en la CCTV —aclaró Xiao Zhang—. Pero la periodista es ella. Yo hago trabajo administrativo.

Lope pensó de inmediato en las ventajas profesionales de intimar con Meng Mi, pues podría facilitarle información y contactos para hacer entrevistas y reportajes. No sería demasiado difícil, pues la joven china no le había quitado el ojo. A Lope le agradaba su físico, aunque carecía del aura mágica de la chica del tren. Le contó que era reportera del canal 4 y se dedicaba en especial a cuestiones culturales y gastronómicas. En sus reportajes, intentaba guardar un justo medio entre la seriedad y la espontaneidad, variando el tono, ya se tratara de entrevistar a un escritor, comentar una exposición de arte o informar sobre el restaurante de moda. Su sueño era convertirse en productora y tener tiempo para escribir novelas románticas que llevar luego a la pequeña pantalla. Hablaba con entusiasmo de sus planes y de la importancia sociológica de las telenovelas. En Asia Oriental existía un subgénero de telenovelas ambientadas en épocas históricas que no solo cumplían una función de entretenimiento para la población, sino también de educación general, de manera que incluso cualquier abuela sin estudios supiera quién fue el emperador Yongzheng, el *shogun* Hideyoshi o el almirante Yi.

—Yo no lo calificaría exactamente de «educativo» —dijo Meng Mi en respuesta a las apreciaciones de Lope—. Creo que es más bien la creación de un ámbito de pertenencia a una comunidad. Cómo lo diría... algo así como decir: «Somos chinos porque nos reconocemos en una serie de hitos históricos: la unificación bajo el primer emperador, la expulsión de los mongoles, la revolución...». No sé si me explico. Ahora bien, lo que a mí me interesaría es hablar al público de estas cosas, pero mezclándolas con historias de amor realistas ambientadas en la historia reciente de China y del mundo. Creo que es muy ambicioso, pero es lo que me gusta.

—O sea que te gustaría escribir una especie de novela histórica del presente.

—Algo así, supongo. Pero no consigo dar con la tecla correcta. ¿Debería escribir una serie de novelas o una sola que resuma el momento actual? Me gustaría que fuera lo segundo.

—Parece que te gusta el camino difícil. Pero… ¿y tendrías libertad para contarlo todo? —aventuró Lope.

Meng Mi soltó una carcajada. Quizás fuera el efecto de la cerveza, pero Lope la encontró encantadora y olvidó que no había contestado a su pregunta. Decidieron cambiar de bar. Farid y Xiao Zhang se movían con soltura al ritmo de cualquier música, y sus gestos y expresiones irradiaban una alegría genuina. Mientras tanto, Meng Mi permanecía en la barra o sentada a una mesa, hablando de sus sueños de escritora. Reconocía las dificultades de descollar en un país tan poblado, donde la competencia era feroz, aunque solo fuera por la realidad bruta de los números.

—Seguro que tienes algo diferente que contar, o de una manera diferente —dijo Lope por decir.

—Ah, no lo creo. ¿Cuántas novelas se han escrito desde que existen? Cientos de miles. La mayoría de las cuales acabarán en el basurero de la Historia. Eso desanima.

Lope admitió que tenía razón, pero le gustaba que Meng Mi sonriera.

—Hay muchos más seres humanos, literalmente cientos de miles de millones que han pasado por el planeta sin dejar huella. Tus futuros libros podrían dejarla.

Lope consiguió su objetivo y Meng Mi sonrió. Xiao Zhang propuso ir a un KTV y Farid la siguió entusiasmado. Resultó que también les chiflaba cantar, y también resultó que a Meng Mi no le gustaba demasiado, pero entendía la cultura del karaoke.

—¿Tú no cantas? —preguntó.

—No conozco ninguna canción, y mi chino es muy malo.

—Eres muy modesto. Te las apañas bastante bien. Creo que hay alguna canción occidental. ¿Quieres mirar?

Lope hizo un gesto de que no se preocupara.

—No soy muy aficionado a la música. Lo mío son los libros de Historia.

—¿Y las novelas?

—Las policiacas.

—¿Y seguro que no te gusta la música?

Lope bebió whisky y suspiró un par de veces.

—No tengo un gran interés por la música, pero bueno… Mi tía Manuela me enseñó muchas cosas. Ella era una melómana empedernida. Tenía su casa llena de vinilos y varios pósters de David Bowie y los Black Crowes.

—No me suenan mucho.

—Seguro que reconoces alguna canción de Bowie si la escuchas. Yo acabé harto de él. Pero de vez en cuando lo echo de menos, o quizás echo de menos a mi tía.

—¿Estabais muy unidos?

—Viví con ella ocho años después de que mis padres se divorciaran.

Meng Mi no dijo nada. Recogió un mechón de pelo detrás de la oreja y dio un trago a su bebida.

—Mi madre murió hace unos años —dijo finalmente.

—Lo siento mucho, Meng Mi.

Hizo un gesto con la mano quitándole importancia.

—Perdóname, no quería hablar de cosas tan serias.

—No me ha importado en absoluto. Me lo he pasado muy bien y eso que tengo *jet lag*.

—No me digas, ¿cuándo has llegado?

—Hace unas horas.

Meng Mi lo miró sorprendida.

—¿Dónde vives?

—¡Eh, Farid! ¿Dónde vivimos?

Farid escribió la dirección en una hoja, se la extendió a Meng Mi y exclamó:

—Llévatelo a casa. Yo me quedo con Xiao Zhang.

La joven enrojeció como una guindilla. Lope se echó a reír. Las bonitas manos de la chica, temblorosas, sostenían la hoja. Haciendo un esfuerzo, se sirvió un chupito de whisky y se lo echó al coleto.

—Vamos —dijo agarrándole de la mano—. Vivís en el mismo barrio que nosotras.

La calle estaba desierta. Había vuelto a nevar y el frío adquirió una intensidad bruta, primigenia. Meng Mi se apretó contra él mientras esperaban el taxi. Se dieron un beso, pero en vez de disfrutarlo sintieron una descarga eléctrica.

—No te asustes. En invierno es habitual —dijo Meng Mi—. Las manillas de las puertas también dan descargas.

Lope sacó un cigarrillo. La brasa se reflejó en las gafas de la chica y fue a posarse en una de sus pupilas. Los labios parecían a punto de partirse. Pedían agua y vaselina.

Llegó el taxi. La calefacción los sumió en un agradable sopor mientras las luces de la ciudad huían por un punto de fuga y se deshacían en varios colores al atravesar los cristales. Casi no hablaron en todo el camino. Lope intentaba hacerse a la idea de que estaba en Pekín, de que su vida, como por ensalmo, había quedado atrás. La lejanía otorgaba al pasado una pátina de irrealidad con la que le era difícil congraciarse. Sintió un gozo repentino que le colmó el corazón. Meng Mi le agarraba la mano enguantada mientras miraba por la ventana y sonreía.

—Es un edificio bonito —dijo al entrar en el ascensor.

—No he tenido mucho tiempo para comparar.

—Vivo en *Houxian Daicheng*. A unos cincuenta metros de aquí. Una urbanización moderna, aunque ya tiene sus años. Más bien era moderna hace quince años.

Lope abrió la puerta del apartamento no sin cierta dificultad. Dejaron los zapatos en el zaguán y los abrigos en el perchero.

—¿Quieres un vaso de agua? —preguntó Lope.

—Sí, gracias —bebió—. ¿Cuánto tiempo vas a quedarte en China?

—Hasta que me echen, supongo.

—Si te portas bien, nadie te echará de aquí.

—No soy un dechado de virtudes. A veces me porto mal. Además, no sé si encajaré.

Meng Mi le acarició el rostro.

—Trátame bien y nadie te echará de aquí.

—Siempre que he hecho una promesa he tenido que incumplirla.

La chica sonrió. Se metió la mano en el bolsillo y se puso abundante protector labial.

—Dame un beso —dijo Meng Mi—. Tienes los labios agrietados.

Lope la agarró por el talle y la besó. Su boca sabía a whisky y limonada.

Aquella noche hicieron el amor con sencillez y pulcritud, como quien monta un mueble del IKEA ajustándose estrictamente al manual de instrucciones.

—La próxima vez lo haré mejor —susurró Meng Mi abrazada con manos y piernas a su cuerpo—. Era mi segunda vez.

—Lo has hecho muy bien.

—Mentira.

—Puedo enseñarte.

—Hazlo.

—Mañana por la mañana.

Meng Mi apagó la luz de la mesilla.
—Bienvenido a Pekín.

*****

La cocina estaba más concurrida de lo habitual. Se habían juntado todos. Farid hablaba con su madre y le hacía carantoñas. Su padre leía el periódico sentado a la mesa y Francisco miraba a todos sin saber qué hacer.

—¿No te da vergüenza? —le preguntaba Lope—. Mi madre te la está pegando con ese tío.

—No se puede hacer nada —respondía Francisco desde su asiento en el avión.

El viaje duraba mucho, pero la comida pronto estaría lista. Olía a macarrones con tomate, que era lo poco que su madre sabía cocinar. Lope intentaba buscar a una azafata para pedirle otra cosa. Estaba harto de la pasta, y el tomate le provocaba acidez. El resto de pasajeros del avión parecía ausente, no les interesaba lo que estaba ocurriendo en la cocina. Decidió hacer crucigramas para pasar el rato, pero no soportaba la apatía de Francisco. Era un pusilánime. No le respetaba porque no se hacía respetar. Igual que su padre, que solo tenía ojos para la palabra escrita. Leía el periódico y comía cacahuetes con la marca de la aerolínea.

Lope se cansó de los crucigramas y pidió a Francisco que le sirviera un vaso de vino. Hablaron de cosas insustanciales. Nada los perturbaba en aquellos momentos.

*****

Se despertaron con las primeras luces. Partículas de polvo hasta ese momento ocultas se exponían a la vista por el sol del invierno que iluminaba el centro de la habitación. Habían dormido desnudos bajo el grueso edredón de plumas. Lope no recordó lo que había soñado y, al despertarse, no supo muy bien dónde estaba. Poco a poco recuperó la consciencia. Parecía que la calefacción estaba encendida. La silueta de Meng Mi, tumbada de costado y dándole la espalda, se recortaba contra la luz mortecina de la mañana. Lope acarició su piel blanca y suave, recorriendo todo su cuerpo. Se estremeció. Sus pechos temblaron. Se dio la vuelta y lo besó con pasión, entrecruzando sus piernas con las de él. Lope cumplió su promesa y le enseñó todo lo que sabía.

Farid y Xiao Zhang esperaban en el salón sentados a la mesa sobre la que había un apetitoso desayuno. Habían pasado la noche en el karaoke, y de camino al apartamento, compraron café, zumos, sándwiches, fruta y unos *xiaolongbao* recién hechos. No parecían cansados y charlaban sin parar, aunque los ojos de búho les daban un aspecto casi fantasmal.

Meng Mi dio un respingo al verles, pues había salido en camisa y bragas pensando que no habría nadie. Sonrieron, pero no parecieron sorprendidos.

—Chicos, hemos comprado el desayuno —dijo Farid sin ningún asomo de burla—. Supongo que estaréis hambrientos. Los *xiaolongbao* están calientes.

Xiao Zhang sirvió los cafés y alcanzó un sándwich a Meng Mi, la cual se había puesto rápidamente los vaqueros. Lope bebió el café de un trago y miró a todas partes buscando más. Recordó una frase de Raymond Chandler en *El largo adiós*: el café es el fluido vital de las personas cansadas.

—¿Hay más? —preguntó.

—En la cocina —respondió Farid—. Espera, yo te enseño dónde está y cómo se hace.

Lope lo siguió. Había una cierta distancia entre la cocina y la mesa del comedor, así que, hablando en voz baja, podían evitar que las chicas les oyesen.

—¿Qué tal tu noche? —preguntó Farid mientras molía los granos de café.

—Bien. Sin sobresaltos —repuso Lope. Nunca le gustó alardear de sus conquistas amorosas. No era algo de lo que estuviera orgulloso, ni tampoco avergonzado. Sencillamente disfrutaba de la compañía de mujeres bonitas y amables. Además, acababa de conocer a Farid y no tenía confianza con él.

—Eso está muy bien —dijo Farid—. Xiao Zhang y yo hemos estado toda la noche en el karaoke. ¿Sabes? Es una chica muy simpática. Me gusta mucho. No sé si habrá sido el alcohol, pero por un instante he sentido que estaba ante la futura señora Rostami. Luego ha ido a vomitar al baño de urgencia y se me ha pasado, pero aun así lo ha llevado con mucha elegancia. Fíjate que llevaba un kit en el bolso con cepillo, pasta de dientes y enjuague bucal.

—Vaya, eso es previsión —admitió Lope—. ¿Y luego habéis venido directos?

—Sí. Ha sido un poco extraño. Cuando hemos terminado en el karaoke le he dicho que me gustaba. ¿Y sabes lo que me ha respondido? «Gracias, guapo», me ha cogido del brazo y me ha propuesto comprar el desayuno.

Lope miró a Xiao Zhang que seguía hablando y haciendo reír a Meng Mi.

—No sé qué decir.

—Yo tampoco —confesó Farid, que ya había preparado la Bialetti y la ponía en el fuego—. Saldré con ella otra vez. Me lo ha prometido.

—Estupendo. La noche estuvo llena de promesas. ¿Esto cuánto va a tardar?

—Siete u ocho minutos. Vamos.

Volvieron a la mesa y comieron sándwiches. La conversación se desplazó hacia el trabajo de las chicas. Xiao Zhang tenía un puesto en el departamento de recursos humanos de la CCTV y había sido responsable de contratar a Meng Mi tres años antes. No se conocían de nada, pero comenzaron a coincidir en el comedor de la cadena y se hicieron inseparables. Dos años después decidieron irse a vivir juntas a un apartamento de aquel mismo barrio, relativamente cerca del trabajo. El horario de Xiao Zhang era el típico de una oficinista, pero Meng Mi era reportera, y casi ningún día entraba y salía de casa a la misma hora, siempre a la caza del reportaje. En ocasiones, se marchaba cuatro o cinco días a sitios tan lejanos como Qinghai o Jiangxi con su equipo: el cámara, el técnico de sonido, el informático y la productora, que hacía también las veces de maquilladora y *script*. Los reportajes de Meng Mi variaban entre las artes, el turismo, la gastronomía y las grandes ferias. Eran trabajos apolíticos en los que trataba de evitar su protagonismo. Sin embargo, poseía una voz cristalina y un acento limpio de dejes regionales. Evitaba las erres blandas y la característica entonación norteña. Su dicción era tan perfecta que, cada vez que hablaba, Lope siempre mejoraba su capacidad de entender el chino.

—Es una pena que solo hagas reportajes de cultura. ¡Tengo tantas preguntas de política que hacerte! —exclamó Farid—. Y seguro que Lope también.

—Bueno, siempre os puedo presentar a alguien de la sección política. Dejadme pensarlo.

—Yo estoy bastante interesado en cuestiones exteriores —terció Lope—, y en el ejército.

—¿En serio? —Meng Mi abrió los ojos como platos, lo que por el efecto de sus grandes antiparras, le dieron un aspecto como de heroína de *anime*—. ¡Mi padre es coronel retirado! Bueno, está en la reserva. Se pasa el día escuchando noticias de la guerra de Ucrania. Me dice que va a escribir un libro sobre el conflicto o algo así. ¿Quieres conocerlo?

El entusiasmo de Meng Mi inquietó a Lope, que media hora antes había hecho toda clase de guarradas con la hija del coronel Meng. Además, aquello podía suponer una cierta atadura o compromiso con ella. La inquietud dio paso al fastidio. No llevaba ni veinticuatro horas en Pekín y ya sentía que había metido la pata.

Meng Mi adivinó lo que pasaba por su cabeza y se echó a reír.

—Mi papá no va a fusilarte ni yo voy a pedirte matrimonio.

Farid casi derramó el café de la Bialetti.

—Toma, uno doble. Lo vas a necesitar —dijo riendo mientras le servía.

Lo peor de aquella salida era que ya no tenía escapatoria, así que lejos de sentirse aliviado, experimentó cierto desasosiego. Bebió café y respiró hondo tres veces. El truco funcionó. Era un hombre libre. Nada lo retenía. Ahora lo veía todo más claro. Conocería al coronel Meng, le sonsacaría todo lo que él necesitaba saber sobre el ejército chino, el conflicto de Taiwán y la guerra de Ucrania, le haría el amor a su hija, pero no sería su novia, ni mucho menos su prometida. De repente se echó a reír. Se dio cuenta de que había estado a punto de ahogarse en un vaso de agua.

—Me encantará conocer al coronel Meng —dijo tocándole un muslo por debajo de la mesa.

Meng Mi sonrió.

—Vive en Tianjin. Podemos ir a verle el fin de semana que viene. ¿Queréis que vayamos todos juntos?

Farid y Xiao Zhang se apuntaron entusiasmados. Lope asintió y siguió bebiendo su café.

Terminaron el desayuno y las chicas se marcharon a su apartamento. Farid llevó a Lope al supermercado para que comprase todo lo que iba a necesitar en su vida diaria. Cuando terminó de colocar los enseres, limpió la habitación, ordenó la ropa y abrió la ventana. Fumó un cigarro sobre el alféizar y oteó los fríos tejados de Pekín. Recibió un mensaje en el móvil. Era de su amigo Nacho Perdomo. «¿Qué tal amigo? ¿Ya en Pekín? Cuéntamelo todo. ¡Qué ganas de ir a visitarte! ¡No rompas muchos corazones! Un abrazo». Lope respondió: «Ya en Pekín. La ciudad me ha recibido muy bien. Como a un príncipe. Vente cuando haga menos frío. Tómate una copa hoy y saluda a Pietro si lo ves. Un abrazo».

Cerró la ventana y se echó sobre la cama. Lope se acordó de sus padres. Llevaba años sin saber nada de ellos, desde la muerte de la tía Manuela. Por un momento estuvo a punto de avisarles de que se había mudado a China. Desterró pronto aquellos pensamientos. Se recostó contra el respaldo de la cama, alcanzó su libreta de notas y apuntó lo siguiente:

Ni el país ni mi compañero de piso son lo que yo hubiera esperado. ¿Y qué esperaba? Supongo que algo salido de un dibujo animado.

Cerró la libreta y abrió *Camino de servidumbre*, de Friedrich Hayek. Tres páginas después cayó rendido y durmió hasta el día siguiente.

El domingo amaneció nevado. Se vistió y salió a explorar el barrio. No muy lejos del apartamento, encontró un parque coqueto en el que los vecinos hacían deporte. Tomó nota mental de comprar ropa deportiva para el invierno. Siguió caminando y entró en un local de desayunos. Pidió un cuenco de leche de soja caliente con unos churros de masa frita que llamaban *youtiao* y que tenían un extraordinario parecido con las porras de Madrid. A Lope le resultaron insípidas, pero descubrió con agrado que no tuvo hambre hasta bien entrado el día. Regresó al apartamento. Farid había preparado café y veía las noticias matinales en la tele. Le propuso dar un paseo hasta Guomao, pero el iraní tenía que trabajar revisando un videojuego. Al día siguiente tenía presentación ante los jefes.

Todavía no había tenido tiempo de contratar un teléfono chino, imprescindible para muchas cosas, así que decidió quedarse en casa acompañando a Farid. Aprovechó para seguir leyendo a Hayek y, a mitad de la tarde, ya lo tenía terminado. Hizo un resumen de varias páginas con las notas que había tomado y, hacia las seis, Meng Mi y Xiao Zhang se presentaron con la cena. Traían perca de río con guindillas de Hunan, repollo chino con salsa de ajos, arroz frito con tiras de ternera, y pimientos salteados con patata y berenjena, un plato que se llamaba *disanxian* y era típico del nordeste. A Lope le encantó.

Cenaron entre bromas y risas, hablaron de comida. Los padres de Xiao Zhang regentaban un restaurante en Sichuan y plantaban sus propias guindillas. La madre hacía postres típicos de la región y se los enviaba por correo. Solía repartirlos entre los vecinos y los compañeros de trabajo para no engordar demasiado. Hablaba con ellos todas las semanas y la visitaban una vez al año en Pekín, cuando aprovechaban para traer bolsas de guindillas y pimientos, con lo que el apartamento de las chicas desprendía un fuerte olor a huerta durante días.

Por su parte, Farid contó que sus padres habían comprado con mucho esfuerzo una casa en la costa, frente a la isla de Ormuz, y cuando volvía para visitarlos solía bañarse en las aguas del golfo, a riesgo de ser devorado por un tiburón. Una vez le mordió una barracuda, pero al parecer lo soltó enseguida, seguramente al darse cuenta de que Farid no era una presa legítima. En el hospital le curaron la mordedura y le pusieron un par de inyecciones. Pasó la noche con fiebre, pero al día siguiente ya estaba bañándose otra vez.

—El pescado es buenísimo en la región —aseguró el iraní— y se pueden avistar los petroleros que salen de Kuwait y de Catar. Los veleros y los yates de la zona son impresionantes.

—A lo mejor algún día tienes tu propio velero —dijo Xiao Zhang.

—Jamás disfrutaremos de un velero —aseguró Farid—, pero siempre nos quedará el karaoke.

Charlaron hasta las diez y las chicas se marcharon a su casa. Todos estaban ocupados al día siguiente. Lope no tardó en dormirse, aunque el *jet lag* lo despertó a las tres de la mañana. Encendió la luz y rebuscó entre los pocos libros que se había traído. Escogió *El halcón maltés*, de Dashiell Hammet. Sentía una especial devoción por la literatura criminal norteamericana de los años que preceden y suceden a la Gran Depresión. Un mundo en el que se consolidaba el teléfono, aparecía la radio y se distinguía la calidad moral de un hombre por el traje que llevaba o el tabaco que fumaba. La prosa de Hammet era dura y granítica, como los personajes de sus historias, cuyo rudimentario código moral le era muy familiar al propio escritor, uno de esos locos maravillosos que todas las sociedades suelen generar cada cierto tiempo. Los protagonistas eran hombres sin historia, sin familia, que aparecían en la primera página como una seta que crece en medio del bosque. En cierto modo, Lope se sentía como ellos. Cuando se decidía a escribir un cuento, que a lo sumo circulaba entre sus amigos, Lope solía imitar a Hammet, pero siempre acababa recurriendo al humor y al talento insuperable de Raymond Chandler para los diálogos. Estaba demasiado enamorado de ambos.

Le dio tiempo a leer el libro entero hasta que empezó a clarear. Cuando lo cerró, la ventana explotaba con la luz de la mañana. Farid ya trasteaba en la cocina. Salió de la habitación para darse una ducha.

—Buenos días —saludó el iraní enfundado en un albornoz morado que recordaba a Hugh Hefner—. ¿Quieres zumo de naranja? Recién exprimido.

—Genial. ¿Y qué tal unos huevos duros?

—¡Marchando huevos duros para el señor! ¿El café, cargado y oloroso?

Lope se echó a reír y entró en la ducha. En unas horas tenía que registrarse en Tsinghua.

*****

El profesor Ding Dou dirigía el Departamento de Relaciones Internacionales de la Universidad de Tsinghua, una de las más prestigiosas del país. Su despacho era un prodigio de desorden. Acumulaba folios, carpetas y libros en las esquinas; el escritorio no se adivinaba por debajo de tanto cachivache, y las paredes soportaban tantos objetos colgados que parecían a punto de derrumbarse. Costaba respirar en aquella atmósfera sobrecargada que olía a té, café y sudor humano, aunque si le hubiesen dicho que era de tigre, Lope lo hubiese creído.

—Buenos días, buenos días —exclamó Ding Dou—. Perdone el desorden, todavía no he tenido tiempo de ordenar antes del Año Nuevo chino.

Entre dos columnas de portafolios, el profesor encendió una calentadora de agua eléctrica y de un cajón sacó dos tazas que colocó donde pudo. A continuación, abrió una bolsa de té y se dispuso a prepararlo.

—Bueno, bienvenido a China. ¿Es la primera vez que viene? ¿Sí? Estupendo, espero que le guste y se acostumbre a la comida. Mire, este té es muy bueno. Es de Fujian. Lo planta un vecino de mi difunto padre. El señor tiene ochenta años y todavía planta té. No le duele ni una vértebra. ¿Lo puede creer?

Ding Dou hablaba como una ametralladora y, de vez en cuando, daba un bocado a un *mantou*. Compartía con el resto de los asiáticos la costumbre de hablar con la boca llena, con lo que, de vez en cuando, un perdigón de comida salía disparado de entre sus labios. Lope ahogó una arcada y comenzó a desviar la mirada mientras intentaba sonreír. El profesor era bajito y orondo, conservaba una fuerte mata de pelo corto, en forma de escobillón, y manipulaba el té con unas manos regordetas y sudorosas.

—He leído su currículum y su carta. Parece que es usted periodista.

—Sí, señor. Escribo para un periódico, pero soy primerizo.

—Ajá, veo que ha sido usted profesor de secundaria. Historia. Y ahora le dan un puesto de corresponsal. ¿Cómo así?

—Mi mejor amigo es periodista de uno de los principales diarios de España y conoce a mucha gente. Y como he escrito bastantes artículos y un libro, el redactor decidió contratarme al saber que venía aquí a estudiar.

—O sea, que su idea original era venir a estudiar, no a trabajar.

—Sí, señor.

La calentadora eléctrica emitió un pitido. Ding Dou vertió el agua en una tetera de barro, la tapó y, tras esperar unos segundos, vertió el líquido en las dos tazas.

—Espere unos segundos y beba. Creo que sus planes son excelentes. Como habrá comprobado, en el segundo año hay una asignatura de periodismo y propaganda internacional. Creo que se lo pasará bien con nosotros. A lo mejor puede incluso dedicar su tesina a cuestiones de periodismo en relaciones internacionales.

Lope bebió un trago del té. No supo decir si estaba bueno o malo. Era un completo analfabeto en cuestiones de té. Los españoles nunca habían apreciado esta bebida, y la mayoría de la población la tomaba solo como placebo cuando sufrían del estómago o de diarrea. Nunca compartieron el entusiasmo de los ingleses o de los rusos por esta planta. Lope recordó un cómic de Astérix en el que se contaba el secreto de Julio César para la conquista de Britania: atacar a las cinco de la tarde, cuando los britanos tomaban el té.

—Sí, es posible —repuso sin mucha convicción—. Veremos qué me sugiere el temario.

—Tómeselo con calma, pero no demasiado. ¿Qué perspectiva maneja?

—Bueno, soy liberal.

—¿Liberal en el sentido de los EEUU o liberal en el sentido económico? —quiso saber Ding Dou.

—En su sentido económico, o si lo prefiere, liberal tal y como lo entienden los europeos.

—Entiendo perfectamente. ¿Y entonces desea hacer su tesina desde esa perspectiva?

Lope frunció el ceño.

—¿Puedo? —preguntó algo cohibido.

—Claro que sí. ¿Por qué no iba a poder?

—Pensé que querrían ustedes una perspectiva más ¿socialista?

—Tiene usted ideas un poco raras sobre China, señor Carvajal —rio el profesor—. Haga la tesina ateniéndose a las reglas de investigación. Su ideología no nos importa demasiado.

Lope volvió a fruncir el ceño.

—En fin —continuó Ding Dou—, ahora tiene un par de semanas para trastear por la ciudad antes de que empiecen las clases, aunque le recomiendo ir leyendo algunos libros. ¿Ya tiene carné de la biblioteca? ¿Sí? ¿Qué tal su chino? Nivel medio, ¿eh? ¿Quiere que le recomiende una academia? Los cursos de nuestra universidad empiezan ahora y son para gente que no sabe absolutamente nada. No le servirían.

El profesor rebuscó entre los cajones de su escritorio metálico y sacó una tarjeta doblada y con manchas de café.

—Vaya aquí y dígales que viene de mi parte.

—¿Lanmate Institute?

—Sí, lo lleva una amiga mía, la profesora Xu. Ha enseñado chino a cientos de extranjeros a lo largo de los años. Es la mejor. Por cierto, a finales de marzo dirijo un ciclo de conferencias en la Biblioteca Nacional. No es obligatorio para los estudiantes, pero le garantizo que todos estarán allí. Conocerá a gente interesante, y seguro que puede hacer un reportaje para su periódico.

Lope salió al aire puro y helado del campus preguntándose si el profesor Ding Dou tendría vida sexual o si la habría tenido. Quizás era uno de esos que se iba discretamente de putas para aliviar sus necesidades y llorar a lágrima viva por no poder tener relaciones sexuales normalizadas, es decir, fruto de la atracción natural. Pero también cabía la posibilidad de que fuese un herbívoro y el sexo no le interesase lo más mínimo, e incluso que lo despreciase. Cuanto más lo pensaba, más se inclinaba por esta última opción. Ding Dou parecía un individuo dedicado en exclusiva a su trabajo. Es probable que muchos días durmiese en el sofá del despacho y que tuviese una *ayi* que le limpiase la casa y la ropa.

Estos pensamientos lo divirtieron un rato hasta que llegó a una sucursal del Bank of China, donde no le resultó demasiado difícil abrir una cuenta. La empleada se deshizo en atenciones, cosa que no había hecho con el cliente anterior. Al final le convidó a *mahuajuan*, unos rollitos crujientes hechos con masa china y fritos en abundante aceite de cacahuete. Menos amable fue el empleado de China Telecom, que no hablaba inglés y se comunicaba con el endiablado acento de la capital. El hombre se las vio y se las deseó para hacerse entender, y tras muchas frustraciones le configuró un número de teléfono con un satisfactorio plan de datos. Cuando Lope salió por la puerta, el pobre empleado respiró aliviado, aunque quizás también satisfecho por haber pasado aquella prueba.

Eran las dos de la tarde y todavía tenía tiempo para registrarse como corresponsal acreditado en el Departamento de Información del Ministerio de Asuntos Exteriores. Ya con su móvil chino, utilizó la aplicación Didi para pedir un taxi. Llegó a destino media hora después. Entregó toda la documentación requerida a un sujeto espigado, enjuto y taciturno que chupaba un caramelo con parsimonia. Este la examinó sin demasiada prisa, cotejó la foto del pasaporte con la cara de Lope e hizo un gesto que parecía indicar conformidad.

—Parece que está todo en orden —dijo arrastrando las palabras—. Si no hay ningún problema, le extenderemos su acreditación en un plazo de dos días hábiles. Recibirá un mensaje en el móvil o ella le llamará por teléfono —señaló con la cabeza a una mujer enorme que se sentaba detrás de él—; depende del humor de mi compañera.

La mujer, que llevaba demasiado maquillaje, le saludó con la mano e hizo una mueca de «todo saldrá bien, bombón». A Lope le resultó muy tranquilizador, pues había imaginado horrores de la burocracia china.

Cuando pasaba otra vez por el vestíbulo de recepción para salir a la calle, vio entrar a un occidental vestido con el chándal de la selección española y una libreta de notas.

—¿Español? —preguntó Lope.

—¡Sí, claro! ¿Tú? —el hombre hablaba con un acento norteño muy pronunciado, parecido al vasco.

—Acabo de llegar a Pekín. Soy corresponsal de *El Sol*, el nuevo periódico.

—¡Ahí va la hostia! ¡Pues sí que les va bien a los cabrones! ¡Oye, que me llamo Roberto Ampuero!

Lope enseguida lo identificó como el corresponsal de *EFE*, todo un veterano. Ampuero no era vasco, sino cántabro de la costa oriental, y como muchos de la región, tenía un tercio de montañés, otro tercio de burgalés y otro de vascongado. Era alto y fuerte, aunque el vientre comenzaba a delatar que pasaba de la cincuentena. Andaba por el ministerio como si fuera el salón de su casa y saludaba con familiaridad a los guardias de seguridad y a los empleados. Hablaron unos minutos y se intercambiaron los teléfonos. Ampuero le citó para cenar al día siguiente y presentarle a otros miembros de la colonia española. Lope aceptó y volvió a tomar otro taxi de vuelta a su casa. Nada más llegar se tumbó en el sofá. La diferencia horaria volvía a atacar.

Tuvo otro sueño parecido al del sábado.

En la cocina de su casa, Ding Dou le hacía carantoñas a su madre. Su novio, Francisco, ayudaba a Lope a preparar la cena: espagueti con coles de Bruselas, ajos y Coca-Cola.

—¿Por qué lo permites? ¿No te sientes incómodo?

—¿Tú te sientes incómodo? —respondía Francisco.

—No lo sé. Es mi profesor, es mi madre y tú eres su novio. Pero a todos nos gustan los espagueti.

—¡A cenar!

Y cenaban, desnudos o semivestidos. Lope fumaba en el balcón. Su tía le decía que no fumase.

Se despertó. Las luces del salón daban vueltas en su cabeza como una reunión de ovnis en una playa de Lanzarote. Preparó un café con los granos que Farid tenía en un recipiente. Detectó un sabor extraño. El novio de su madre lo tomaba siempre negro, sin leche y sin azúcar, al contrario que su padre, que además lo mezclaba con achicoria, como en los tiempos de la sustitución de exportaciones. Había hablado muy poco con Francisco. Él solía evitarlo. Al principio, Lope pensaba que no le gustaba, pero cuando creció se dio cuenta de que le tenía miedo. Para entonces ya fue demasiado tarde y se marchó a vivir con la tía Manuela a Alcalá de Henares. Luego cayó en la cuenta de que el miedo de Francisco a hablar con Lope era solo uno de sus motivos. El otro era la vergüenza de no ser el único amante de su madre. Dos años atrás, se lo encontró en una tienda de Madrid; había envejecido, pero parecía más alegre. Sin embargo, en cuanto vio a Lope agachó la cabeza y abandonó la tienda. Aquella noche anotó en su libreta que Francisco era un buen hombre, pero también un gran pusilánime. Ni su padre ni él habían conseguido enderezar a su madre, ni hacerse respetar, y por eso él mismo no les guardaba respeto alguno. Solo la tía Manuela se había revelado como una persona íntegra, de principios sencillos pero firmes, y ocupó el lugar del padre y de la madre a la edad más problemática, saliendo airosa, triunfante. Luego lo pagó con la vida, yéndose antes de tiempo.

Los pensamientos y los recuerdos se agolpaban en su mente confusa por la inesperada siesta. Dio un trago al café y fumó un cigarrillo en la terraza del salón. Estaba en Pekín, muy lejos de todo.

Su teléfono sonó. Era Meng Mi. De repente, no tenía ganas de responder. Se metió en la bañera. Intentó odiar a su madre y no pudo. Se acordó de aquella película de Woody Allen en la que su novia se desdobla para observarlos hacer el amor mientras se fuma un porro. Lope se veía a sí mismo en la bañera haciendo gestos de furia y, después, de frustración. Envidiaba a Nacho Perdomo, e incluso a Pietro Vilches. La familia de Nacho era tradicional: un padre trabajador, una madre al mando de la casa, un hermano mayor que le hizo de guía y una hermana pequeña a la que cuidar. No eran ricos. Tampoco eran felices, porque el padre de Nacho decía que felices son los perros cuando ven al amo regresar a casa. Un domingo almorzó con ellos, y por la noche, Lope anotó lo siguiente en su libreta:

En la era del posmodernismo, su padre y su madre siguen yendo a misa los domingos, se confiesan con el cura y comulgan el cuerpo de Cristo. No he podido retener las lágrimas. Jamás había comido tan bien. ¡Oh sí, eso es comida! Los alimentos no solo saben bien cuando están bien preparados, sino también cuando se degustan en buena compañía. La madre de Nacho no es una cocinera extraordinaria, es simple y llanamente un ama de casa tradicional que quiere a su familia, y eso se traduce en los sabores del estofado, en la selección del pan y del vino, en la cocción de las verduras y en el vigor de la sopa. Nadie ha empezado a comer hasta que no lo ha hecho el padre, que desprende autoridad sin necesidad de abrir la boca. Una secretaria de Estado cualquiera lo habría calificado de «encarnación del fascismo». Yo lo considero como el tesoro que solo le ha sido concedido a unos pocos. Una lotería. A mí me ha tocado la comida congelada que se calienta en el microondas, el puré deconstruido de la posmodernidad y la relajación de costumbres. ¿Pero qué ibas a hacer tú con una familia así? Tampoco lo soportarías. Tú no podrías ir a misa sin sentirte un intruso, un bufón que sonríe irónico ante las muestras de grave devoción. El estofado terminaría por atragantársete. Solo respetabas a la tía Manuela y se te murió. Constatación de que los seres queridos no están hechos para ti, te son negados. Solo puedes percibir el vago cosquilleo que su calor desprende a lo lejos, pero nunca podrás abrazarlo. Me fastidia, pero Pietro tenía razón cuando me dijo que yo era un derechista punk que adoraba el gimnasio, pero para quien el catolicismo no era más que el nuevo new age.

Salió de la bañera, llamó a Meng Mi y le preguntó a qué hora salía de trabajar. Poco después cenaban en un restaurante cercano a la torre de la CCTV. Se contaron sus respectivos días. Al siguiente, Meng Mi se tenía que levantar al alba para hacer un reportaje en la Gran Muralla. No podía quedarse hasta tarde, no podía acompañarlo a su casa, no podían pasar la noche juntos. Se despidieron con un beso eléctrico.

*****

El cielo prometía más nieve. La masa de nubes era tan espesa y oscura que los vehículos circulaban con las luces encendidas. El parque cercano a su casa estaba lleno de vida: jóvenes haciendo deporte, abuelas practicando taichi y mediopensionistas jugando al tenis de mesa. Todos bien abrigados y mirando de reojo los nubarrones. Dio varias vueltas al parque corriendo antes de parar. El aire era tan frío que le costaba respirar. En un extremo había una pared gris bastante amplia donde unos chavales jugaban con un balón de fútbol. Habían pintado una portería con tiza y practicaban su tiro. Lope les pidió probar y pronto descubrió que ese ejercicio se ajustaba mucho mejor al clima que la carrera continua. Cuando regresó a casa estaba sudando a mares. Farid se había levantado y hacía café. Se duchó, desayunaron juntos y salieron a sus respectivos negocios.

La academia de chino recomendada por el profesor Ding Dou estaba situada en un viejo edificio de apartamentos del barrio de Shaoyaoju, junto a la Universidad de Economía y Comercio. Lo recibió Xiao Lu, una mujer con cara de niña pecosa que lo atendió a las mil maravillas.

—¡Bienvenido! Conocemos a Ding *jiaoshou*. Nos suele enviar alumnos —decía Xiao Lu con su voz juvenil y entusiasmada, aunque en sus ojos se adivinaba una edad mucho más madura—. ¡Vaya, o sea que es usted español! Hace años, bastantes ya, tuvimos un alumno español con el que todavía mantengo el contacto. Trabajaba para la embajada. ¡Tome! ¡Una mandarina! Están buenísimas.

Lope constató que, en efecto, estaban muy buenas, y mientras tragaba el último gajo, se presentó la directora Xu Yan, una mujer esbelta de ojos negros y brillantes. Las arrugas denotaban su edad, pero conservaba rasgos de la belleza que había sido. Le hicieron un examen de nivel y le asignaron a la maestra Wang, una china bajita y oronda, de ojos pequeños y juguetones que se pasaba el rato viendo culebrones coreanos en el móvil. Daría clases tres días a la semana a última hora del día. Después, la profesora Xu le invitó a comer, y al igual que Xiao Lu, le habló de aquel alumno español que tuvieron años atrás. Muchos alumnos extranjeros habían pasado por sus aulas, pero aquél se convirtió en amigo, y siempre las visitaba cada vez que viajaba a Pekín por trabajo. La directora hablaba de manera pausada, sabía cuándo tenía que explicar una palabra difícil o un concepto abstruso a una persona que estaba aprendiendo el idioma. Lope pensó que era una profesional como la copa de un pino. Había mantenido a un grupo de cuatro empleadas durante casi dos décadas, conformando el corazón de su academia, a la cual no había dejado crecer demasiado.

—Nunca he querido ser una empresa —decía—, solo un lugar para que los extranjeros puedan tener una puerta de acceso a nuestro país, y donde se encuentren a gusto.

En los meses siguientes, la academia de Shaoyaoju se convirtió en una especie de mar en calma en medio de las galernas, un refugio o un área de descanso en la que lamerse las heridas.

Tras despedirse, caminó por el barrio. En los alrededores había otras dos universidades, la de química y la de medicina china, además de un gran hospital de financiación japonesa. Un pequeño canal acogía restaurantes y bares que abrían por la noche. Cuando se cansó de dar vueltas, entró en una cafetería para hacer tiempo hasta la hora en que había quedado con Roberto Ampuero para cenar con la colonia española. Leyó decenas de páginas de una novela de Ross MacDonald, *La mirada del adiós*, una de las múltiples versiones de la historia que el escritor californiano siempre contaba: la desaparición de un joven de familia desestructurada, que creció con un padre ausente. Lope entendía a la perfección las novelas de MacDonald, pues su padre, aunque presente en sus primeros años, hasta el divorcio, nunca le prestó demasiada atención, por no decir ninguna.

Eladio Carvajal fue el niño mimado de una familia burguesa de Madrid. Su padre, don Remigio, fue juez, y su madre dirigía la Sección Femenina del barrio. En la Transición, ambos se hicieron votantes socialistas. Su hermana Manuela, dos años menor que Eladio, salió rebelde. A los quince años se largó por primera vez de casa con un malote de Vallecas que había conocido en el instituto. Regresó semanas después oliendo a sudor y a hoguera de descampado. Sus padres la obligaron a hacerse un test de embarazo que, por fortuna, dio negativo. Al conocer la noticia, don Remigio emitió un suspiro de alivio tan sonoro que casi se derrumban las paredes del apartamento de la calle Princesa. Eladio, en cambio, se encogió de hombros y siguió enfrascado en sus libros. Aprendió a leer con fluidez a los cinco años, y a los diez, ya había devorado libros de Stevenson, Salgari y Julio Verne. Poco antes de morir, su madre, es decir, la abuela Concepción, dijo:

—Este niño se volvió tonto la primera vez que posó la mirada en un libro.

Eladio nunca regresó a la realidad. Toda su vida posterior giró en torno a la lectura. Estudió filología hispánica y se especializó en literatura. Gracias a los contactos de don Remigio, entró enseguida en el circuito profesoral universitario, y un golpe de suerte le hizo llegar a la Cátedra de la Complutense a una edad temprana. Desde entonces vegetó entre las aulas, el despacho y su casa de Princesa, que heredó cuando murió don Remigio. Manuela se había vuelto a largar con otro malote, esta vez escocés, y nadie supo dónde estaba hasta que un día apareció en Madrid, pidió su parte de la herencia y se compró una casa en Alcalá de Henares.

Si Eladio se casó fue por orden de la abuela Concepción, que le presentó a la madre de Lope, Silvia, hija de médicos.

—Te casarás con Silvia —le dijo Concepción—. Y no hay más que hablar.

Por toda respuesta, Eladio se encogió de hombros y regresó a la lectura.

Lope conoció la historia por la tía Manuela que, al parecer, durante sus años de vagabundeo, se había carteado en secreto con su madre.

—Tu padre es lo que se dice un ave fría —le solía decir la tía cuando ya vivía con ella—. La verdad, no sé cómo pudo dejar preñada a tu madre, aunque a esa le bastaba que un hombre la mirara fijamente para que se le humedecieran las bragas.

En el fondo, Lope albergaba la sospecha de que Eladio no era su padre, a pesar de que había heredado algunos de sus rasgos. No llegó a conocer al abuelo Remigio, que murió cuando él solo tenía un año de edad. Hasta que empezó a ir a la escuela, su cuidadora real fue la abuela Concepción, que hizo todo lo posible por alejarlo de los libros, temiendo que su nieto se convirtiese en otro «bobo de biblioteca», y lo expuso a partidos de fútbol y juguetes de soldaditos heredados de Eladio, que jamás los tocó. Concepción tuvo un éxito relativo, pues si bien Lope adquirió un interés genuino por el fútbol y la guerra, esta última le llevó irremediablemente a los libros de historia, y esos solo se encontraban en el despacho de su padre. Pero ni el moderado interés por la palabra escrita que su hijo desarrolló fue suficiente para que Eladio entablase una relación normal con Lope. Su padre no sabía cómo comportarse a su alrededor, y Lope tenía la sensación, desde muy pequeño, de que Eladio estaba siempre enfadado, cuando en realidad se sentía incómodo en su presencia. Apenas recordaba una conversación que hubiese ido más allá del intercambio de cuatro frases cortas, todas ellas de carácter práctico, y en cierto modo insoslayables para dos personas que convivían juntas, sobre todo desde el fallecimiento de la abuela Concepción. Las únicas palabras lo más remotamente afectuosas que jamás le dirigió Eladio las pronunció el día en que Manuela fue recoger a Lope para llevárselo a vivir con ella:

—Estarás bien con tu tía. Te cuidará mejor que yo.

No hacía ni una semana que Lope se había escapado de casa de su madre, donde cohabitaba con su novio Francisco. El padre lo vio plantado delante de la puerta, y sin decir ni mu, lo dejó entrar. La criada guatemalteca, Rosa, que contrató tras el divorcio, le dio de cenar, le hizo ducharse y lo vistió con ropas limpias de su padre. Esa misma noche, Eladio llamó a su hermana, que ya estaba instalada en Alcalá de Henares, y le pidió ayuda.

—El chico ha venido a mi casa y no sé qué hacer.

—Claro que no sabes qué hacer. Eso no se enseña en los libros.

Eladio no contestó.

—Mañana por la mañana llama a tu abogado —dijo Manuela— y dile que lo prepare todo para que me convierta en tutora de Lope. El chico se viene conmigo. Todavía estamos a tiempo de que se convierta en un adulto normal y corriente.

No estaba seguro de haberse convertido en un adulto convencional, pero lo cierto es que tampoco estaba seguro de lo que, en tiempos del posmodernismo, se consideraba un adulto civilizado. La novela de Ross MacDonald lo había llevado a divagar entre sus recuerdos, a analizar por enésima vez su vida y su carácter. Ningún ángulo nuevo e inaudito apareció para ayudarlo a salir de aquel laberinto, y al final, dirigió su atención a otros menesteres menos complejos: la Historia, las relaciones internacionales, su nuevo puesto de corresponsal, el regazo de Meng Mi.

Roberto Ampuero lo había citado en un chiringuito contiguo al barrio de Guomao, al sureste de la ciudad, una zona de clase media alta con muchos edificios de oficinas.

El restaurante estaba situado en un callejón solitario del que surgían gritos y voces histéricas, como si alguien se estuviese muriendo de risa. Era un edificio largo de una sola planta, y al entrar, percibió una atmósfera muy cargada de efluvios coquinarios, sudor cervecero y otras sustancias. En una larga mesa de madera se acomodaba un puñado de españoles que competía con los comensales chinos en ver quién armaba más bulla.

—¡Hombre! ¡Ya estás aquí! —lo saludó Ampuero, que vestía con un chándal grueso, esta vez de Los Angeles Clippers—. ¡A ver, a ver, que os presento! ¡Aquí Lope Carvajal! ¡Nueva adquisición!

«¡Bienvenido! ¡Hola, hola! ¡Más cerveza! ¡Tienes cara de novato, ya se te pondrá cara de chino! ¿Te has traído omeprazol?», bramaban.

—¡Viva España! —gritó uno.

—¡Viva Mao Zedong! —gritó otro.

—¡Viva el pollo al chilindrón! —concluyó un maromo que apareció por detrás de Lope oliendo a piel avejentada.

—¡Pero si es mi vecino! —exclamó Jorge, el español que había conocido en su edificio el día de la llegada—. ¡Jolines! Si te hubiera visto en el ascensor te habría avisado.

No se escuchaba mucho *jolines* por aquel entonces.

Lo hicieron sentarse en mitad de una de las largas bancadas y le plantaron delante de una botella de cerveza Yanjing.

—Bebe, niño, bebe, que el que no bebe no folla —decía el que estaba sentado a su lado mientras le servía cerveza—. Vete acostumbrándote a la birra del tiempo, es una costumbre local.

—Gracias.

—Nada, hombre. Me llamo Agustín. Nos ha dicho Roberto que eres plumilla, como él —Agustín era un hombretón con una enorme nariz ganchuda y ojos azules que hablaba con una voz como de león acatarrado—. ¿De qué medio?

—De *El Sol*, es un periódico nuevo. Lleva menos de un año circulando.

—Sí, me suena de haberlo visto por internet. ¿Y te pagan bien?

—Normalito, supongo.

—Buf, esta ciudad se ha puesto muy cara. Cuando llegué en 2001 era jauja. Era todo tan barato que te sentías como el Marqués de Comillas.

—¿Y qué haces aquí?

—Trabajo en el consulado. Pongo sellitos y esas cosas.

—¡No le hagas caso! —dijo otro que estaba enfrente escuchando la conversación—. Este es un narcotraficante. Lo del consulado es una tapadera. Nos tiene a todos bien surtidos. *Fuwuyuan! Yi ping pijiuuuuu!*

Lope lo miró esperando que diese más explicaciones, pero no llegaron. Lo que sí llegó fue la comida. Enormes fuentes de fideos, verduras sofritas, pinchos morunos de carne, pimientos, tofu y *tianbula*.

—Mira chaval, esto es pollo *kong pao*, el plato por excelencia del expatriado en China. Y esto es *disanxian*, otro plato típico del nordeste, algo así como Berenjenas de los Pobres. ¡Anda! ¡Han traído el pescado!

Agustín le iba describiendo los platos con su lenguaje romo y desenvuelto. Todos se pusieron a comer, a brindar y charlar de toda clase de temas.

En aquella mesa había varios tipos de expatriado: el profesor, el funcionario adjunto a la embajada, el empresario modesto, el empleado de alta cualificación que trabajaba para una multinacional, el periodista y el fugitivo. Este último era un espécimen que había aumentado entre los españoles de

Asia en tiempos recientes. Por lo general, estaba vinculado al gremio de la restauración, aunque solo como profesión sobrevenida. Fuera cual fuera el delito que hubiese cometido en España y que lo hubiera obligado a huir, encontraba acomodo entre fogones a este lado de la Isla-Mundial. Si era criminal pobre, trabajaba por un sueldo; si de guante blanco, abría él mismo el chiringuito. En aquella cena, el representante de este grupo humano era dueño de un restaurante español en el barrio universitario y estaba en proceso de camelarse a una china para que se casara con él. Entremedias, hacía vida de *sexpat*, y si una noche no tenía éxito, acudía directamente a una casa de putas.

—Vente un día a mi restaurante, ¿vale? Te hago unas tapitas y un potaje de garbanzos que te mueres.

Se llamaba Alex Terceira y había sido concejal corrupto de su pueblo de La Coruña. Entre la colonia española se rumoreaba que había formado parte de un clan gallego de la coca, y bromeaban con que Agustín era su distribuidor, el cual aprovechaba el consulado para vender la mercancía con mucha discreción. Eran solo rumores, pues lo que no quedaba nada claro era cómo podía entrar la cocaína en el país. Pero la historia era aún más inverosímil teniendo en cuenta las durísimas leyes con las que el consumo y posesión de drogas estaban penados en China, por no hablar de su tráfico, el cual podría acarrear incluso la ejecución capital. Lope se enteró de estos rumores por Roberto Ampuero cuando salieron a fumar. Él tampoco les daba demasiado crédito, pero eran persistentes, y no siempre se contaban entre bromas. El corresponsal de *EFE* era casi tan veterano de China como lo era Agustín, y había visto de todo.

—Por aquí ha pasado todo tipo de buscavidas —decía Ampuero entre calada y calada—. Los más listos acaban marchándose antes de meterse en problemas, o cuando han ganado algo de dinero. Los más tontos se quedan para disfrutar del sistema judicial chino, incluso del penitenciario. Y no me refiero solo a españoles.

—¿Qué suelen hacer? —quiso saber Lope.

—Bueno, no cometen asesinatos. Para eso, al parecer, hay que ir a Tailandia. —Ampuero se encogió de hombros—. Se meten en líos con socios chinos. A veces son engañados, y a veces son ellos los que engañan. Mi consejo para ti: haz tu trabajo y no te metas en otros negocios.

—¿Tú te has metido en alguno?

—Solo en el matrimonio.

—¿Y?

—He tenido suerte, chaval. Otros, no tanta.

Ampuero se había casado con una mujer de la provincia de Shaanxi y tenía dos hijos. En el fondo era un expatriado muy bien integrado. En Año Nuevo chino visitaba a su familia política, en el Festival del Bote Dragón comía *zongzi* y cubría las carreras de barcos para la agencia, en el Festival del Medio Otoño comía pasteles de luna y en el puente del 1 de octubre se llevaba a su familia de vacaciones a España, a la casa familiar del pueblo que le había dado su apellido. Allí, su madre, una venerable anciana, disfrutaba sus últimos días con los nietos de ojos rasgados. Los llevaba a coger higos y les enseñaba a hacer mermelada y mantequilla con leche fresca de la vaca. Merendaban rebanadas de pan con nata y miel, y les contaba historias de la guerra civil a la luz de la hoguera. Historias que a los niños les impresionaban mucho, pero luego las mezclaban con las historias que sus abuelos maternos les contaban de la guerra civil china, con lo cual crecieron con un considerable batiburrillo de conocimientos orales. Su esposa trabajaba como maestra de secundaria en un instituto de Guangwumen y, tras jubilarse, disfrutaría de una pensión generosa. Además, como era hija única, heredaría en su totalidad los bienes de sus padres.

—Es una buena vida si no tienes demasiadas ambiciones —concluyó Ampuero palmeándole el hombro—. A veces el secreto está en no ser demasiado ambicioso. Vamos adentro.

Regresaron a la algarabía del restaurante y continuaron hablando de fútbol y de política española mientras devoraban fruta y postres de invierno. La comunidad se dividía entre los defensores y los detractores del presidente Sánchez, figura que polarizaba todos los posicionamientos, ya fueran o no de carácter político. Lope prefirió no dar a conocer sus preferencias. Según le contó Agustín, el debate solía derivar, casi por sistema, en otro debate paralelo sobre las bondades o vilezas del régimen chino. Los había que elogiaban sus métodos expeditivos para la solución de problemas intrincados, en especial los que estaban ligados a las grandes infraestructuras y planes de viviendas, y que revertían en beneficio del colectivo. Otros, en cambio, ponían el dedo en la llaga de la censura o de los abusos que dichos métodos expeditivos generaban de manera indefectible.

—La cuestión estriba en encontrar el justo medio —terciaba Esteban Arangoiti, un profesor experto en la cultura local, con muchos años de experiencia en China—. En España, pero también en otros países más garantistas, muchas infraestructuras necesarias para el bien común se paralizan durante años. Esto es especialmente grave en la cuestión de la renovación urbana. Un amigo español que vive en Taiwán, el profesor Álvarez, me cuenta que muchos barrios de las ciudades taiwanesas, con viviendas de más de cincuenta años, son imposibles de renovar porque un solo vecino puede negarse y está completamente protegido. Muy bien, hemos garantizado su derecho individual contra el poder omnímodo del Estado, pero hemos condenado a esa comunidad a seguir viviendo en edificios que tarde o temprano un terremoto puede llevarse por delante. ¿Qué hacer? Me temo que no hay fórmula perfecta que lo solucione. Dependerá de las circunstancias de cada caso, de lo hábil que sea un cargo público responsable del mismo y de la flexibilidad del sistema para adaptarse a las circunstancias.

Arangoiti solía hacer análisis juiciosos de todo lo relacionado con China, pero tenía menos carisma que un plato combinado. Tal era su veteranía y sus conocimientos que, por desgracia, helaban el ambiente caldeado de aquellas comilonas, y los debates tardaban en recuperar su ardor. Cuando se enteró de que Lope se disponía a estudiar un máster de relaciones internacionales en Tsinghua, intentó acaparar su conversación, pero nuestro héroe se zafó introduciendo otra manzana de la discordia en aquella reunión.

—Mi compañero de piso es iraní —anunció— y cree que hemos vivido la peor época del fútbol por culpa de Guardiola.

Allí fue Troya. Comenzaron a volar servilletas y palillos, los decibelios aumentaron amenazando con reventar los cristales y los camareros alimentaron el fuego sirviendo licores. Mientras unos mentaban a la madre del iraní, otros mentaban a la de Guardiola, y ni siquiera la madre de Manolo el del Bombo pudo librarse. Como se pueden imaginar, ninguna de las partes dio su brazo a torcer y solo el camarero pudo poner orden al anunciar que la cocina se cerraba y que tenían que pagar. Cada uno sacó su móvil y pagó su parte con WeChat Pay.

Ya fuera del local, la temperatura terminó de refrigerar los caletres de aquella ruidosa compañía. Alex Terceira recordó a Lope que se pasara por su restaurante, y tanto insistió, que se comprometió a cenar allí la semana siguiente. Después caminó con Roberto Ampuero y otros españoles hasta la parada de metro más cercana.

—¿Te acuerdas de lo que te he dicho antes? —rio Roberto.

—Lo de no meterse en negocios.

—Eso es. Ten cuidado con ese. Que no te arrastre. No te comprometas con nada. Me lo agradecerás.

—¿Algo más?

—Cuando te den la acreditación empezarás a conocer a mucha gente: empresarios, funcionarios, diplomáticos, otros corresponsales… No te fíes de nadie.

—¿Y de ti?

—De mí te puedes fiar, porque soy yo, coño.

Lope se echó a reír.

—No tengo experiencia como periodista. Solo me han…

—Ya sé. Han aprovechado que estás aquí para que les envíes cositas. Bueno, al menos te pagan y se toman la molestia de acreditarte. Déjame decirte una cosa: te vas a encontrar con algunos problemas de confianza. Una gran mayoría de chinos no se fía de nosotros. Me refiero a los corresponsales extranjeros. No pocos han sido engañados o manipulados.

—¿Por ejemplo?

—Imagínate que eres un economista y que publicas tus análisis en una cuenta de redes sociales chinas. Pongamos, WeChat o Weibo. Imagínate que un corresponsal lo lee y decide escribir un artículo sobre el estado de la economía china destacando algunas frases de esa publicación, sacándolas de contexto, haciéndolas decir algo que en realidad no quiere decir, e incluso haciendo creer al lector que salen de una entrevista con el economista en cuestión.

—¿Hacen esas cosas? —preguntó Lope sorprendido, lo que reveló su condición de pipiolo.

—Ha ocurrido demasiadas veces y muchos chinos están alerta. Si haces tu trabajo de manera honesta y tus jefes son también honestos, acabarás ganándote la confianza de tus fuentes. Obvio, ¿verdad? Bien, me fío de que seas un tipo honesto. Ahora solo tienes que rezar para que tus superiores no te hagan la zancadilla.

—¿Cómo lo haces tú?

—Muchas veces es imposible quedar bien con todos. Por eso es muy importante cultivar las relaciones humanas. La gente no se chupa el dedo, sobre todo entre los funcionarios. Saben que tú puedes ser un tipo íntegro, pero tus jefes no, o que sí lo sean pero estén sometidos a presiones, las cuales no tienen por qué venir de los poderes públicos o de sus financiadores. Pueden ser pura necesidad de conseguir clics, lectores. Un titular en el que se diga que en China se comen a los niños crudos en el Gran Salón del Pueblo tendrá más clics que uno que diga que los hijos de los funcionarios que trabajan en el Gran Salón del Pueblo han sido recibidos por el presidente y les ha repartido caramelos.

—Mientras no sean caramelos con droga…

—Muy gracioso. Bueno, a lo que voy. Trabájate a la gente, hazles ver que eres honrado y… por el amor de Dios, sé honrado.

Lope encendió un cigarro y meditó las palabras de Ampuero sacando volutas de humo. La avenida de Jianguomen hervía de gente. Reconoció que el veterano periodista tenía razón y se aseguró a sí mismo que tendría todo ello en cuenta.

Se despidió de Roberto y le prometió que le avisaría cuando le diesen la acreditación del ministerio. Caminó de vuelta a casa con su vecino Jorge, que llevaba una curda considerable

—Te lo vas a pasar bien en Pekín, vecino —decía con voz gangosa—. Disfrutarás del socialismo con características chinas.

Lope se echó a reír.

—Ya, socialismo del de siempre. A garrotazos y confiscaciones.

Jorge lo miró pasmado, como si tuviera delante a un extraterrestre.

—¿Qué? No, no, no… no sabes de lo que hablas.

Y a continuación balbució frases incoherentes. Lope lo acompañó hasta la puerta de su piso y lo dejó en manos de su pareja.

—Buenas —saludó Farid, que veía la tele repantigado en el sofá—. ¿Quieres un zumo de naranja? Recién exprimido.

—¿Por la noche?

—¿Y eso qué más da?

—No sé, es raro. Creo que me tomaré un descafeinado calentito.

Se acomodó en el sofá una vez preparado.

—He estado viendo el reportaje de Meng Mi —dijo Farid—. En el telediario de la CCTV 4.

Lope no contestó.

—Supongo que no te interesa mucho —insistió Farid.

—No sé qué decir. No lo he visto.

—Claro, tienes razón —repuso, y siguió viendo la tele.

Lope sacó la novela de Ross MacDonald y se propuso terminarla antes de irse a dormir. No lo consiguió.

*****

La estación de trenes de Pekín era un prodigio de desorganización. Si Lope no hubiera estado acompañado de Farid, Meng Mi y Xiao Zhang, habría perdido el tren con toda seguridad, pues le resultaba imposible orientarse en aquel caos. Personas de todo pelaje entraban y salían de las salas de la estación, muchos hacían preguntas para intentar identificar la puerta por la que tenían que entrar, otros llamaban por teléfono agitados; se vendían cachivaches y botellines de agua, se arrastraban fardos y maletas, los vehículos se agolpaban en la zona de descarga de pasajeros y las voces de megafonía eran ininteligibles. Lope no llegó a sentirse del todo cómodo hasta que no entró en su asiento asignado del tren que los llevaba a Tianjin. Rebuscó en su mochila y sacó un libro de Milton Friedman muy manoseado.

—No te va a dar tiempo a leer mucho —le aseguró Meng Mi, que iba sentada a su lado—. Llegaremos antes de que pases tres o cuatro páginas.

Por su tono de voz, se podía entender que Meng Mi era perfectamente sincera en su advertencia, y quizás pensaba que era preferible hablar de cualquier cosa antes que sumergirse en algún pasatiempo individual. Lope la miró y tuvo que admitir que aquella mañana estaba muy guapa y encantadora, con sus gafas redondas y su pelo liso y negro apenas recogido. Sin embargo, la interrupción le molestó y tuvo que hacer un gran esfuerzo para evitar que se le notara. No tenía nada en contra de Meng Mi, al contrario, era una chica simpática, considerada y atractiva con cuyos escarceos se sentía a gusto, pero en cierto modo, al igual que con sus anteriores relaciones, la trataba como un juguete que tenía prohibido molestarle cuando estaba ocupado. Comprendía lo injusto de este tratamiento, pero lo justificaba como algo natural que jamás podría cambiar. Darle una importancia desmedida solo serviría para mortificarse y, quizás, generar comportamientos aún más perjudiciales. Igual que el Estado no podía poner puertas al campo intentando regular el capitalismo, tampoco él —se decía a sí mismo— podía luchar contra lo que era natural.

Cerró el libro con un gesto brusco y, mientras lo introducía de nuevo en la mochila, se arrepintió. No sabía si Meng Mi se habría disgustado, pero el tacto con su Leica le dio una idea para salvar la situación. Sacó la cámara y apuntó con ella a Meng Mi, que sonrió y se preparó para posar. Después hizo lo propio con Farid y Xiao Zhang, sentados justo detrás. Pasaron las fotos y eligieron las mejores. Luego, Meng Mi entrelazó su brazo con el suyo.

—Antes te he molestado, ¿verdad? —le susurró al oído.

—¿Cómo?

—El libro. Lo has cerrado de golpe.

—¡Oh, no! Ha sido fortuito —mintió—. Se me escapaba una de las tapas.

Meng Mi no parecía muy convencida, pero Lope parecía sentirse mejor, así que no insistió. Se notaba que le gustaba, pero no sabía decir por qué. Su atractivo físico era innegable, hacía gala de buenos modales y parecía escuchar con atención, pero en realidad no sabía demasiado de él.

—¿Cómo es tu familia? —preguntó con ese tono cálido y sincero que la caracterizaba.

—¿Mi familia? —Lope la miró sorprendido. Luego hizo un mohín y dijo—: no tengo familia a efectos prácticos.

—¿Qué quieres decir?

—Es largo de explicar —y permaneció callado. Meng Mi desvió la mirada.

Lope se pasó los dedos por el cabello, delatando su incomodidad.

—Mis padres se divorciaron cuando era pequeño —dijo finalmente, y algo pareció que se distendía en su interior. Meng Mi volvió a mirarlo—. Creo que ya te lo he contado por encima. Mi padre nunca me hizo caso. Mi madre tampoco. Me cuidó mi abuela paterna hasta que murió. Luego mis padres se divorciaron. El juez le dio la custodia a mi madre, que no pareció muy agradecida. Se marchó a vivir con su novio, con el que ponía los cuernos a mi padre. Vivimos los tres un tiempo, o más bien malvivimos. Un día me escapé y fui a casa de mi padre, que llamó a su hermana y me adoptó. Viví con ella desde los quince hasta los veintitrés años.

—O sea que ella es tu verdadera familia.

Lope sonrió con tristeza.

—También se murió.

—Vaya, debió de ser muy duro perderla. ¿Y has vivido solo desde entonces?

—Sí, me dejó su casa, pero casi no la he pisado. Cuando terminé la carrera empecé a trabajar como profesor haciendo sustituciones en pueblos de los alrededores de Madrid, pero nunca me tocó el pueblo en el que tenía mi casa.

—¿Y con tus padres no te hablas?

—No veo a mi madre desde el día en que le dije al juez que prefería vivir con mi tía. Con mi padre intenté comunicarme alguna vez. Lo veía a veces por la universidad. Estudié en la misma en la que enseñaba él. Pero nunca pasó de un saludo y cuatro frases incómodas. Hace tiempo que no sé nada de él.

A lo mejor Meng Mi pensó, quizás erróneamente, que había penetrado en el alma de Lope. Aplicando psicología de baratillo, podría haber concluido que estaba a falta de cariño, que no tenía nadie en quién confiar a su lado, de ahí su tendencia a manifestar tics solipsistas que podrían derivar en egoísmo emocional. Sin embargo, el problema de Lope no radicaba tanto en su falta de confianza en las personas —de hecho, podía llegar a ser muy ingenuo—, sino más bien en una indiferencia general hacia las consecuencias de sus actos que, a veces, él mismo confundía con desidia. Esto le acercaba al egoísmo, pero no se trataba de la misma situación. Asumía que las mismas cosas por las que él se irritaba, no tenían que producir el mismo efecto en los demás cuando él las generaba. Él podía interrumpir a Meng Mi sin que esta tuviera derecho a quejarse, pero no al revés. La falta de cariño de sus padres había sido suplida por las atenciones de la tía Manuela, la cual se erigió en figura salvadora, pero su muerte, lejos de convertirlo en un ser sediento de amor, hizo de él un cínico que se regodeó en sus propios defectos, a los que intentaba poner remedio yendo al gimnasio o justificándolos por la fe en la libertad humana, como si fuera un Lutero de la era posmoderna. O quizás este análisis también sea erróneo, como el de Meng Mi.

—¿Tú qué tal te llevas con tu padre? —preguntó Lope para cambiar de tema.

—Razonablemente bien, aunque desde que murió mamá está cada vez más cascarrabias. Por lo menos se entretiene con su libro y esas cosas.

—¿No le cuida nadie?

—Está bien de salud, y no le hace gracia eso de que le cuiden. Es militar, ya sabes, *da nanren!* Si le ocurre algo estoy a menos de una hora de Tianjin.

—Estará orgulloso de ti. Supongo que no es fácil entrar en la CCTV.

—Nunca me ha dicho nada, pero le dan miedo mis aficiones —Meng Mi sonrió.

—¿Qué aficiones? ¿Escribir novelas? —La chica asintió—. ¿Está en contra de las novelas?

—No, pero le da miedo que un día me vuelva loca, deje mi trabajo e intente vivir de escribir ficción.

Meng Mi hablaba como si esos fueran sus planes a futuro.

—No deberías hacerlo. Escribe ahora, pero no dejes tu trabajo. Es un riesgo demasiado grande.

Meng Mi parecía dolida, quizás había esperado apoyo por parte de Lope. Miró hacia otro lado y jugueteó con los botones del abrigo.

—Podrías probar a escribir algo y ver cómo te va, si consigues sacar tiempo —dijo Lope sin mucha convicción, dándose cuenta de que la había ofendido y queriendo arreglar las cosas—. Luego podrías decidir si quieres arriesgarte.

Meng Mi lo miró y asintió.

—Hablemos de otra cosa —dijo sonriendo.

Lo observó. Parecía incómodo.

—¿Qué quieres preguntarle a mi padre exactamente? —aventuró intentando distender la atmósfera.

—Cosas de Taiwán y de la guerra de Ucrania —respondió, aliviado de que aquella pequeña tormenta hubiera pasado.

—Entiendo. Te refieres a los planes de invasión, ¿no?

—Bueno, si los hay y los conoce o los intuye.

—Si los conoce no te los va a contar a ti —rio Meng Mi—. No me los podría contar ni a mí.

—No, claro, tienes razón —sonrió Lope—. En fin, no me gustaría que se lo tomase como una entrevista.

—Nada de eso. Le he dicho que venía a verle con Xiao Zhang y unos amigos extranjeros. Y que pasaríamos el fin de semana con él.

—No será molestia para él, ¿verdad?

—En absoluto —sentenció.

Sin embargo, aquel sábado que había comenzado con tropiezos, no remontaría el vuelo tan pronto. Un taxi los llevó de la estación hasta la casa del coronel Meng, que vivía en un *hutong* cuya entrada estaba guardada por dos leones mitológicos. Las grandes hojas de la puerta, pintadas de rojo, se abrieron para dar paso a un zaguán lleno de calzado y abrigos colgados en la pared.

—*Ba! Women lai le!* —anunció Meng Mi.

—¡Estoy en el salón! ¡Hay zapatillas en el armario de la entrada! —dijo una voz que salía de las profundidades de la casa.

Se calzaron unas pantuflas bastante usadas de las que se vendían en el supermercado y se internaron por los pasillos. Entraron en una estancia muy iluminada, con estanterías de libros, fotos antiguas colgadas en la pared, un sofá de apariencia cómoda y una mesa de centro repleta de papeles y utensilios para preparar el té. En una de las esquinas, una estufa irradiaba una luz roja espectral que se reflejaba en el envejecido rostro de un soldado del Ejército Popular de Liberación, inclinado sobre la mesa de centro y escribiendo en unas cuartillas. Un altavoz inteligente de Xiaomi emitía música pop cantada en un idioma que Lope no conseguía reconocer.

El coronel saludó primero a Xiao Zhang, que le presentó a Farid. El anciano le estrechó las manos con efusión y le dio la bienvenida a su casa. Inmediatamente le pidió que se sentara y probara el té. Después se giró para contemplar a su hija, flanqueada por Lope. Entonces lo supo. El coronel Meng había descubierto que aquel extranjero se había acostado con su retoño, y sin decir palabra ni expresarse con gestos, se lo hizo saber a ambos. Como por iluminación instantánea, al estilo *chan*, Lope tuvo la certeza de que su relación con Meng Mi no tenía futuro, lo cual le entristeció y le alivió al mismo tiempo. Ella, en cambio, delató la vergüenza y rabia que parecía sentir: en pocos días se había enamorado de la persona equivocada y había ofendido a su padre.

—Hola, papá —acertó a decir—, *xin nian kuai le*, feliz año nuevo.

—Feliz año nuevo, hija —respondió con amabilidad pero sin sonreír—. Sentaos, estaba preparando té.

Farid no dejó de hablar en toda la mañana con el coronel, haciéndole preguntas y respondiendo a las suyas. Su entusiasmo por los conocimientos que atesoraba el viejo soldado le hacían ser cada vez más osado en sus inquisiciones sobre su pasado personal, y el coronel Meng contó multitud de anécdotas sobre la fallida invasión de Vietnam en 1979.

—Hubo una escaramuza en la que participó mi batallón —contaba—. En realidad fue una emboscada que nos tendieron en un valle muy estrecho. Esos vietnamitas sabían pelear. No sé cómo salí vivo de allí.

—¿Murieron muchos? —quiso saber Farid.

—Un tercio se quedó en el lodo. Otros fueron hechos prisioneros, y otros heridos que nos pudimos llevar. Un desastre.

—Tengo entendido que hubo reformas después de aquella aventura —terció Lope, que lo había leído en una introducción a la China moderna.

El coronel no respondió enseguida, y ni siquiera le miró. Primero sirvió té, y cuando todos hubieron bebido, se dirigió a Farid:

—Nuestras tácticas se habían anclado en la guerra de Corea, que fue una guerra de desgaste y trincheras en su mayor parte, una vez que el frente se estabilizó a finales del año cincuenta. Eso no servía para luchar en Vietnam, un país que estaba en guerra permanente desde 1954. Tenían una coordinación perfecta entre sus unidades y contaban con armamento soviético más moderno. En cambio, nuestro armamento era obsoleto y además nuestra logística tuvo muchísimos problemas que el enemigo explotó con mucha habilidad. La reforma posterior del ejército fue total. De arriba a abajo. Nada de ejército de leva, sino soldados profesionales y profesionalizados; nuevas armas, tanto ligeras como pesadas, enfoque en la logística y en la coordinación de grandes unidades. Con el tiempo hemos mejorado mucho. Ahora ya estamos buscando la paridad con EEUU, aunque si de alguien hay que aprender es de Rusia. Esos cabrones saben hacer la guerra.

Farid siguió con preguntas acerca de los portaaviones y si tenían sentido en la guerra moderna contra un enemigo del mismo nivel. También hablaron de la situación en el estrecho de Taiwán y la guerra de zona gris en la que estaban inmersos los contendientes.

—Se hace de todo menos la guerra directa —explicaba el coronel—. En vez de utilizar fuerzas militares, utilizas fuerzas civiles como la Guardia Costera o incluso buques de pescadores. Utilizas la guerra cibernética, la guerra cognitiva, los ensayos militares, la información. Es una guerra de nervios a la que todos juegan. Nadie quiere ser el primero en abrir fuego.

—¿Cree que Rusia se equivocó con la operación militar especial? —insistió Farid.

—Eso no lo podemos saber hasta que la guerra termine —respondió el coronel mientras volvía a servirle té—. Pero de momento los rusos están siguiendo a la perfección la ley esencial de la guerra. ¿Sabes cuál es, amigo iraní?

—Derrotar al enemigo sin luchar, como decía Sunzi —respondió Farid muy ufano.

—No. Al enemigo no se le derrota sin luchar, porque su ejército sigue existiendo. Sunzi se equivocaba en esto. ¿Cuál es el objetivo de un comandante en jefe en una guerra? Espero que Xiao Zhang no se aburra. Meng Mi ya ha escuchado estas cosas muchas veces.

Meng Mi sonrió, y por primera vez aquel día, su cuerpo se distendió.

—Me rindo, coronel —dijo Farid riendo.

—Destruir a las fuerzas enemigas hasta que no tengan capacidad de seguir luchando —intervino Lope, esta vez mirando a los ojos al coronel.

El viejo militar le aguantó la mirada. Después sonrió ligeramente y le sirvió té.

—¿Esa es la respuesta correcta? —preguntó Farid mirándoles alternativamente.

El coronel asintió y luego dijo:

—Hemos estado hablando mucho tiempo y no habéis comido nada. Será mejor que salgáis a comer. Hija, llévales al restaurante de la *ayi* Liao. Ya sabes cuál es.

—¿Tú no vienes?

—No, no. Tráeme una sopa de bambú y pollo. Con este frío no me apetece salir a la calle.

Todos se pusieron de pie y Lope se dio prisa en salir. El tranquilo callejón en el que vivía el coronel estaba helado. El viento traía consigo olores del océano y el cielo anunciaba nieve. El esqueleto de un árbol asomaba sus ramas desnudas por encima de un muro. Sacó un Winston y lo encendió con manos temblorosas. Pensó en los consejos de Roberto Ampuero y tuvo que reconocer que no había conseguido ganarse la confianza de su primera fuente. El viejo no había hablado de política, pero Lope suponía que sus ideas se limitarían a regurgitar las del partido, algo que él juzgaba con condescendencia. Todo aquello no le daba para un artículo, pero sí pensó que nada más recibir la acreditación publicaría una especie de texto largo sobre su primera semana en Pekín en la que hablaría del coronel Meng.

Fueron a comer al restaurante de la *ayi* Liao, pero Lope no se unió a la conversación. Después llevaron la sopa al coronel y volvieron a salir para dar un paseo por la ciudad. A media tarde comenzó a nevar. Caminaban por un bonito bulevar flanqueado por árboles de hoja perenne.

—A mi padre no le gustas demasiado —dijo Meng Mi dando a entender que habían demorado aquella conversación.

—Es un efecto habitual entre los padres.

Meng Mi le pidió un cigarro. Lo encendió, y tras un par de caladas dijo:

—¿Quieres decir que no caes bien a los padres en general?

—Eso es lo que quiero decir.

—¿Has tenido muchas novias?

—La verdad es que no. Si por novia se entiende una pareja estable.

—¿Cuántas?

—Dos, una pianista con la que salí tres años y una profesora con la que salí dos. Sus padres me odiaron desde el minuto uno. Sin casi yo abrir la boca.

—No lo entiendo. ¿Por qué?

Lope se encogió de hombros y encendió un cigarro.

—Los únicos padres a los que caigo bien son los de mis amigos, Nacho y Pietro. Siempre me trataron como si fuera de la familia.

—Supongo que tiene que ver con las chicas —rio Meng Mi—. Te ven como una amenaza.

—¿Alguna vez habías llevado un chico a casa?

—Sí, a uno por lo menos. A mi padre le cayó bien. ¿Te imaginas por qué?

—Me lo imagino, pero no quiero parecer presuntuoso.

Meng Mi se echó a reír y lo agarró de la mano.

—No era muy guapo y trabajaba para una empresa estatal. El yerno perfecto. Tú en cambio…

—¿Por qué no funcionó?

—No funcionó precisamente porque a mi padre le cayó bien. Supongo que no quiero llevar una vida anodina como la que me esperaba con aquel chico.

—Me recuerdas a mi tía Manuela —dijo Lope mirando al cielo—. Era una rebelde. A los quince años se escapó de casa con un chico.

—¿En serio? No me lo puedo creer.

Meng Mi había recuperado la alegría en su rostro, sobre el que de vez en cuando se posaban tímidos copos de nieve. Lope decidió dar un descanso a sus tribulaciones y se empeñó en que aquel fuera un fin de semana agradable para todos. Propuso ir a cenar a un buen restaurante. Xiao Zhang y Farid se adelantaron unos metros. Lope se paró, y justo cuando la nieve arreciaba, acarició el rostro helado de Meng Mi y le dio un largo beso que supo a despedida.

II
El otro síndrome de Stendhal

Las semanas invernales transcurrieron con relativa placidez en la capital, sobre todo después de la gran migración del Año Nuevo chino. Lope comenzó las clases en la universidad de Tsinghua y recibió la acreditación de corresponsal. Su rutina diaria se repartía entre el máster, las ruedas de prensa en Exteriores y las clases de chino en la academia Lanmate. Todos los días reservaba tiempo para leer, escribir y practicar su chino con el señor Lu, el guardia de la recepción de su edificio. El sueldo del periódico le alcanzaba para su sencilla vida en la capital, cuyos únicos caprichos consistían en la inscripción del gimnasio y las copas del sábado, ya fuera con Farid, con sus compañeros de la universidad o con otros corresponsales con los que entabló amistad.

En Tsinghua se familiarizó con las principales teorías de las relaciones internacionales que dominaban el panorama académico: los realistas, los idealistas, los constructivistas, los liberales y los altermundistas con pátina marxista. De la mano del profesor Ding Dou estudió los principales organismos internacionales y su funcionamiento, y otros maestros le tuvieron al tanto del pensamiento estratégico chino. Por sus manos pasaron libros de John Mearsheimer, Kenneth Waltz, Henry Kissinger, Jiang Shigong, Yan Xuetong, Andrew Korybko y Toni Negri. Su recepción de aquellos textos fue desigual, o más bien confusa, algo habitual en la universidad, donde se lee demasiado y sin que deje un buen poso. Sus ideas previas permanecieron en su sitio, aunque entendió la necesidad del realismo en las relaciones entre Estados.

A medida que pasaron las semanas ganó confianza con la comunidad española, y en las cenas con abundancia de alcohol, Lope reveló más de sí mismo de lo que solía cuando estaba sobrio. En una ocasión, ya cercano a terminar el invierno, Lope bebió más de la cuenta y lanzó un embrollado discurso sobre las bondades de la liberalización del mercado —sobre todo el del alquiler— y, casi tambaleándose, tachó al comunismo de ideología de la pobreza y la miseria. Cuando terminó la perorata, varios le aplaudieron y otros rechazaron sus afirmaciones. Su vecino Jorge, que había bebido tanto como él, se levantó de la silla, y después de introducir los dedos en un vaso de cerveza, le salpicó gritando:

—¡Javier Milei! ¡Sal de ese cuerpo! ¡Te lo ordena Nuestro Señor Jesucristo!

Sus artículos para *El Sol* fueron bien recibidos. Poco a poco, iba afinando su estilo, en el que mezclaba la información pura y dura con toques de humor y costumbrismo pekinés. Según Roberto Ampuero, con el que afianzó su amistad, Twitter estaba muy dividido en cuanto a la valoración de sus análisis. Los prochinos aceptaban sus descripciones de la capital y de la vida diaria en China, pero detestaban su tonito condescendiente y su liberalismo. Le llamaban el «hombre de Vox en Pekín». Los liberales, por contra, le reprochaban su visión casi idílica de la vida en la capital, y sentían que estaba engañando a los lectores y a sí mismo.

—Hermann Terstch te ha criticado —le decía Ampuero—. Dice que en el fondo estás blanqueando a un «Gobierno criminal».

A Lope le dolían estas críticas, pero no estaba dispuesto a renunciar a lo que le distinguía del resto de corresponsales, cuyos artículos eran casi intercambiables. Además, la evidencia de lo que veía todos los días al salir a la calle era inobjetable, y ocultarla al lector, un acto de vileza y de insoportable hipocresía. ¿Por qué esos críticos se indignaban de que los pekineses se divirtiesen en los bares y en los restaurantes? ¿O de que se fueran de vacaciones y disfrutasen de las galerías de arte, de los parques de atracciones, de los videojuegos o del ping pong? ¿La vida en China tenía que ser necesariamente triste y gris, con historias ocultas de terror represivo y pobreza? «De eso ya se encargan los demás medios», pensaba Lope. Su editor, Rubén Cortado, no puso ninguna objeción a los artículos y se limitó a limpiar los textos de erratas y ajustarlos a la maquetación del periódico. En la cuestión de sus fuentes, no había avanzado demasiado, pero le bastó con el contenido que le proporcionaron sus profesores. Ampuero le presentó a un par de periodistas chinos y a un joven empresario del sector turístico que estaba casado con una española. Con esfuerzo, sacó adelante algunos reportajes sobre economía, vida cultural y rumorología política.

A todo ello ayudaba su constante mejora del mandarín, que le daba acceso a más personas. Con el tiempo, la academia de Xu Yan se convirtió en una especie de segundo hogar. En no pocas ocasiones cenaba con las profesoras y se quedaba en la oficina para redondear algún artículo o trabajo de clase. Xiao Lu le convidaba a fruta y a té, y la profesora Wang siempre traía sopa o pinchos morunos para compartir.

Sin embargo, a pesar de que se encontraba muy a gusto cenando en Lanmate, hacia la primavera tuvo que reconocer que había otro motivo oculto: evitar a Meng Mi. Después de aquel fin de semana en Tianjin visitando a su padre, su relación se había enfriado gradualmente, y ya entrada la primavera se reconocían como amigos más que como amantes. Si Meng Mi seguía pasando por su apartamento se debía sobre todo a Xiao Zhang, cuya relación con Farid tomó el camino contrario a la de Lope, hasta el punto de que la joven pasaba más tiempo en casa de los chicos que en la suya. Su carácter alegre y sencillo combinaba a la perfección con la manera de ser de Farid, siempre amable y hospitalario. Cuando Meng Mi estaba ocupada haciendo reportajes fuera de la ciudad, Xiao Zhang dormía en el apartamento de los chicos y se turnaba con Farid para hacer la comida. Muchos días, Lope desayunaba a mesa puesta. Al principio, sentía cierto apuro por no ser tan apañado y no ayudar, ni siquiera con el café, pero pronto olvidó sus escrúpulos y se limitó a disfrutar de las ventajas.

Su relación con Farid también fue ganando enteros y la confianza entre ambos creció hasta convertirse en una amistad genuina. Se pasaban el día viendo fútbol por la tele y discutiendo de tácticas y jugadores. El fútbol unió a Farid y a Lope, y solo los partidos que se retransmitían entre semana por la noche, mantenían a nuestro héroe alejado de la academia Lanmate.

Eran los días de fútbol en los que los cuatro volvían a reunirse, y si al principio Meng Mi todavía dormía en la habitación de Lope, aquella costumbre se perdió por completo entrada la primavera. La joven seguía expresando afecto por él, pero era un cariño diferente al de los primeros días, y Meng Mi reveló más tarde que se sentía más tranquila con la nueva situación, pues juzgaba que ninguno de los dos sufriría o se sentiría molesto si su relación implicase algo más que la camaradería.

Sin embargo, aquella estabilidad recién encontrada pronto se vería perturbada. Un viernes de finales de abril, Lope asistió a la última conferencia del ciclo organizado por el profesor Ding Dou en la Biblioteca Nacional. La sala habilitada estaba de bote en bote. Muchas personas se habían quedado sin asiento y esperaban de pie. Las puertas se habían dejado abiertas para que los que no habían podido entrar pudiesen escuchar la conferencia. Como alumno de Ding Dou consiguió un asiento en las primeras filas. Otros colegas de los medios tuvieron que contentarse con seguir de pie todo el evento desde el fondo de la sala. El rumor de voces apagaba cualquier otro sonido; la expectación del público era total, ávido como estaba de conocimientos y de narrativas distintas a las que estaban acostumbrados, ya fuera en la universidad o los medios.

Ding Dou presidía la mesa acompañado del director de la Biblioteca Nacional, y ambos estaban flanqueados por dos curiosos personajes. A la izquierda del público se sentaba Aleksandr Dugin, el filósofo ruso inconfundible con su barba monacal y su indumentaria oscura de nihilista decimonónico, autor de numerosos libros de geopolítica y filosofía. Y a la derecha, Leonardo Pasamonte, antiguo embajador de España en China y autor de una famosa obra de filosofía de la historia y de las relaciones internacionales. Pasamonte era un individuo bastante mayor, pero de altura imponente, pelo rubio y piel moteada por el vitíligo.

Tras presentar a ambos de manera sucinta, Ding Dou dio la palabra a Dugin, que comenzó con unas frases de agradecimiento pronunciadas en chino. A continuación, dio inicio a su charla. Como en sus días de la facultad, Lope tomó notas apresuradas en una gran libreta Papyrus. Su grado de concentración era extremo. Quería consignar todos los comentarios del filósofo ruso.

Dugin comenzó haciendo referencia a la guerra de Ucrania y cómo este conflicto estaba cambiando el mundo de manera acelerada, inclinando la configuración internacional hacia un orden multipolar, que según él, era el modelo más deseable. A partir de ahí, hizo un resumen de los principales puntos en los que se apoyaba su filosofía. Habló de la geopolítica como ciencia, de las diferencias entre los imperios del mar y los imperios de la tierra, del mundo multipolar y de las implicaciones de la teoría del Heartland.

Cuando terminó, la sala rompió a aplaudir. Lope había rellenado varias páginas con una letra infernal y ahora sacudía la mano para desentumecerla, masajeándola y preparándola para la intervención de Pasamonte, el cual también había tomado algunas notas durante la charla de Dugin.

El anciano español comenzó recordando su mandato en China quince años atrás, y cómo por aquel entonces ya se intuía lo que ahora se estaba viviendo, aunque quizás nadie lo esperaba tan pronto. Pasamonte dijo coincidir con Dugin en que el momento actual prometía ser tan importante como la caída de la Unión Soviética. A partir de esta coincidencia, se dedicó a recubrir toda la charla del filósofo ruso. Negó la cientificidad de la geopolítica, propuso su teoría de la Historia universal como historia de los imperios y rebajó la expectativas puestas en las posibles bondades a priori del mundo multipolar.

El aplauso del público fue mucho menos entusiasta, pero en cuanto Ding Dou dio paso al turno de preguntas, el número de manos alzadas lo abrumó. Una gran mayoría de intervenciones estuvieron dirigidas a Pasamonte, el cual respondió con gran aplomo y seguridad. Después se hicieron una foto de grupo y se intercambiaron libros. Los asistentes comenzaron a salir de la sala. Muchos se hacían fotos con Dugin y le pedían autógrafos. Otros hacían lo propio con Pasamonte, aunque bastantes menos, pues era una figura que imponía respeto. No obstante, la fluidez de su mandarín le hizo muy popular entre los que lo trataron. Lope se apresuró a saludar al profesor Ding. Conoció a Dugin, pero apenas pudo hablar con él porque era constantemente requerido. Pasó entonces a saludar a Leonardo Pasamonte, quien le dio un fuerte apretón de manos con aquellas garras de oso pardo.

—Me ha dicho Ding Dou que es usted su alumno, pero que además es periodista —dijo Pasamonte en un tono muy amable, que contrastaba con su imponente figura—. Yo solía odiar a los corresponsales.

—¡No me diga! —repuso Lope—. ¿Ahora ya no?

—No, hace tiempo que dejé de odiar a nadie. Pero cuando era embajador solía enjaretarles a mi secretario. Me recuerda usted un poco a él.

—No he podido leer su libro todavía, pero hoy he tomado muchas notas. Desde luego, me han entrado ganas de leerlo. Lo pediré hoy mismo por Internet.

—No hace falta, yo se lo regalo. He traído algún ejemplar en español para unos amigos. ¿Conoce ya al embajador de España? Es amigo mío.

—De lejos.

—Esta noche hay una recepción en el Hotel Mandarin Oriental para dar a conocer productos de algunos países.

Si quiere puedo colarle y presentarle a algunas personas. Le vendrá bien para su trabajo de corresponsal. ¿Qué me dice?

Lope aceptó entusiasmado y se alegró de no tener que recurrir a Meng Mi o a Ampuero para buscar contactos. Regresó a casa de buen humor y pasó la tarde poniendo en orden las notas tomadas durante las conferencias. Después anotó en su libreta personal:

No son liberales, pero su pensamiento no puede tirarse a la basura así como así. Tengo que reconocer que, por primera vez, algo se ha removido en mi interior.

Cuando terminó de escribir, se metió en la ducha, y mientras el agua recorría su cuerpo, pensó en las perspectivas que se le presentaban aquella noche. Decidió sacar lo mejor de sí, acicalándose hasta el máximo aconsejable. No convenía salir hecho un perifollo, con traje y pajarita, pues, al fin y al cabo, era un corresponsal de prensa, así que decidió vestirse con ropa más informal, pero sin perder el gusto. Para rematar, se peinó a conciencia y se rasuró la barba. Antes de salir, dejó una nota a Farid de que no cenaría en casa esa noche.

El evento al que le habían invitado se celebraba en el hotel Mandarin Oriental, en la céntrica calle de Wangfujing, uno de los principales reclamos turísticos de la ciudad. Decidió acercarse en taxi y evitar el metro, pero se reveló una decisión equivocada, pues pronto se vio envuelto en un impresionante atasco. Llegó con media hora de retraso. Entró en el vestíbulo principal y enseñó la invitación de la embajada española enviada por correo electrónico a instancias de Pasamonte. Un ujier lo acompañó hasta un gigantesco salón abarrotado de gente vestida de punta en blanco. El representante de la Unión Euroasiática en China terminaba su discurso cuando

Lope consiguió hacerse un hueco entre los asistentes, todos ellos puestos en pie y preparados para brindar con copas de vino. Dos cuerpos por delante, divisó a un grupo de tres mujeres que, de espaldas, ofrecían apariencia occidental y lucían curvas vertiginosas, como un circuito de Fórmula 1. Terminado el brindis, un murmullo estruendoso se apoderó de la sala. Camareros fintaban entre los asistentes con sus bandejas llenas de copas y tentempiés. En los extremos, mesas con diferentes productos alimentarios se ofrecían al público. Como por instinto, Lope siguió a las Tres Gracias hasta una de aquellas mesas en las que se servía una especie de estofado, y que estaba decorada con una bandera de Kazajistán. «O algún país de esos», pensó.

Mientras curioseaban, Lope se colocó a un costado y pudo observarlas con disimulo. La que estaba más cerca de él era morena, esbelta, de poco pecho y tres kilos de maquillaje. Vestía con una falda negra que le llegaba hasta las rodillas y una blusa blanca pegada al cuerpo. La siguiente destacaba por sus uñas postizas y de diferentes colores, igual cantidad de maquillaje que su amiga y un vestido de raso bastante hortera, con una abertura que llegaba hasta donde la espalda pierde su buen nombre. Sus ojos hacían chiribitas, y sus pestañas, también postizas, amenazaban con cazar mosquitos y cualquier otro bicho volante que se hubiese atrevido a acercarse. Lope no estaba muy impresionado, pero la más alejada de las tres mujeres le produjo una honda conmoción, hasta el punto de hacerle entreabrir la boca. Y no era para menos. Ante él, ojeando los manjares que se presentaban en aquel puesto, se hallaba la mujer más hermosa que había visto en toda su vida, y eso que sus trabajos como modelo le habían permitido conocer a chicas muy bonitas. Era alta, esbelta, de un rubio brillante, con el pelo rizado y de movimientos graciosos. El rostro de porcelana acogía dos ojos verdes como caramelos de menta, nariz de adolescente entrometida y labios encarnados como si hubiera comido mermelada de frambuesas a cucharadas. Las orejas eran pequeñas, y de ellas colgaban dos aros plateados en los que podría haberse posado una pareja de gorriones. Vestía una blusa de seda azul cielo, con escote que dejaba ver las clavículas y que prometía dos pechos rotundos, soberbios, que ni la enfermedad de Alzheimer podría hacer olvidar. En sus caderas daban comienzo piernas largas como ríos, enfundadas en unos vaqueros blancos, entallados, que se detenían antes de llegar a los tobillos. Unas manoletinas rojas enfundaban pies blancos y delicados.

El corazón de Lope latía con fuerza inusitada, como los de los personajes de Cervantes en las *Novelas ejemplares*, que se enamoraban siempre a primera vista. Lope no era muy cervantino, pero había leído el Quijote y otras obras mientras cursaba la licenciatura en Historia, y una parte de él no pudo dejar de constatarlo más tarde en su libreta.

¿Cómo acercarse a aquella mujer que parecía el símbolo de toda una civilización? De repente, Lope había perdido la seguridad en sí mismo. Se veía como un mortal ante un dios. Las palabras no salían de su boca y un terror que nunca había sentido lo paralizaba sin remedio.

—Está usted aquí —oyó una voz por detrás—. Lope Carvajal, ¿verdad?

Se dio la vuelta y allí estaba Pasamonte, con su pajarita amarilla, sus manchas de vitíligo y sus ojos de héroe nórdico. Entre sus manazas sostenía una copa de agua.

—Disculpe que no beba alcohol. Es el corazón. Mi mujer me mataría, si es que no me muero antes.

Lope todavía estaba algo aturdido, pero acertó a saludarlo.

—Le estaba buscando —mintió el joven—. ¿Le importa que yo beba?

—En absoluto, beba usted hasta caerse muerto. Y fume. ¿Fuma?

—Fumo de vez en cuando. Aunque desde que vivo en China fumo mucho más.

—Le entiendo perfectamente. Créame. Venga conmigo, quiero presentarle a alguien.

Pasamonte lo alejó del puesto kazajo y de la mujer maravilla. Se perdieron entre el gentío y fueron a parar a una mesa rodeada de varias personas bien trajeadas que, cuando no reían, libaban.

—Peng Qi. —El exdiplomático se dirigió a un chino alto y bien peinado, que rondaría los cincuenta—. Quiero presentarte a un joven amigo. Es periodista, pero de los buenos, y además estudia en Tsinghua con Ding Dou.

Peng Qi lo saludó muy afable y se interesó por sus estudios. Hablaba con acento del oeste, de forma pausada, como si meditara cada frase; su sonrisa era franca, invitando a la confianza; las arrugas en la frente delataban un envejecimiento prematuro, quizá provocado por graves responsabilidades, pero cuyas maneras desenvueltas disimulaban con eficacia.

—Si Leonardo dice que eres buen escritor, tendré que creerle —decía ya avanzada la conversación—. ¿Qué tipo de artículos escribes? ¿Notas de prensa? ¿Reportajes?

—El señor Pasamonte es muy generoso —repuso Lope con modestia—. En realidad estoy aprendiendo el oficio. Yo no estudié periodismo.

—¿Ah, no?

—No, soy licenciado en Historia —aclaró, y a continuación siguió explicando—: el caso es que escribí un libro de mi estancia en Manchester hace unos años y al editor del periódico le gustó. Al principio, le enviaba notas y crónicas más o menos al uso, pero me dijo que no era eso lo que buscaba conmigo, que las notas de prensa las podían comprar a las agencias. Él quería algo más literario, así que empecé a enviar artículos a medio camino entre el periodismo y la literatura sobre mi vida en China y sobre la realidad del país. Están teniendo muy buena acogida, o por lo menos eso dice él.

—He podido leerlos —terció Pasamonte— y te aseguro Peng Qi que son muy buenos. Dan una visión equilibrada y atractiva del país.

—Es una pena que no sepa español para leerlos yo mismo, pero a lo mejor puedo pedirle a mi equipo que traduzca alguno. ¿Serías tan amable de enviarme dos o tres a la dirección de mi tarjeta?

Como era preceptivo en la cultura de Asia Oriental, se habían intercambiado tarjetas. Lope no había prestado demasiada atención, pero ahora, echándole de nuevo un vistazo, se dio cuenta de que solo consignaba un nombre, un número de teléfono y una dirección de correo electrónico de Baidu. Ningún cargo, ninguna afiliación, ninguna pista de las actividades a las que Peng Qi se dedicaba.

—Eso haré, señor Peng.

—Nada de «señor», llámame Peng Qi. ¡Oh! Disculpadme un momento.

En un instante, se perdió entre el gentío, y Lope se volvió hacia Leonardo Pasamonte.

—Habla usted como si me conociera —dijo entre perplejo e incómodo.

—Exacto, como si lo conociera —repuso el exdiplomático dando un sorbo a su copa de agua.

—Pero no me conoce, ¿por qué tanto interés en presentarme a ese hombre? Y por cierto, ¿quién coño es? Con perdón.

—Peng Qi es asesor directo de la presidencia en cuestiones comerciales, y concretamente, en el proyecto de Nueva Ruta de la Seda. Traducido: tiene acceso a las eminencias que dirigen este país. No me dé las gracias y aproveche la oportunidad.

Lope abrió los ojos como platos y volvió a mirar la tarjeta, como si fuera a encontrar algo que se le hubiese pasado por alto.

—Pero eso no responde a mi pregunta. —Lope volvió a la carga tras recuperarse—. ¿Por qué me ayuda si…

—… si no le conozco de nada. Sí, le escuché la primera vez. La explicación no le satisfará. Usted buscará razones ocultas, como que soy un espía del CNI o un viejo verde gay. Pero la razón es más prosaica: soy así. Es lo que he venido haciendo desde hace años. Ayudo a jóvenes que me parece que tienen potencial. Y ya está.

—¿Y ya está?

—Le dije que no le satisfaría.

—¿Y ahora qué hago?

—Pues ahora va usted y se lo gana. No se preocupe, hasta el momento ha estado usted muy bien, pero no cometa el error de enamorarse. —Pasamonte hizo un gesto con la cabeza como señalando a alguien por detrás de Lope—. Por cierto, ya le he enviado mi libro por mensajería. Le llegará mañana. Si tiene cualquier problema o viene de visita a Tokio, envíeme un email. Yo me voy a ir retirando. Ya no aguanto estos saraos.

El anciano estrechó la mano de Lope y se marchó sin decir nada más, dejando a nuestro héroe con dos palmos de narices. Un camarero pasó con una bandeja rebosante de copas de vino.

—¿Hay bebidas espirituosas? —le preguntó.

—Nosotros solo servimos vino —dijo por detrás de la bandeja—. A lo mejor en alguno de los puestos temáticos.

Lope agarró dos copas de vino y se echó una al coleto, para después posarla en una mesa cercana. Con la otra, meditó las palabras de Pasamonte. Sin duda, ganar la amistad de Peng Qi quizás le diera acceso a información que otros periodistas desearían. Casi podría jugar en la liga de aquellos con fuentes en los servicios secretos. Por otra parte, no le serviría de mucho para sus artículos, a no ser que ampliase su espectro con análisis de política internacional o de geoeconomía. «Si combino esta fuente con lo que voy aprendiendo en el máster, me quedarían unos artículos de análisis muy requetebonitos», pensó dando un trago a la otra copa de vino. En cuanto a la misteriosa advertencia de que no se enamorase, Lope no estaba demasiado preocupado. A decir verdad, solo se había enamorado una vez, de su primera novia, la pianista de los puerros y la merluza rebozada. Tras una ruptura especialmente dolorosa, se había jurado a sí mismo no volver a cometer el error de dejarse llevar por los sentimientos. No fue tarea fácil, pues tendía a confundir lo que sentía, pero con el tiempo descubrió que no era lo mismo enamorarse que encapricharse. La segunda chica con la que salió, una creativa de marketing de una empresa alimentaria, se sintió estafada cuando, tras dos meses de una relación muy intensa, Lope le confesó que «se había vaciado». Solo un tiempo después descubrió que lo que había sentido por aquella chica no era amor, sino un cariño visceral, fogoso, sobre todo por su cuerpo.

—Ahora entiendes lo que yo te explicaba —le decía su amigo Pietro Vilches—. Te has encoñado y lo has confundido con el amor. Pero no me escuchabas. A partir de ahora harás caso a don Pietro, ¿a que sí?

—Como si fueras el general Eisenhower.

—Más te vale.

A pesar de tener la misma edad, Pietro Vilches era el gran mentor estético y sentimental de sus amigos Lope Carvajal y Nacho Perdomo. Parecía como si su sabiduría en torno a estas materias fuera innata, otorgada por Dios en el momento de la concepción, el mismo en el que penetra el alma en el cuerpo. Era una especie de maestro Miyagi de las relaciones sociales, que lo mismo te aconsejaba sobre moda que sobre protocolo en una cena de negocios, o qué hacer si te encuentras solo en una discoteca en medio de un secarral de Madrid y necesitas que una chica te lleve de vuelta a casa.

Lope se sonreía de estos recuerdos cuando escuchó de nuevo la voz de Peng Qi.

—Discúlpame, quería que Leonardo conociese a mi esposa. ¿Ya se ha ido?

—Eh, sí. De repente se ha sentido un poco indispuesto y se ha marchado en un taxi.

—¡Oh! Entendible. Sufrió un infarto hace bastantes años y con la edad ya se cansa con frecuencia. En fin, le llamaré mañana.

Lope no escuchaba. Solo tenía ojos para la mujer que agarraba del brazo a Peng Qi, y que no era otra que la que había visto en el puesto kazajo.

—Mi esposa —la presentó—. Angelina. Este joven es Lope Carvajal. Es periodista y escritor. Me lo ha recomendado Leonardo. ¿Qué te parece, querida? ¿Lo invitamos a la cena del sábado que viene?

Angelina observó a Lope con atención y dijo:

—Serás muy bienvenido.

—Es una especie de cena con amigos, unos cuantos. Nada formal —aclaró Peng Qi—. Conocerás a gente interesante y nos podremos conocer mejor. ¿Te parece bien?

Lope consiguió recomponerse recordando algunos consejos de su inefable mentor.

—Será un placer, señor Peng.

—¡Peng Qi, Peng Qi!

Lope sonrió más distendido. Alguien vino a saludar al alto funcionario y se lo llevó a otra mesa, dejándole solo con Angelina.

—Habla usted muy bien chino, señora…

—Angelina Alexandrovna Sumérkina. Ese es mi nombre.

—Angelina Alexandrovna, ya veo.

—Tengo un nivel de supervivencia, pero voy mejorando. Mi ruso es mejor.

—¿Es usted… quiero decir, eres rusa?

—Rusa étnica, de nacionalidad kazaja. Eres el primer español que conozco, Lope Carvajal.

—Espero que te hayas llevado una buena impresión.

Angelina esbozó una sonrisa natural que en el fondo escondía un cierto recato, y Lope juró que se había ruborizado, lo cual confirmó un segundo después cuando se llevó una mano al rubio cabello para introducirse un mechón por detrás de la oreja.

—¿Es buena la comida kazaja? —aventuró.

—Antes no has podido probarla, ¿verdad?

—¿Antes?

—Estabas unos metros detrás de nosotras, haciendo cola, pero ha venido un señor y te has ido con él.

—¡Ah, sí! Ese era Leonardo Pasamonte, el amigo de tu marido.

—Un hombre imponente, a pesar de estar entrado en años.

—Sí, eso me temo. ¿Tenéis licores fuertes en Kazajistán?

—¿El vino no es suficiente? —rio Angelina.

Lope negó con la cabeza y dejó la copa en una mesa. Angelina echó un vistazo alrededor y no vio a su marido. Luego, le llevó al puesto kazajo. Tras esperar unos minutos, les sirvieron dos vasos de una bebida blanca y un platillo para compartir con carne estofada, tallarines y una salsa oscura y olorosa.

—Esto es *beshbarmak*. Es carne de caballo estofada con salsa de cebollas. Y esto —añadió señalando los vasos— es *arak*, que se hace con leche fermentada, a veces de yegua, a veces de camello. —Angelina acercó su hermosa nariz al vaso—. Este destilado es particularmente fuerte. Pruébalo.

Lope dio un traguito y lo encontró potente, de sabor ácido, un poco agrio, con toques lácteos e incluso ahumados.

—No soy un experto en gastronomía, ni siquiera en licores, pero esto está bueno —reconoció.

—A tu salud —brindó Angelina—. O sea que eres escritor. ¿Qué escribes?

—Es un decir. Escribo crónicas para mi periódico, algún cuento que circula entre mis amigos, y hace unos años publiqué un libro sobre mi estancia en Manchester que gustó bastante. Algún día me gustaría escribir una novela. Lleva tiempo rondándome la cabeza, pero no acaba de salir. Supongo que necesito leer más literatura.

—¿Qué lees, en general?

—Sobre todo ensayo histórico. Ahora, mucho de política internacional. Y, bueno, novelas policiacas.

Angelina sonrió sin dejar de mirarle.

—¿Cómo conociste a tu marido? —se atrevió Lope.

Ella no esperaba esa pregunta y se turbó. Volvió a hacer el gesto de pasar un mechón de pelo por detrás de la oreja y, finalmente, contestó:

—Trabajó con mi padre una temporada. Lo veíamos a menudo en Almaty.

—Parece un buen hombre.

—Es un buen hombre —confirmó Angelina—. Prueba el *beshbarmak*. ¿A que está bueno?

—Muy bueno. Me recuerda a algunos guisos españoles de la meseta. ¿A qué te dedicas? ¿Trabajas?

Angelina Alexandrovna, más cómoda, recuperó la sonrisa y vació su vaso de *arak*.

—Ayudo en la iglesia ortodoxa de Pekín y enseño lengua y literatura rusa a hijos de expatriados.

—¿Hay una iglesia ortodoxa en Pekín?

—Hay varias iglesias cristianas, pero solo una ortodoxa. ¿Crees en Dios, Lope Carvajal?

Lope no creía en Dios, pero reconocía la importancia que la religión había tenido a nivel histórico, sobre todo como argamasa social.

—Supongo que creo en su importancia.

Angelina Alexandrovna pidió otros dos vasos y volvió a beber.

—Creo adivinar que tú eres creyente —dijo Lope.

—Creo en Dios, pero no siempre le soy fiel.

—¿Fiel a sus preceptos?

Angelina asintió. Lope vació su vaso.

—¿Le estás siendo fiel ahora?

Su pregunta revestía cierta brutalidad, pero la hermosura incomparable de Angelina Alexandrovna y los cincuenta grados del *arak* (más las copas de vino anteriores) precipitaron los impulsos que pugnaban por salir de su interior. Ella acusó el golpe y su respiración se agitó. En su rostro se adivinaban los fragores de la violenta batalla que se libraba en el interior.

—Terminaré por serle fiel —dijo con manifiesta dificultad.

Lope examinó la respuesta desde todos los ángulos, intentando encontrar una confirmación de que Angelina Alexandrovna le confesaba su atracción, lo cual era evidente desde hacía rato.

No pudo seguir hablando con ella porque sus dos amigas los interrumpieron. Angelina las presentó y estas mostraron unos modales mucho mejores que sus preferencias estéticas. Quizás intuyendo lo que ocurría, se llevaron a Angelina con cualquier excusa, y Lope se quedó solo, agitado, frustrado, pero en su fuero interior, exultante. Y algo más: sintió una emoción de la que hacía mucho no tenía noticias. Emoción que lo aterró. No solo era el amor cervantino, sino una especie de tempestad que amenazaba con ahogarlo. Dejó el plato y el vaso en una mesa y buscó la salida. Instintivamente, se llevó la mano al bolsillo donde guardaba el tabaco y salió encendiendo un pitillo.

La noche estaba despejada. Frente al hotel, un viento presuroso hacía temblar las copas de los árboles que se alineaban a lo largo de la avenida, y una luna amarillenta, como un queso de bola, era testigo de la agitación de Lope. Fumaba con ansia, como si estuviera viendo la tanda de penaltis de la final de un Mundial. Caminó hasta un costado del hotel, en el que había un parque diminuto rodeado de árboles más bajos, con bancos de piedra y una fuente que emitía chorros de agua verticales de manera intermitente. Paseando de un lado a otro, entre cigarro y cigarro, no dejaba de pensar en Angelina, recorriendo cada rasgo de su semblante, cada curva de su cuerpo, las manos blancas de dedos finos y delicados, de uñas limpias, cortas, ligeramente esmaltadas. Su figura no le parecía real, como una aparición en una casa encantada. Revivía una y otra vez el rubor de sus mejillas, los tics que delataban su turbación, la voz encogida, pero valiente que le decía: «Terminaré por serle fiel», lo cual dejaba abierta la posibilidad de que, hasta entonces, le fuera infiel.

Tiró el último cigarrillo en una papelera y dudó entre volver a entrar o regresar a casa. Si lo primero, intentaría despedirse de Peng Qi sin la presencia de Angelina, y confirmarle que acudiría a la cena a la que le había invitado. Si lo segundo, regresaría a casa y le enviaría un correo electrónico con los artículos prometidos, recordándole de paso la invitación. Ya se inclinaba por esto último, cuando vio a Angelina entrar en el diminuto parque en el que se encontraba, situado a unos cincuenta metros del hotel. Se había enfundado en un sobretodo marrón para protegerse del viento y caminaba con las manos metidas en los bolsillos. Se paró frente a él. Los ojos parecían a punto de estallarle en lágrimas. Hizo un gesto de impotencia, miró al cielo y le dijo:

—La noche es blanca. ¿Vendrás a nuestra casa el sábado que viene?

—Sí, aunque estalle la III Guerra Mundial.

Angelina sonrió.

—¿Cómo me has encontrado?

—El rastro del azufre me ha llevado hasta aquí.

Lope no entendió la referencia. El rostro de Angelina era pura emoción encarnada. Se mordió el labio y dijo:

—Bésame ahora, porque el sábado no podrás.

Se fundieron en un beso que aumentó de intensidad con el correr de los segundos. La piel de Angelina olía a la misma dulzura de la leche fresca, el pelo, a sándalo, y su boca al fuerte licor del *arak*. El talle era extraordinariamente ligero al tacto de las manos de Lope. Una lágrima se deslizó hasta la boca de Angelina, añadiendo un gusto salado a sus besos. Hojas muertas, removidas por el viento, se incrustaban en sus cabellos revueltos, lo que le hizo sonreír.

—Mañana me disculparé con Jesucristo —susurró Angelina sin separarse de él.

—Tengo entendido que es muy comprensivo con nuestros pecados.

—Lo es.

—Quiero verte antes del sábado.

—Ya veremos. Ahora tengo que irme.

Le dio un beso corto, anheloso, y regresó al hotel sin mirar atrás. Lope esperó hasta verla entrar. Después pidió un taxi y volvió a casa. Durante el trayecto contempló alucinado las luces de la ciudad. Decenas de jóvenes paseaban por las calles adyacentes a la Torre del Tambor, comiendo en sus restaurantes, bebiendo en sus bares, bailando y riendo. El edificio de la CCTV recortaba el cielo, pero Lope no se acordó de Meng Mi. En el portal de su edificio, como todas las noches, el señor Lu se servía té, comía huevos duros y veía un culebrón en la tableta de Huawei.

—Buenas noches, joven. ¿Se lo ha pasado bien hoy?

—Buenas noches, Lu *shifu*. Ha sido una noche memorable.

—Como las mías, eso está muy bien.

Y se echó a reír.

Entró en casa. Farid jugaba a un videojuego y tomaba notas. Un botellín de cerveza y una bolsa de patatas fritas languidecían en la mesa.

—Vaya cara que traemos —dijo el iraní—. Estás contento. Pero vas a estar más contento cuando veas lo que ha enviado mi madre.

Lope frunció el ceño. Farid se acercó al mostrador de la cocina y abrió una caja de buen tamaño dentro de la cual había varias tarteras.

—¡Tacháaaaannnn! ¡Dátiles! —exclamó con júbilo alcanzándole un par de ellos—. Estaba esperando a que llegaras para empezarlos.

—¡Jesús, qué bueno está esto!

—Sí, amigo —dijo mientras se llevaba una tartera al sofá e invitaba a Lope a sentarse—. Esta es una noche memorable.

*****

—A principios del siglo XX, el geógrafo británico Halford Mackinder propuso la que sería la primera tesis seria, por tanto seminal, de lo que luego se ha llamado «la geopolítica». —El profesor Ding Dou caminaba de un lado a otro de la tarima con las manos a la espalda. De vez en cuando, se paraba, miraba a los alumnos y hacía una pausa dramática. A continuación, recogía el hilo de su discurso y seguía recorriendo la tarima—. Para Mackinder, la posición ideal del Estado es la centralidad, pero en el mundo interconectado que él ya conoció, el centro del planeta era el *Heartland*, el corazón de la Tierra, situado en la masa central del continente euroasiático. La clave de su importancia era nada más y nada menos que la dominación mundial, caballo de batalla del Imperio Británico.

Lope apuntaba en su libreta las ideas principales de la clase mientras miraba de reojo la pantalla del móvil. Ding Dou pasó una diapositiva y apareció un mapa del mundo. Agarró una varita no muy diferente de la de Harry Potter y se puso a señalar algunas partes

—Al *Heartland* —comenzó a decir— le rodeaba una especie de gigantesca media luna intermedia con la gran capa exterior, cuya unión con el *Heartland* haría de este el dueño y señor del mundo. En época de Mackinder, el peligro era Alemania, que ocupaba (y sigue ocupando) la posición central en el subcontinente europeo, por lo tanto, toda la política británica estaba dirigida a evitar la alianza entre Rusia y Alemania. Las dos guerras mundiales atestiguan estos esfuerzos anglosajones, los cuales persisten hasta el presente.

Ding Dou hizo otra pausa dramática y se secó el sudor de la frente. Sonreía al continuar:

—Pero avanzado el siglo XX, otro peligro en la media luna intermedia apareció con el triunfo de Mao en China. Kissinger y Nixon pusieron en práctica las teorías de Mackinder y avivaron el conflicto chino-soviético que duró hasta la distensión de Gorbachov y la caída de la URSS. Ya en nuestro siglo, Alemania dejó de ser el gran peligro para los anglosajones dada la decadencia general del mundo occidental, y aun así, la han vuelto a hundir por tercera vez en cien años. Magro premio de consolación, pues la verdadera unión que pone en peligro la dominación mundial del imperio anglo es la de Rusia y China: el *Heartland* y la zona de la media luna intermedia más próspera y pujante del planeta. Las alianzas y entendimientos entre los países intermedios del continente euroasiático están directamente conectadas con el proyecto de Nueva Ruta de la Seda propuesto por Xi Jinping. Los esfuerzos de EEUU y sus estados vasallos están dirigidos a cortocircuitar los nodos de conexión de esta ruta comercial, de infraestructuras e inversiones: Ucrania, Kazajistán, Afganistán, el Cáucaso y también Irán.

El profesor se colocó en el centro de la tarima mirando de frente a la clase y dijo apuntando con la varita de Harry Potter al techo:

—No se puede conquistar el *Heartland*, es imposible, pero se le puede aislar. Querrán impedir la alianza entre China y Rusia a toda costa. Pero sus intentos, si no me equivoco, serán vanos.

Nuestro héroe apuntó esa última frase palabra por palabra. A continuación, garabateó el nombre de Angelina. En el trayecto de regreso a casa, pensó en todas estas teorías y, al llegar, se encontró a Farid repantigado en el sofá, listo para ver la previa de un partido de fútbol.

—Farid —le dijo—. Hoy he tenido una clase sobre la geopolítica de Mackinder. ¿Te suena?

—¿El del corazón de la Tierra? Sí, nunca he leído su libro o lo que fuese que escribiera, pero me gusta leer sobre política internacional y siempre aparece su nombre. Para Irán tiene su importancia. Somos un nodo importante, sobre todo ahora, que estamos entre China y Rusia.

—Sabes más que yo sin haber estudiado un máster.

—Bueno, en cierto modo es una realidad que vivimos. Me gustaba hablar de política con mis amigos de la facultad. Algunos de ellos sabían mucho. Uno de ellos siempre decía que los iraníes debían saber de política internacional por necesidad.

Lope meditó esta última respuesta. Él había nacido en un lugar y una época en la que todo era diáfano, e incluso brillante; tan brillante, que no invitaba a hacerse preguntas: ser español era ser europeo y occidental, es decir, cabalgar en la vanguardia del Fin de la Historia, en el que los seres humanos disfrutarían de la democracia, las libertades individuales y las comodidades de la tecnología, hasta el punto de que el sentido de pertenencia a una nación concreta se desvanecería poco a poco. La irrealidad de este sueño tornado en pesadilla estaba creando sociedades histéricas y divididas, luchando por quimeras que ocultaban una verdad cada día más incontrovertible: el Fin de Occidente. Su mundo de creencias firmes seguía más o menos incólume, aunque aceptaba ciertas grietas en la pintura, quizás efecto de la humedad o de movimientos sísmicos imperceptibles. Nada que comprometiese la estructura. Sin embargo, ninguna de sus teorías podía explicar el éxito chino, ni mucho menos la vida diaria que palpaba y dejaba consignada en sus crónicas para *El Sol*. En el diminuto tablero de juego de su vida en Pekín, él era el representante de la civilización occidental, un crisol que se había formado en la periferia del *Heartland* y cuyo fin era su sometimiento.

—¿No crees que en algún momento todos los países llegarán a ser democráticos? —preguntó Lope temiendo que su pregunta resultase estúpida, pues intuía la respuesta.

—No, no lo creo —repuso Farid—. La pregunta clave, supongo, es ¿por qué eso parece inevitable? Y todavía más: ¿por qué es tan deseable? La humanidad ha vivido en formas no democráticas durante el noventa y nueve por ciento de su historia, y ahora, de la noche a la mañana, la democracia es la cuadratura del círculo. ¿No te parece sospechoso?

—No me lo había planteado de esa manera, pero tú eres un poco ayatolá.

Farid prorrumpió en una carcajada.

—¡Ah! ¡Qué fina tenéis la piel los occidentales! Voy a ser menos agresivo. —El iraní se mesó la barbita—. Pongamos que la democracia en la que piensas es la que han impuesto los gringos en el siglo XX, pero no todas tienen que tener su sello de aprobación. En el fondo, todos los regímenes políticos necesitan de la aquiescencia del grueso de la población, sin que por ello se tenga que organizar de una manera concreta. No lo sé. Hay que tener muchas cosas en cuenta.

—Me cuesta mucho aceptar eso, aunque sí que entiendo mejor tu objeción. —Lope emitió un suspiro de frustración y se dejó caer en el sofá—. Debería plantearme esto más en serio, porque empiezo a tener dudas.

—No te fustigues —dijo Farid dándole una palmada en el hombro y alcanzándole un paquete de patatas fritas—. Las preguntas de este tipo surgen en puntos de fractura. Tú pareces estar en uno, pero te aferras desesperado a lo que te ha dado sentido hasta ahora. ¿Y quién no lo haría? —Se encogió de hombros—. Me parece de lo más natural. Una vez escuché a un anciano amigo de mis padres, que había sido una especie de liberal prooccidental favorable al régimen del Sha, decir que el proceso de cambio de opinión le había llevado años. Es duro cambiar de convicciones, requiere una cierta predisposición, honestidad con uno mismo y valentía, porque dejar el refugio de lo conocido es cosa de valientes. Es aquello que decía Liddell Hart sobre el comandante que intenta adivinar lo que hay al otro lado de la colina.

Lope volvió a sentir admiración por su compañero y comenzó a mirar atrás, a su pasado, con cierta aprensión. No estaba todo tan claro.

—Ya empieza el partido —anunció Farid interrumpiendo el curso de los pensamientos de Lope—. Se acabó la geopolítica, empieza la futbopolítica.

El Bayern Leverkusen jugaba en casa contra el Werder Bremen. La Bundesliga entraba en su recta final.

—Me juego la última tartera de dátiles a que gana el Bremen —dijo Lope.

—¡Ah no! Con los dátiles no se juega.

—Le regalaste uno a las chicas.

—¿Y eso qué tiene que ver?

—Bueno, si le regalas uno a ellas no te debería importar perder uno contra mí, limpiamente.

Farid le miró de reojo con una sonrisa.

—No estoy muy seguro de esa lógica, pero... buen intento. No, lo compartiremos.

A la media hora de partido llegaron las chicas con la cena y unos *packs* de cerveza Yanjing.

—Mañana hay un concierto de una amiga mía —dijo Meng Mi—. Me ha dado un montón de entradas. ¿Vendréis?

—Yo sí —confirmó Farid—. ¿Cuántas tienes exactamente? Tengo unos amigos que han vuelto a Pekín y me gustaría invitarlos. Y ya de paso presentároslos.

—Yo tengo un compromiso —se disculpó Lope—. Lo siento.

—El concierto empieza tarde, como a las once —repuso Xiao Zhang—, a lo mejor puedes unirte a nosotros después de lo tuyo.

Lope dudó. Peng Qi lo había citado a las seis en su casa, pero no podía saber si la cena se alargaría mucho, y en el fondo tenía la loca esperanza de que Angelina encontrase una excusa para salir después del sarao. Se había dado cuenta de que lo desconocía todo sobre ella y no entendía por qué padecía aquella obsesión. Al principio intentó ligarla a sus experiencias anteriores de encaprichamiento, que tras un periodo intenso pero corto, terminaría por diluirse. Sin embargo, algo en su fuero interno le decía que aquello era diferente. Durante toda la semana había luchado consigo mismo para no contactar con ella, pero el jueves no había podido soportarlo más y le envió un mensaje, pidiéndole encontrarse en Shaoyaoju para tomar un café. Angelina contestó una hora después disculpándose: el jueves era el día de la semana en el que estaba más ocupada. Justo el día en el que Lope tenía menos compromisos.

—En ese caso, creo que podré unirme a vosotros —dijo Lope resignado después de tragar una píldora amarga de realismo.

No había hablado con nadie de Angelina, ni siquiera con Farid, con el que tenía cada vez más confianza, ni con sus grandes amigos de España, Pietro Vilches y Nacho Perdomo. «Siempre hay cosas que no se cuentan a nadie», solía decirle la tía Manuela. No estaba del todo seguro de que aquella aventura no hubiese ocurrido solo en su imaginación. El inicio de una relación adúltera era un camino del reino de la moral que nunca había hollado. Además, el conflicto de intereses no concernía solo a la decencia, sino que además pretendía obtener un beneficio del marido cornudo. Dada su historia familiar, todas las alarmas deberían haber sonado con furia en su interior, pero la imagen de Angelina Alexandrovna ahogaba cualquier sonido. El recuerdo de sus labios, de su talle y del olor de su piel aplastaba inmisericorde cualquier intento de su conciencia por asomar la cabeza.

Quiso olvidar el desconcierto que la situación le producía concentrándose en el partido y en la conversación con sus amigos. Al comenzar la segunda parte, ya reía con Farid y bromeaba con las chicas. Recibió un mensaje en el móvil justo cuando Meng Mi alargaba sus palillos hacia el plato contiguo, pudiendo ver con claridad el remitente del mismo en el globo emergente de la pantalla. Lope no se apercibió de esta circunstancia y el corazón le dio un vuelco al ver el nombre de Angelina. Abrió el mensaje: «Hola. Espero que hayas tenido una buena semana. Tengo muchas ganas de verte mañana. No sé cómo reaccionaré. Espero mantener la compostura. Quiero darte un beso. Buenas noches». Lope empezó a contestar de inmediato, pero su instinto le aconsejó calma. Meditó sus palabras y optó por un mensaje más corto: «Encontraremos el momento». Por toda respuesta recibió un corazón. En ese momento se dio cuenta de que Meng Mi estaba mirando su sonrisa bobalicona. Sus ojos se cruzaron un instante. Nada más terminar de cenar, anunció que volvía a casa aduciendo que al día siguiente se levantaba pronto para hacer unos recados en la ciudad.

Lope lavó los platos para intentar alejar su malestar y, luego, se metió en la cama. Intentó leer el libro de Leonardo Pasamonte, pero la cabeza le daba vueltas. Fumó un cigarro acodado en la ventana. Unos vecinos del edificio de enfrente jugaban al *mahjong* y bebían cerveza. La luna solo mostraba una mitad amorfa y los ruidos de la ciudad se iban apagando. Muchas imágenes se agolpaban en su cabeza: Meng Mi, Angelina, el corazón de la Tierra, la destrucción de su mundo de ideas... «¿Y si he estado equivocado todo este tiempo?», pensaba, «¿Y si no he sido realista? ¿Es tan malo el comunismo? Ninguna de las jaculatorias de los líderes políticos a los que apoyo están resistiendo el choque con la realidad. ¿Por qué ha aparecido Angelina? ¿Por qué Meng Mi parecía herida si hace tiempo que ya no somos más que amigos? ¿Por qué me molesta y me duele a mí también?». Se hacía todas estas preguntas con un punto de autoconmiseración impostado, pero no por ello sus contradicciones internas eran menores. Apagó el cigarrillo en una jamba y lo metió en una caja de latón para las colillas. Cerró la ventana y escribió en su libreta varios de aquellos pensamientos, intentando no sonar demasiado cursi y afectado. Después agarró una novela de Andrea Camilleri sobre los primeros casos de Montalbano. Al otro lado del apartamento, Farid y Xiao Zhang copulaban unos decibelios por encima de lo prudente. Llegó a leer casi cincuenta páginas antes de quedarse dormido.

*****

Lo despertó una llamada de Roberto Ampuero.

—¡Levanta y sal corriendo para el ministerio, que hay rueda de prensa urgente!

—Yo no escribo notas de prensa, Roberto, ya lo hablamos...

—Ya lo sé, pero luego podemos comer por ahí.

—La madre que te parió…

Lope se apresuró a ducharse y salió de casa vestido de cualquier manera. Quince minutos después, un taxi lo dejaba en el ministerio. Ampuero le había guardado un sitio. La portavoz Hua Chunying rechazó las acusaciones del Gobierno estadounidense de estar supliendo con armas a Rusia para su ofensiva de Bajmut y reiteraba que «Occidente», en su costumbre de practicar los dobles estándares, enviaba armamento constantemente a Ucrania, mientras acusaba a los demás de enviar armas a Rusia. El Gobierno chino estaba trabajando en una iniciativa en la ONU para poner las bases mínimas sobre las que negociar un acuerdo de paz.

Escribió cuatro frases en la libreta y le dio un codazo a Ampuero.

—Vamos a desayunar, anda.

—Yo ya he desayunado. ¿Qué hora te crees que es? —dijo el corresponsal de *EFE*.

—Acompáñame a tomar un café antes de comer.

—A eso hemos venido, ¿no?

Se echó a reír y siguió a Lope hacia la salida mientras saludaba al resto de compañeros de la profesión.

A dos pasos del ministerio había una cafetería regentada por un etíope y su mujer, que era hija de médicos en la provincia de Jiangxi. El etíope se llamaba Ibrahim, como el negro de Pedro el Grande, y mercadeaba con el género de su país, lo tostaba él mismo y lo servía en unas tazas de hierro con la insignia del Preste Juan. O eso decía él. Roberto Ampuero le llamaba Samba Ghana, aunque aquello, en África, equivalía a confundir en Europa a un catalán con un armenio. Lope también acabó conociéndolo después de haber pasado muchos de sus primeros días en las ruedas de prensa del ministerio, hasta que su editor, Rubén Cortado, le eximió de escribir noticias al uso.

—Anda, ahí entran los españoles —dijo Ibrahim con su ojo a la virulé, que de pequeño se lo había dejado así un amigo suyo mientras jugaban a tirarse piedras—. ¿Vais a querer un tentempié?

—Yo sí, Ibrahim —se apresuró a decir Lope—, que vengo canino.

—Cariño, un par de *dabo kolo* para el español que dices que es muy guapo —gritó a su mujer, que estaba en la cocina—. Ampuero, ya veo que no te echan de China.

—El día que me echen a mí, te echan a ti.

—Nos iremos a cazar coyotes a mi país.

—¿Coyotes? ¿Ya habéis cazado a todos los leones?

—Los leones emigraron, que es una cosa que en África no solo hacen los hombres —repuso el negro—. Ahí tienes a los ñus. La suya seguramente sea la mayor migración del planeta, junto a la de los chinos en Año Nuevo.

—¿Has ido a casa de tu mujer este año? —siguió Ampuero.

—Siempre. En eso soy como tú. Hay que seguir las tradiciones del lugar donde uno vive. Al pie de la letra si me apuras. Yo tuve un pariente que se fue a vivir a Texas, y por ser fiel a esta máxima, acabó en la cárcel acusado de disparar con arma de fuego a un cowboy. A mi suegro cada vez le caigo mejor, aunque el pobre está ya muy consumido. Este año se ha alegrado mucho de que estuviera allí con él. Hemos jugado al *go*, que es una de sus pasiones de ancianidad.

La esposa de Ibrahim trajo el *dabo kolo* y regañó a su marido por pasársela charlando sobre tonterías.

—Tú hablando y el café sin hacer. No ves que se me muere de sueño el carita de ángel.

—¡Oye, Zheng Jie! —saltó Ampuero—. ¿Y yo qué? ¿No necesito el café?

—*Ni bie shuo la!* —exclamó la china—. Tú eres de la casa. Hay confianza.

—Donde hay confianza da asco —repuso en español.

Ibrahim se apresuró a preparar los brebajes y, al poco tiempo, apareció con sendas tazas humeantes y cantarinas.

—A ver si os gusta este café. Lo tosté esta semana y ha estado respirando lo justo.

—Muy bueno, Ibrahim —dijo Lope tras dar un trago.

—No le hagas caso, Samba Ghana —rio Ampuero—. Este no tiene paladar. Lo criaron en una sección de congelados del supermercado.

Ibrahim enseñó su dentadura mientras reía, y el ojo malo le daba vueltas como una bola de billar.

—Señor Lope —dijo el abisinio—. Tienes cara de estar preocupado por algo. Bebe ahora mi café y luego rézale al Buda, y una oracioncita a la Virgen. Todo alimenta.

Otros clientes entraron en el local, por lo que Ibrahim se llevó la conversación a otro lado. Lope terminó de comer el pan etíope con miel, al que Zheng Jie añadía higos de Shaanxi. Entre trago y trago de café, sus pensamientos regresaron a Angelina Alexandrovna y la cena próxima.

—Roberto —comenzó—. El otro día conocí a una fuente potencialmente muy importante.

—¿No me digas?

—Necesito consejo, porque no llevo más que tres meses en esto y, de repente, me encuentro con una fuente así.

—¿Pero quién es? ¿Xi Jinping? —preguntó en tono de broma.

—Casi. Un asesor directo del Gobierno en temas de comercio internacional. Al parecer es uno de los encargados de la Nueva Ruta de la Seda. Su tarjeta no tenía más que teléfono y correo electrónico, y encima era de Baidu.

Ampuero abrió los ojos como platos y silbó como una locomotora antigua.

—¿Cómo lo has conocido?

—Me lo presentó Leonardo Pasamonte. Creo que fue embajador aquí.

—El Marqués de la Merindad —confirmó Ampuero—. Es toda una leyenda. Casi no lo conocí, porque se marchó a su siguiente destino al poco de llegar yo a Pekín. En fin, se cuentan todo tipo de historias sobre él. No me extraña que tuviera acceso a alguien así.

—Un individuo grande con manchas de vitíligo. Hablamos de la misma persona.

—Eso es. Bueno, ¿y has quedado con este asesor?

—Me ha invitado a su casa esta noche, a una especie de cena o recepción informal.

El veterano periodista no tenía más consejos que los que le había dado cuando se conocieron: honestidad y lealtad.

—No le engañes, y no le fuerces a que te dé información. Hoy, ni se te ocurra sacar temas de los que él lleva. En la cultura oriental primero te conoces, luego forjas una especie de relación que no tiene por qué llegar a la amistad, y luego hablas de negocios. Pero eso no es lo más importante, o lo único importante.

Lope hizo un gesto indicándole que continuase.

—No te dejes utilizar. Tener una fuente importante es genial, pero tener dos con las que contrastar es lo ideal. Lo deontológico.

—¿Y de dónde saco yo otra fuente de ese nivel?

—Tienes dos opciones, según yo lo veo. O aprovechas estas reuniones para conocer a otras fuentes o me lo puedes contar a mí. Yo tengo las mías. Nos podemos ayudar mutuamente.

—¿Cómo?

—Si te da alguna información que consideres importante, me la cuentas, y yo intento confirmarla con mi fuente. Si la confirma, es tuya, hasta que te busques otra fuente buena. ¿Qué te parece?

Lope no puso reparos a un acuerdo que le parecía de perlas y no tenía razones para desconfiar de Ampuero, que tan bien le había tratado hasta entonces. Aunque las crónicas que le pedía su editor eran más literarias, no había perdido la esperanza de empezar a escribir análisis más sesudos sobre la realidad política y económica de China, enfocada en las relaciones internacionales, pues al fin y al cabo gastaba tiempo y dinero en la universidad estudiando estas cuestiones.

Cuando terminaron el café, Ibrahim los despidió con las bendiciones del Preste Juan, y se fueron caminando hasta un restaurante cercano. Lope pidió a Ampuero que le contase todo lo que supiera, de memoria, sobre la Nueva Ruta de la Seda, lo que hizo con bastante competencia, como era de esperar. La clave del proyecto eran las infraestructuras básicas de los países-miembro y las rutas comerciales intermodales, es decir, que incluían diferentes tipos de medios de transporte de mercancías: marítimos, fluviales, lacustres y terrestres, incluyendo ferrocarriles y autopistas. China buscaba estabilidad y la generación de un mercado para sus productos.

—En otras palabras —concluyó Ampuero—: China está creando una gigantesca retaguardia estratégica.

Lope tomó nota mental de todo aquello, y de regreso en su apartamento, lo anotó en una libreta. El lunes pediría al profesor Zheng, de su clase de comercio internacional, que le proporcionase artículos o estadísticas sobre la cuestión.

Farid había salido con sus amigos, así que al regresar se encontró con la casa para él solo. Encendió la tele y puso el canal CCTV 13, con noticias las veinticuatro horas. Fumó en la terraza mientras afuera caía una lluvia fina, tan rara en Pekín como el jamón en Arabia. Recibió un correo electrónico de su amigo Nacho Perdomo, que se quejaba de sus pocas oportunidades en el *ABC*, donde seguía haciendo de chico para todo. También le informaba de que había comenzado a escribir una novela de ciencia-ficción sobre una sociedad ultracapitalista en la que un funcionario de bajo rango escribía un diario donde consignaba sus días anodinos y su propia personalidad errática y cada vez más monstruosa, todo ello rodeado de naves espaciales, cíborgs y otros elementos propios del utillaje del género. Contestó consolándolo y animándolo a que lo visitase en Pekín ese verano. Después, se metió en la ducha y se afeitó. Salió por la puerta vestido con vaqueros ajustados, botines negros, camiseta de algodón blanca y una chaqueta de cuero que le regalaron por trabajar como modelo en el catálogo de una conocida firma de pieles. Seguía lloviendo. En el autobús, leía en edición de bolsillo la novela de Camilleri empezada la noche anterior y consiguió concentrarse cuando solo quedaban dos paradas.

Peng Qi vivía en una casa unifamiliar de la sección nordeste, entre el tercer y el cuarto anillo, ya pasado el barrio de Wangjing. Todas las casas eran del mismo estilo, es decir, sin estilo. Caminó desde la parada consultando el mapa y torciendo el paraguas cuando el viento hacía cambiar la dirección de las rachas. Por fin dio con el domicilio. Había bastantes coches aparcados y una pareja se disponía a entrar en la casa. Lope los saludó y confirmó que eran amigos de Peng Qi. Una criada del Sudeste Asiático les abrió el portón y recogió sus paraguas y sus abrigos. Después les proporcionó zapatillas para entrar. La casa se abría a un amplio vestíbulo con decoración propia de Asia Central. Lope reconoció reproducciones de las pinturas budistas de Dunhuang, tapices uigures y otras pinturas. También había vasijas, jarrones y algunas caligrafías muy hermosas. El suelo era de madera clara y lustrosa. La criada los llevó por un corto pasillo que se abría a un enorme cenador cuya cristalera daba a un jardín sobre el que caía la lluvia impenitente y del que no se veían sus límites. A la derecha se situaba una mesa larga con cubiertos para varios comensales, y a la izquierda, un espacio amplio con un bar en el que Peng Qi ya agasajaba a algunos de sus invitados.

El anfitrión lo recibió con un fuerte apretón de manos y pasó a presentarle a toda la concurrencia. La pareja con la que había entrado eran Rory Tsou, inversor de Hong Kong, y su esposa Rebecca, aficionada a la escultura, con algunas exposiciones en su haber. Ambos residían en Pekín la mayor parte del año y eran invitados habituales de Peng Qi. Lope creyó haberlos visto entre los que formaban su círculo en el Mandarin Oriental. Vestían de manera casual, aunque con ropa de marca cara, y hablaban muy animados en una especie de ensalada de frutas lingüística que causaba mucha gracia a todos.

—Me alegro mucho de conocerte —le dijo Rory entusiasmado—, y te diré por qué. Hace unos años estuve en España, en una reunión de inversores. Una noche bebimos más de la cuenta, de manera que al día siguiente me levanté tarde y no pude llegar al desayuno del hotel. Salí a la calle a buscar un sitio donde comer y encontré una cafetería pequeña y coqueta en la que me dieron un postre maravilloso: membrillo. Luego me enteré de que se hacía con un fruto cuyo origen está en el Xinjiang. ¡Imagínese!

—Pues a mi marido no se le ocurrió otra cosa que comprar un terreno en el Xinjiang para plantar membrillos.

—¡Rebecca! ¡Que lo estaba contando yo! En fin, que me encantaría que fueses a verla. El año pasado recogí mi primera cosecha y ya he hecho membrillo. Un día quedamos y te doy unos botes. ¿Te parece bien?

Lope le dijo que «por supuestísimo», aunque había comido membrillo dos o tres veces en su vida, que él recordase, y siempre en casa de los padres de Nacho. Supuso que, en vida de la abuela, también lo comería, pero no le quedaban recuerdos.

Otro de los presentes era Rassul Kargashev, encargado de negocios de la embajada kazaja, un fulano que sonreía lo justo y que, antes de hablar, apuntaba siempre con el dedo índice hacia arriba, como si lo que fuera a decir revistiese gran importancia. Saludó muy formal a Lope y le ofreció un vaso de vodka.

—No sé si podré empezar tan fuerte —bromeó Lope. Rassul frunció el ceño, como si no entendiera lo que había dicho.

Peng Qi lo sacó de la situación ofreciéndole un vino dorado y dulce que le habían regalado en un reciente viaje a Eslovaquia.

—Prueba, Lope —dijo Peng Qi sirviéndole una copa—. Este vino habla, y si te descuidas, te canta como los ruiseñores.

Los otros invitados eran dos jóvenes chinos que trabajaban en la oficina de Peng Qi y eran sus inmediatos subordinados. Vestían con pantalones de raya ajustados y camisa blanca muy ceñida, un anillo en cada mano y dosis generosas de gomina en el pelo. También había otras parejas mixtas de kazajos, rusos y chinos, un húngaro y un italiano que era violinista y tratante de trufas para restaurantes y hoteles de lujo. Se llamaba Luca y muchos años atrás había trabajado en Taiwán como profesor de música.

El ambiente era muy distendido. A Lope le resultó muy fácil entablar conversación con todos los invitados. Sin embargo,

Angelina no aparecía por ninguna parte y comenzó a ponerse nervioso. No se atrevía a preguntar por ella a los invitados, ni mucho menos a Peng Qi, intentando evitar cualquier sospecha, pero miraba con insistencia al pasillo por el que se entraba al cenador, esperando que apareciera subida en un carro de triunfo al son de la cabalgata de las valkirias.

Cuando la cena ya estaba lista y se disponían a sentarse en la mesa, Angelina llegó apresurada del brazo de dos amigas, las mismas de la semana anterior, con el mismo maquillaje exagerado. Pero Angelina era otra cosa. A Lope se le apareció como una especie de corza rubia, coronada de rosas, y se la imaginó en una tarde de verano, en su pueblo natal, recostada en el patio con los pies desnudos al sol y pisando con suavidad flores de genciana. En un repentino desdoblamiento de su conciencia, se preguntó si todos veían lo que él veía o estaban insensibilizados, impedidos para apreciar semejante beldad. Estableció contacto visual con ella, y a la distancia, compartieron una sonrisa cómplice.

Angelina se disculpó con todos por llegar tarde. Se había producido un atasco por un accidente de tráfico.

—No importa querida —la saludó su esposo—. Habéis llegado justo a tiempo. Nos íbamos a sentar a cenar.

Todos se colocaron en la larga mesa y Lope quedó algo alejado de Angelina Alexandrovna, por lo que no le quedó más remedio que entablar conversación con los más cercanos. Le preguntaron por sus actividades y se presentó como escritor y periodista, autor de un libro de viajes y con otro en preparación. Aquello, por supuesto, era mentira, aunque solo hasta cierto punto, pues había pensado en recopilar sus crónicas de Pekín en un libro, quizás para cuando tuviera cincuenta o sesenta. A Rebecca, la escultora, le regocijó tener a un «alma amiga entre tanto comerciante» y acaparó gran parte de su conversación, hablando de sus obras y también de la historia del arte chino, que conocía al dedillo. En la cultura china, la estatuaria había sido fundamentalmente una actividad importada, aunque con sus precedentes autóctonos importantes en las figuras funerarias de la época antigua. Pero fue el budismo, con su influencia griega por las conquistas de Alejandro, el que introdujo en serio el arte de hacer estatuas. O eso decía ella.

—Te recomiendo que vayas a Datong, en la provincia de Shanxi —le decía Rebecca—. No está muy lejos de Pekín. Tiene un conjunto escultórico de época Wei que te impresionará. Eso sí, cuidado con el polvo de carbón. ¡Es terrible!

Cuando agotaron el tema, Luca habló de las trufas y, luego, se quejó de Giorgia Meloni por haber sacado a Italia del proyecto Nueva Ruta de la Seda. Durante un tiempo no consiguió vender tantas trufas, pero su amistad con Peng Qi lo llevó de nuevo por la buena senda. Ahora había conseguido recuperarse hasta niveles previos a la ruptura, aunque los costes de envío *par avion*, como decía él, habían aumentado por el cierre del espacio aéreo ruso a las aerolíneas occidentales.

—Eso os pasa por ser amigos de Zelensky —rio una de las amigas rusas de Angelina, que se sentaba cerca—. Pero los italianos sois listos. Siempre encontráis la manera de vender vuestras cosas.

Luca se hizo el modesto, pero en el fondo se sentía muy halagado, como evidenciaba el rubor de sus mejillas. «O quizás la rusa le hace tilín», pensó Lope.

La rusa, que se llamaba Natalia Poplavskaya, contó una historia muy graciosa del presidente ucraniano al que llamaba «comediante en jefe», y es que había sido cocinero antes que fraile. Uno de los numeritos más sonados de su etapa como humorista consistía en tocar el piano con el pene, como Errol

Flynn. Y al parecer, según se contaba, esta técnica se la enseñó un azerí de su pueblo, Krivoy Rog, que era famoso en su Azerbaiyán natal por tener una polla de veinticinco centímetros con la que espantaba las moscas, igual que el Diablo hace con su cola cuando se aburre.

Mediado el segundo plato, los invitados empezaron a levantarse y visitar las otras partes de la mesa que les quedaban lejos; brindaban con champán, vodka y lo que tuvieran a mano en ese momento. Lope se sentía más distendido y con mayor confianza. Solo había hecho contacto visual con Angelina un par de veces, por lo que al llegar los postres, se levantó y fue hacia ella para saludarla.

—Angelina Alexandrovna, no he tenido casi oportunidad de saludarla —dijo Lope acercando su copa a la de ella—. Encantado de conocerla el otro día.

Angelina sonrió con naturalidad y también se levantó. Casi todo el mundo estaba de pie y haciendo corrillos. Algunos se llevaban el plato de postre con ellos.

—Me alegro mucho de que haya podido venir a nuestra casa —respondió Angelina en el mismo tono cortés—. ¿Le ha gustado?

—Este cenador es muy agradable. Y sus amigos son todos muy simpáticos.

—Me alegro, espero que pueda seguir viniendo. Solemos organizar estas cenas todos los meses. Aunque a veces cenamos en casa de Rory. ¿Ya le has conocido? —Cambió al tú en un descuido—. ¿Sí? Tienen una casa muy bonita a las afueras.

—Querida —intervino Peng Qi—. Ha parado de llover, ¿por qué no llevas a nuestro amigo a dar un paseo por el jardín? Lope, creo que te va a encantar. Hay algunas flores que son de España, y empiezan a florecer ahora. Llévale Angelina.

—Vamos, nos llevaremos el postre —dijo ella.

—Pero mejor os ponéis una chaqueta —advirtió él—. Todavía refresca por las noches.

Angelina le pidió a la criada que trajese sus abrigos y salieron al jardín. El cielo comenzaba a presentar claros, y la luna asomaba por entre las nubes con su luz mortecina. El jardín estaba a oscuras, excepto por algunas luces colocadas en lugares estratégicos. Había setos y parterres con flores, algunos árboles, arbustos bien cuidados y recortados con formas caprichosas. También había fuentes y un arrollo artificial que terminaba en un estanque en el que nadaban percas de vívidos colores. Angelina le llevó a un lugar apartado para enseñarle a una familia de patos que dormía acurrucada en una esquina del jardín.

—¿No tenéis miedo de los zorros? —preguntó Lope divertido.

—No hay zorros en Pekín —repuso Angelina—. Al menos no de cuatro patas.

—Mmm, sabes bromear.

—Claro que sé bromear —dijo ella con enojo impostado—. ¿Quién crees que soy? ¿Eh?

Miró hacia el cenador, que ahora quedaba a cierta distancia. Todos parecían enfrascados en acaloradas discusiones. Llegaban risas y carcajadas, y la música comenzó a sonar. Algunas parejas bailaban y Peng Qi reía con el diplomático kazajo. Angelina lo llevó de la mano a un lugar del jardín desde el que no se veía el cenador. Era un recodo de la casa muy cercano al muro y que quedaba completamente a oscuras.

—Te he echado de menos esta semana —dijo ella empujándolo con suavidad contra la pared húmeda.

Lope le puso la mano izquierda en el talle y le acarició el rostro. Después le dio un beso tierno, como para probar los labios.

—Tengo un problema —comenzó Lope—. Más bien tengo miedo.

—Tú tampoco sabes qué es esto, ¿verdad? —se apresuró a decir Angelina.

Lope negó con la cabeza.

—No me conoces de nada —dijo el joven con gesto de frustración.

—Tú a mí tampoco, y sin embargo no dejas de pensar en mí. Lo vi en tu mirada hoy. Estabas aliviado de verme. Quizá pensabas que no vendría.

—Lo he pasado muy mal esta semana —continuó en tono de broma.

—Yo también, ¿o qué crees? Esto no está bien…

—Entonces…

—Siento mucha curiosidad y quiero conocerte. Ahora mismo me siento como si me asomase a un abismo.

—¿Y si no soy una buena persona?

—¿Y si yo no soy lo que esperas? —preguntó a su vez Angelina—. Podría ser el tipo de mujer que odias.

Lope respiró hondo y cerró los ojos.

—Ahora mismo eso me resulta difícil de imaginar.

—Y yo no creo que tú seas tan ingenuo —repuso Angelina sonriendo. Le dio un beso—. No creas que no soy consciente de mí misma. Sé lo que parezco y tengo miedo de que solo te hayas embarcado en esta aventura porque soy guapa.

—No eres solo guapa, esa es la cuestión. He trabajado como modelo y he tenido muchas oportunidades de conocer a chicas muy guapas. Ninguna te llega a la suela del zapato.

Se besaron con la misma pasión de su anterior encuentro y se fundieron en un abrazo interminable.

—¿Puedes salir después?

—Imposible. No tengo ninguna excusa válida.

—Entonces, ¿cómo podemos vernos a solas y tranquilos?

Angelina puso gesto pensativo y enterró su rostro en el pecho de Lope. Una lágrima caía por sus mejillas cuando se incorporó. Hizo amago de marcharse, pero él la retuvo.

—Mírame y dime que no quieres estar conmigo. La semana pasada me dijiste que hoy no podría besarte, pero lo he hecho y lo voy a hacer otra vez.

—Que sea la última —dijo ella entregándose—. Quiero que me conozcas, Lope Carvajal. Y no quiero que te lleves a engaño.

—Lo intuyo, y el miedo también es mío. ¿Qué pasa si me consideras un monstruo?

—Creo que ambos tenemos que tranquilizarnos. Déjame pensar, ¿vale? Intentaré escaparme esta semana.

Transcurrió un tiempo suficiente para que su ausencia no comenzara a levantar sospechas, así que volvieron a entrar en la casa y a mezclarse entre la concurrencia. Lope sintió sobre él la mirada de las dos amigas de Angelina. La velada se alargó hasta las diez, cuando todos los invitados fueron marchándose uno a uno. Peng Qi, algo bebido, le dijo que le llamaría esa semana para tomar un café.

—Espero que te lo hayas pasado bien y te conviertas en un habitual de nuestros guateques—le dijo ya en el portón con un ojo medio cerrado.

—Me lo he pasado muy bien, Peng Qi. No faltaré a ninguno a partir de ahora.

—¡Ah! ¡Se me había olvidado! ¡Ya leí los artículos que me enviaste! ¡Me gustaron mucho! Ya hablaremos.

Lope le estrechó la mano y miró por última vez a Angelina, que lo despedía desde el umbral. Había vuelto a llover y tuvo que abrir el paraguas. Caminó unos metros hasta perder la casa de vista y encendió un cigarro. Decidió hacer un trecho a pie antes de pedir un taxi para ir al concierto con sus amigos. Las calles de aquel barrio dormían a pierna suelta y solo el motor eléctrico de algún coche rompía el silencio de vez en cuando. Estaba cansado, pero juzgó que, dado su estado de ánimo, no le convenía regresar a casa todavía. Tenía sentimientos encontrados. Se sentía atraído por aquella mujer con una pasión extraña y, a la vez, temía que conocerla mejor deshiciese el encanto. Sus escrúpulos morales solo le espoleaban a desearla más y, de repente, sintió el puñal de los celos al caer en la cuenta de que, en ese momento, Angelina compartiría cama con Peng Qi. A lo mejor debería hacer caso a Ibrahim y rezar al Buda y a la Virgen, por ese orden.

Miró el móvil, pero en la pantalla no estaba el mensaje que él necesitaba, sino el de Farid preguntando si iría al concierto. Respondió escuetamente que iba de camino. Pidió un taxi por Didi y fumó otro cigarro mientras esperaba. La lluvia arreció y ya salpicaba los bajos de sus pantalones. Durante todo el camino dio vueltas y más vueltas a su relación con Angelina hasta el punto de creer que se volvía loco. Nada de aquello tenía sentido y, en un momento de desesperación, deseó no haberla conocido.

Por fin, el taxi se detuvo frente a un local en el que había mucha gente haciendo cola para entrar. Lope divisó a Farid, que le hacía señas con la mano.

—¡Mierda! —exclamó Lope.

—¿Qué pasa?

—Me he dejado el paraguas en el taxi.

—No te preocupes, eres joven para coger resfriados.

Entraron en el local. Farid le condujo hasta una mesa no muy lejana al escenario en el que ya estaban todos acomodados mientras unos músicos hacían de teloneros. Lope divisó a Xiao Zhang hablando con una pareja que parecía procedente de algún país árabe. A su lado, Meng Mi hablaba muy animada con dos chicos. Farid lo sentó a su lado y le presentó a Osama y Nuha. Fueron sus primeros compañeros de trabajo en Pekín y habían regresado de una estancia en el Líbano con la empresa para la que trabajaban. Nuha era de madre yemení y padre libanés, y había aprovechado su trabajo para volver a estar con sus padres en Beirut y presentarles a Osama, quien fuera primero su amigo y luego su esposo. Osama venía de una familia gazatí de intelectuales. Su padre era poeta y profesor de la universidad. Era alto, fibroso y se dejaba el pelo largo y liso. Fumaba tabaco negro y sonreía como un cómico de los Estados Unidos. Por su parte, Nuha era delgada, de ojos muy expresivos y modales exquisitos. Se tocaba la cabeza con un hermoso pañuelo que ocultaba su cabello, pero se permitía vestir con una rebeca de lana fina y una falda negra entallada.

—Este es mi nuevo compañero —dijo Farid—. Lleva sobre sus hombros todo el peso de la civilización occidental, pero tiene buenas cualidades.

—¿Por ejemplo? —preguntó Nuha riendo—. ¡A ver esas cualidades!

—Le gusta la limpieza, y podría ganarse la vida como lavaplatos. ¡Les saca brillo! Es lo único que le dejo hacer en la cocina, so pena de que organice un desaguisado.

—Es mejor que no toque los pucheros —confirmó Xiao Zhang—. Una vez lo sorprendí intentando freír un huevo y casi prende fuego al apartamento.

—Yo también estoy encantado de conoceros —dijo Lope—. Espero no decepcionaros.

—Seguro que no —intervino Osama—. *In'sha'lá!*

Meng Mi lo saludó con la mano y siguió hablando con sus amigos. Xiao Zhang le sirvió un vaso de whisky Jim Beam. Se lo bebió de un trago y se sirvió otro él mismo.

—Parece que aquí se puede fumar —dijo mirando a todas partes.

—Antes no fumabas tanto —le reconvino Xiao Zhang.

Lope asintió mientras encendía un Winston.

—Llevo sobre mis hombros todo el peso de la civilización occidental. No está demás que me dé algún capricho de vez en cuando.

Farid se echó a reír y le dio una fuerte palmada en el hombro.

—Has cenado, supongo.

—Estoy un poco empachado —confirmó Lope.

Mientras escuchaban a los teloneros, Osama les contó su aventura para salir de Gaza y venir a China. Cinco o seis años atrás, la Universidad de Tecnología Química de Pekín le concedió una beca a través del Ministerio de Educación para estudiar la carrera de química centrada en el refinamiento del petróleo. Allí comenzó su odisea para salir de la franja. Las autoridades israelíes le negaron la entrada para tomar un vuelo desde Tel-Aviv. Recurrió a todo tipo de contactos y estafadores que le aseguraban el permiso. Nada salió de aquello. Por fin, desesperado, se trasladó a la frontera con Egipto y consiguió sobornar a un guardia para que le dejase pasar. Allí cayó en manos de oportunistas que ganaban dinero llevando a El Cairo a los infortunados gazatíes, exprimiéndoles todo el dinero que tenían. Cuando consiguió subirse al avión y llegar a Pekín, apenas le quedaba dinero para un taxi. En la universidad no daban crédito a la historia que les contó, y el joven que llevaba la oficina de Relaciones Internacionales le prestó dinero hasta que recibiera el primer pago de la beca.

—¿Has intentado volver? —le preguntó Xiao Zhang.

—No, no creo que pueda volver jamás. Si consigo entrar, es muy posible que nunca pueda volver a salir —repuso Osama, quien sonreía con gesto de resignación.

Los teloneros habían terminado y nuevos músicos salían al escenario.

—Ahí está mi amiga —dijo Meng Mi señalando a la trompetista—. ¡Ji-nah! ¡Ji-nah!

La chica identificó a Meng Mi y la saludó muy efusiva. Acto seguido ensayó unas notas en su trompeta, dio instrucciones a sus compañeros y comenzaron a tocar una balada de jazz.

Lope echó un último vistazo a su móvil, pero no había ningún mensaje, así que prestó atención al escenario. La trompetista le recordaba a alguien. «¿Dónde he visto yo esa cara?», se preguntó intrigado. La joven calzaba zapatos rojos de tacón, vestía con un pantalón negro entallado y una blusa de tonos grises con volantes blancos. Llevaba el pelo recogido en un complicado moño sostenido por un hermoso broche de brillantes. Su trompeta arrancaba notas melancólicas, pero de tal poder, que el mero sentimiento quedaba orillado por el encanto de la melodía. Desde aquel momento, no volvió a comprobar su móvil en toda la noche, hasta el punto de olvidarse de él. Tan prendado estaba de la música de aquella banda y, en especial, de la magia de la trompeta. Entre canción y canción, todos comentaban el asombro que sentían, pues ninguno de ellos era lo que se dice un melómano. A la tercera tonadilla, Lope seguía el ritmo de la batería golpeando el mechero contra la mesa y moviendo la pierna. Incluso llegó a cerrar los ojos en un intento de ahogar el resto de los ruidos y que la trompeta penetrase hasta lo más hondo de su ser. Los cigarros sabían mucho mejor con el sonido de aquellas baladas y el whisky se acompasaba en su gusto a los ritmos del jazz. Toda la tensión que había vivido aquella semana —y durante las últimas horas— se esfumó igual que un dolor de cabeza después de tomarte un ibuprofeno. Llegó a relajarse tanto que los músculos comenzaron a dolerle y, como por ensalmo, se sintió terriblemente cansado.

—Creo que voy a pedir un café solo —anunció durante un receso—. ¿Alguien quiere?

Farid y Osama pidieron expresos dobles. La inyección de cafeína le permitió aguantar hasta el final del concierto, tras el cual salieron a la calle, donde la lluvia seguía cayendo impenitente.

—Vamos a la parte de atrás —dijo Meng Mi—. Os quiero presentar a Ji-nah.

Dieron la vuelta al edificio. Apretados bajo los paraguas, esperaron a que aparecieran los músicos. Unos minutos después dejó de llover y los técnicos comenzaron a sacar el equipo para introducirlo en un camión.

—¡Ji-nah! —gritó Meng Mi a su amiga, que salía por la puerta de servicio con una gabardina gris.

—*Oni!* —gritó ella, corriendo hacia Meng Mi y abrazándola con fuerza.

Parecían mantener vínculos afectivos muy fuertes y les costó separarse. Todos la felicitaron por el recital, asegurándole lo gratamente sorprendidos que estaban.

—Yo nunca había estado en un concierto de jazz —dijo Nuha maravillada—, pero me ha encantado. ¡Enhorabuena!

—*Kamsamnida!* —respondió Ji-nah con varias reverencias.

Lope estaba ahora seguro de que había visto a la joven en otra parte, pero no conseguía ubicarla. Como todavía eran las doce y media y era sábado, la trompetista les invitó a tomar una copa con los miembros de la banda en un bar cercano al que se podía llegar caminando.

—Este es Lope —dijo Meng Mi presentándolo.

Ji-nah lo miró con curiosidad y un punto de diversión. Después, le tendió la mano.

—Encantada de conocerte, Lope. ¿Te ha gustado el concierto?

—¿Sinceramente? Estoy entusiasmado, y el entusiasmo me sorprende.

—¿Por qué? —rio Ji-nah mientras ya caminaban hacia el otro bar.

—No soy muy aficionado a la música. Mi tía intentó hacer de mí un melómano, pero supongo que fracasó.

—¡No me digas! —exclamó Ji-nah mientras sacaba un cigarro marca Esse—. ¿Y qué música escucha tu tía?

Lope miró al cielo sin luna, sonriendo ante los mosquitos que revoloteaban en las farolas.

—Le encantaba David Bowie y los Black Crowes. Y Loquillo, un cantante español de rock.

—Me encanta Bowie —rio Ji-nah—. Creo que es uno de esos músicos que no pasará de moda, como Bach o Charlie Parker.

—Me lo hacía escuchar una y otra vez. ¡Estudié mi carrera escuchando sus discos! ¿Te lo puedes creer?

—¿Qué estudiaste?

—Historia. Imagínate estar leyendo aquellos mamotretos de historia medieval al ritmo de Ziggy Stardust.

—Creo que me caería muy bien tu tía.

Entraron en el bar y siguieron charlando de música. Lope descubrió que sabía más de lo que él creía, o que aún se acordaba de todo lo que Manuela le hizo aprender casi a la fuerza. Ji-nah le contó que había empezado a estudiar música desde pequeña. Aprendió a tocar el piano y luego consiguió que su familia le permitiese aprender el saxo y la trompeta. En la escuela pronto formó un grupo de rock, y en la universidad, uno de jazz, que era con el que había tocado esa noche. Song Ji-nah era coreana de Seúl y hablaba con cierta fluidez el mandarín, aunque lo mezclaba con inglés y con su lengua materna. Era alta, muy esbelta, de facciones suaves, con ojos negros y mejillas coloreadas como melocotones maduros. Hablaba con gran energía y todos sus gestos transmitían pasión. Lope se sintió muy cómodo en todo momento y, sin darse cuenta, habló por los codos, sin pensar en las consecuencias de lo que decía, algo que no había podido hacer hasta ese momento en Pekín; excepto cuando se emborrachaba sin remedio.

—Ji-nah, creo que te he visto antes en algún sitio, ¿es posible?

—A lo mejor sí —respondió haciéndose la misteriosa.

Lope enarcó una ceja y la presionó para que hablara.

—No te lo diré —rio—. Tendrás que acordarte tú solo. Tómatelo como una especie de prueba.

—Pero si te vas no voy a poder recordarlo.

—¿A dónde me voy a ir? Si yo vivo aquí.

—¡Oh! ¿No vives en Seúl?

—*Ani!* ¡Vivo en Pekín! Así que tendrás más oportunidades de acordarte, ¿vale?

Lope hizo el saludo militar y brindó con un vaso de whisky.

—Pero me tienes que prometer algo —dijo Ji-nah—. No me preguntes por los dramas coreanos. Todo el mundo me vuelve loca con eso.

—No tengo ni idea del asunto. No he visto nunca uno. Aunque *El juego del calamar* está muy bien. Y hace unos años vi una película excelente. ¿Cómo se titulaba? —Ji-nah esperaba sonriendo—. Era sobre un mánager de hotel que se enamora de la novia de su jefe y tiene que matar a todos los mafiosos que trabajan para él. Una jodida maravilla, si me preguntas.

—No sé cuál será —repuso—, pero da igual, veo que eres de fiar.

Siguieron hablando el resto de la noche hasta que todos cayeron rendidos y se despidieron. Farid y Lope regresaron en taxi hasta su apartamento con Meng Mi y Xiao Zhang, que vivían a cincuenta metros. Ninguno pronunció palabra en todo el trayecto. Farid estaba tan cansado, que al entrar en casa no tuvo fuerzas ni para dar las buenas noches. Lope se lavó la cara con agua fría y se enjuagó la boca con Listerine. Antes de meterse en la cama se acordó del móvil. Tenía tres llamadas de Angelina y un mensaje: «Quedamos el miércoles. Peng Qi tiene que ir a Shanghái. Llámame mañana, zorro de Pekín». Se echó boca arriba sobre la cama. Cuando las primeras luces entraban por los resquicios de la cortina, se quedó profundamente dormido.

*****

Los periódicos chinos abrían con los avances del ejército ruso en la ciudad de Bajmut, que ellos llamaban Artiomovsk. En puridad, las unidades que estaban asaltando la ciudad no eran del ejército regular, ni siquiera de las antiguas milicias de la República Popular de Donetsk, sino del grupo Wagner, una fuerza mercenaria cuyo director, Yevgeni Prigogin, había reclutado masivamente soldados entre los presidiarios rusos con promesas de liberación o reducción de penas. Así, mientras Rusia sacrificaba en el asalto a lo peorcito de su sociedad, Ucrania desgastaba a sus soldados de élite en una de las peores carnicerías que se recordaban en Europa desde la II Guerra Mundial.

Lope leyó con avidez todos los informes y los contrastó con los artículos de prensa occidental. La diferencia era evidente. Aunque los medios occidentales aseguraban que Rusia se estaba desangrando, no podían dejar de admitir que la ciudad caería más tarde o más temprano, pues los ucranianos se veían imposibilitados de sostener los flancos y de responder con la misma potencia de fuego. El grupo Wagner lanzaba hasta cinco mil proyectiles a la semana en Artiomovsk, por solo dos mil de los ucranianos. No había fuerza que resistiera tal desigualdad y los cementerios tenían que ser ampliados cada poco tiempo. Un analista chino observaba la sorprendente capacidad de Rusia para fabricar proyectiles de artillería en cantidades que los países de la OTAN, incluidos los EEUU, no alcanzaban ni en una tercera parte. ¿Cómo era posible —se preguntaba el analista— que un país con solo un tres por ciento del producto interior bruto de toda la OTAN los superase ampliamente en producción industrial, agrícola y militar? «Solo podemos llegar a una conclusión. Todos los indicadores económicos de Occidente son falsos», terminaba el articulista. Lope tomó apuntes en la libreta y dio un trago a su café. Casi pudo sentir cómo su caparazón ideológico registraba más grietas, en especial después de confirmar aquella información con algunos artículos que aparecían de tapadillo en el *Washington Post* y el *Wall Street Journal*. Llamó al coronel Meng, quien le atendió muy serio, aunque pronto se olvidó de la tirria que tenía al español para dar su versión de la batalla. También confirmaba los análisis de su compatriota y reducía las bajas rusas.

El camarero le sirvió un cuenco grande de leche de soja, dos huevos duros y otros dos *youtiao* que Lope se apresuró a mojar. La temperatura en Pekín era agradabilísima y multitud de personas disfrutaban de su desayuno en la calle antes de comenzar la jornada laboral. Los árboles ya daban flor, y unas hojas tiernas verdeaban las avenidas de la ciudad. El invierno había quedado atrás y los rostros de los pekineses volvían a la vida. Las embarazadas acariciaban sus vientres y miraban al cielo buscando una confirmación de buenos auspicios. El sol bañaba con rayos dorados el duro asfalto y proyectaba una débil sombra que oscureció el cuenco de leche de soja en el que Lope seguía mojando aquellos churros aceitosos.

—Ya he llegado —dijo Angelina.

Lope se apresuró a levantarse y sonrió desarmado.

—¿Has desayunado?

—Dos huevos duros con un café y una manzana. Veo que tú todavía no has terminado. Come tranquilo, aquí se está muy bien—dijo sentándose en la silla desocupada.

Angelina miraba a Lope terminar su desayuno con una sonrisa de felicidad pintada en sus labios. Le contó que Peng Qi se había marchado a Shanghái la noche anterior y no volvería hasta las últimas horas del día siguiente. Para no levantar sospechas, le dijo que iría de excursión a un pueblito de Pekín y que pasaría la noche fuera. Su marido no le pidió más explicaciones y, por el contrario, le deseó que lo pasara bien.

Cuando Lope terminó de desayunar, se dirigieron caminando hasta el lugar donde Angelina había aparcado su coche. Condujeron por las grandes avenidas de la ciudad hasta que entraron en la gran autopista que unía Pekín con Harbin. Pasaron la ciudad satélite de Tangshan y se acercaron a Qinghuangdao, donde tomaron la salida hacia Shanhaiguan. Visitaron la parte de la Gran Muralla que terminaba en el mar y tomaron un café en las inmediaciones. Después continuaron su camino hasta el hotel, unos kilómetros más al norte, junto a la bahía de Zhimao. Aparcaron el coche y bajaron caminando hasta el puerto. El lugar era anodino, de casas grises y silenciosas. Lo único que ofrecía un mínimo rasgo de belleza era el reflejo del sol en la mar picada del golfo de Bohai. Los pocos lugareños con los que se cruzaron les sonreían y en sus rostros se adivinaba un toque de picaresca. Casi se les podía escuchar: «Ahí van dos amantes huyendo de sus vidas».

Durante todo el trayecto y el paseo por el pueblo, Lope y Angelina tuvieron por fin la ocasión de conocerse mejor, y ninguno de los dos se sintió decepcionado. La conversación no decayó en ningún momento; ambos se escuchaban con gran atención, interrumpiéndose para hacer bromas, preguntando por cosas que no entendían o robándose besos cuando menos lo esperaban. El rostro de Angelina irradiaba felicidad, como si acabara de enterarse de que estaba embarazada, y su cuerpo levitaba con la brisa del océano. Barcos de pesca regresaban a puerto con el sonido de la campana, las olas rompiendo contra el casco y el trasiego de las maniobras para sacar la faena del día. Lope aprovechó para dar rienda suelta a su afición por la fotografía y consiguió entresacar imágenes hermosas de aquel paraje desolado. Pero en las que puso todo su saber fue en las de Angelina, con el viento marino peinando su cabellera rubia y rizada. Casi se podían escuchar los cantos de los dragones de agua, que en la antigüedad se comunicaban con un ministro del Emperador mediante lenguaje secreto.

—Mira esta foto —dijo Lope enseñándole un retrato con sonrisa apenas insinuada, mirando directamente a la cámara—. Es el tipo de fotografía que un soldado se lleva a la guerra metida en un relicario, y la mira siempre antes de entrar en combate, para recordarle por qué tiene que sobrevivir.

—Y por qué tiene que ganar la guerra —añadió Angelina plantándole un beso.

Almorzaron en un restaurante cercano y, después, dieron otro paseo antes de regresar al hotel, del que eran los únicos huéspedes. La habitación tenía una bonita terraza para sentarse a contemplar la bahía. Prepararon dos cafés de sobre y esperaron a ver el atardecer.

—Esto me recuerda a mi pueblo natal, pero sin el mar —decía Angelina—. Aunque tenemos lagos muy grandes en los que no se divisa la otra orilla. Cuando era pequeña, mi padre me llevaba en barca y trataba de pescar algo, pero no tenía mucha suerte. Se le daba mejor la jardinería.

El padre de Angelina había sido ingeniero de caminos en la antigua república soviética de Kazajistán y disfrutaba de una dacha junto al lago Baljash. Con la desintegración de la URSS, fundó su propia empresa de materiales de construcción y creció hasta convertirse en una de las más grandes del país. Tenía su sede en Almaty, muy cerca de la frontera con Kirguistán, y allí fue donde se crió Angelina, en medio de parajes agrestes, como una especie de ninfa de los bosques, las montañas y los lagos.

—Aunque no te lo creas, mis padres son bastante feos —rio Angelina enseñándole algunas fotos.

—Pues es verdad —dijo Lope sorprendido—. ¿Cómo es posible que tú hayas salido así?

—Un misterio de la biología. He llegado incluso a plantearme una prueba de paternidad, pero a mi padre le daría un soponcio.

—Todavía viven, supongo.

—Sí, y están bien de salud. Ahora mi padre va a dejar la empresa a cargo de mi hermano. Quiere retirarse a la dacha del lago Baljash, con su jardín, sus zanahorias y sus patatas. En el fondo le hubiera gustado ser agricultor.

Angelina había podido disfrutar de aquella vida durante los veranos de su infancia, cuando corría por la huerta con los pies desnudos, persiguiendo a las gallinas y a los conejos entre hileras de patatas, lechugas y tomates. Su padre tenía un par de burros a los que dejaba libres por el campo, solo porque le gustaban mucho aquellos animales que comían las malas hierbas, y cuando terminaban, Alexander Gavrílovich Sumérkin les recompensaba con manzanas dulces. Por las tardes, cuando la tórtola anunciaba el ocaso, la mamá de Angelina, Anna Grigórievna, encendía el samovar para preparar el té y una cena ligera a base de productos de la granja, percas que les regalaba algún vecino y naranjas que llegaban desde el Cáucaso. Cenaban los cuatro junto con la abuela materna Elizaveta, que después leía en alto consejas y leyendas rusas de alguno de los volúmenes de Afanásiev. En aquellas noches lacustres, Angelina aprendió a amar la literatura nacional, y cuando la abuela Elizaveta comenzó a perder la vista, era su nieta la que leía en alto la historia de Karamzin, poemas de Pushkin y de Anna Ajmátova, y los favoritos de la abuela, que eran los cuentos de Isaak Bábel. Al terminar la secundaria, Angelina tenía muy claro cuáles serían sus estudios universitarios. Alexander Gavrílovich le ofreció pagar la universidad en San Petersburgo, pero Angelina quiso quedarse en Kazajistán, en el que consideraba su hogar, y estudió en la propia Almaty.

—¿Cómo acabaste en China?

Angelina le miró unos segundos a los ojos.

—Otro día te lo cuento, ¿vale? —dijo abrazándolo.

—¿Tienes hambre?

—Sí, pero no de comer —rio mientras lo arrastraba de vuelta a la habitación.

Cerraron las puertas del ventanal y echaron las cortinas. Angelina lo besaba con suavidad y Lope fue quitándole la ropa con los últimos rayos del sol colándose por los intersticios de la ventana.

Si ya era hermosa vestida, Lope comprobó que desnuda debía de ser lo que imaginaban los griegos áticos al hablar de Venus, cuyos ojos se marcaban visiblemente en la espalda infinita de Angelina, allí donde se adivinan los glúteos. Su piel volvía a desprender ese olor a leche fresca y dulce, y el cabello parecía flor de genciana. Se besaron y abrazaron desnudos durante unos minutos, y lo que vino después fue... decepcionante.

Tendido en la cama, Lope miraba al techo preguntándose qué había salido mal. Fue al baño a limpiarse y no prestó atención a la sangre que cubría su pene. Regresó a la cama. Angelina no dijo nada durante unos minutos, fue al baño a lavarse. Tardó bastante en volver a salir. Cuando regresó, le acarició el rostro con sus manos y le propuso algo que nunca hubiera entrado en sus quinielas:

—Perdóname. Sé que no es lo que esperabas, pero... creo que necesito ver una película porno.

Lope abrió los ojos como platos y, en cuestión de segundos, pasó por varias fases: sorpresa, vergüenza, asco, timidez, curiosidad, admiración y entusiasmo. Más o menos por ese orden. Angelina lo miraba divertida, contemplando las reacciones de su rostro.

—Es *esto* lo que no me esperaba, tengo que admitirlo —dijo por fin.

—¿Te parece bien entonces?

Lope asintió con la cabeza y Angelina alargó un brazo para coger su tableta. Hizo una búsqueda en Yandex y eligió el primer resultado que ofrecía el buscador. Una web de vídeos pornográficos en alfabeto cirílico. Angelina recorrió el sitio, dudando, e introdujo algunas palabras en el buscador interno. Hizo clic en un vídeo y se dispusieron a verlo. Era porno de alta calidad, con un diseño de producción muy cuidado, actores escogidos por su carencia de imperfecciones y escenas de alto contenido erógeno, más centradas en la estética que en el coito bruto.

Al principio, Lope se sintió muy cohibido, como gallina en corral ajeno, pero Angelina le sorprendió, otra vez, imitando todas las acciones de la actriz, por lo que acabó dejándose llevar. Aquel segundo intento fue mucho más productivo, hasta el punto de que le hizo olvidar por completo la decepción anterior. Terminaron sin hacer caso de la película. Después, pidieron la cena a los dueños del hotel. Comieron con avidez mientras veían la tele y reían. En el rostro de Angelina se dibujaba la misma felicidad que durante su paseo por el puerto. Volvieron a salir a la terraza. La noche estaba despejada y vieron muchas estrellas antes de que la luna resplandeciera sobre la bahía. Algunos pesqueros se hacían a la mar y los pocos vecinos del municipio se recogían en sus casas. Entraron en la habitación y se ducharon. Bajo el agua caliente, se abandonaron al sexo y al erotismo. Y no pasaba media hora sin que ambos pidieran más. Solo consideraciones de tipo médico les convencieron de que ya no podían seguir, y ya en la madrugada, el sueño los ganó para sus huestes.

La del alba sería cuando Lope abrió los ojos. Angelina estaba entrelazada con él, todavía durmiendo. Contempló su cuerpo y recorrió sus curvas con los dedos hasta que despertó. En vez de un «buenos días», Lope escuchó un susurro:

—Fóllame.

Lo hizo, y después, lo hizo otra vez. Más tarde, se convencieron de que debían salir a desayunar y pensar en el regreso a Pekín. Comieron en la terraza escuchando el sonido de las gaviotas y de las motocicletas. Recogieron sus enseres sin mucha prisa y pusieron rumbo a la capital. De camino, pararon en Tangshan, tomaron café y compraron *mahuajuan* para regalar. A primeras horas de la tarde llegaron al barrio de Lope y se despidieron con un beso largo, algo salado por una lágrima furtiva de Angelina. Entró en casa levitando, con una sonrisa bobalicona en la jeta, como el día en que perdió la virginidad. Farid no había regresado de la oficina. Se sentó en el sofá y encendió la tele. Unos minutos después salió al balcón a fumar. El móvil emitió el sonido de la entrada de un mensaje: «Llego a Pekín esta noche. ¿Nos vemos mañana a mediodía para comer?». Era Peng Qi. Lope respondió: «Donde tú me digas».

Aquella noche, después de muchas semanas, volvió a soñar con los amantes de su madre.

*****

Lope cosechó su primer gran triunfo periodístico con una aproximación «interna» a la estrategia de China en la Nueva Ruta de la Seda. Su artículo fue ampliamente comentado en las redes sociales, en especial en la antigua Twitter, que el oligarca estadounidense Elon Musk había rebautizado como «X», y que se había convertido en una plataforma donde las ideas y análisis alternativos encontraron buen acomodo temporal. Pero donde más circuló fue en Telegram, en la que fue traducido al ruso y a otros idiomas. Rubén Cortado estaba exultante. «Hemos cantado Bingo, Fénix de los Ingenios. El director pide más. ¿Has pensado en hacerte un viajecito por esos países este verano? A lo mejor puedo rascar dinero», decía en un email, al que Lope contestó pidiendo unos días para pensarlo. Nada le agradaba más que un buen viaje por el Xinjiang y las repúblicas de Asia Central, e incluso hasta Irán, pero semejante aventura le llevaría todo el verano, y no estaba seguro de poder estar lejos de Angelina durante tanto tiempo, sobre todo ahora que su relación apenas comenzaba. «Es la etapa dulce», pensaba. «No me la puedo perder».

Poco después de hablar con Peng Qi aquel miércoles, consiguió volver a encontrarse con Angelina, aunque en presencia de sus dos amigas, de las que parecía inseparable. Por fortuna, su marido se ausentaba con frecuencia, y su natural confiado no complicaba demasiado las cosas para los amantes furtivos. En lo que restó de primavera, se escaparon al menos tres veces más a pueblitos parecidos al de aquella primera salida; localidades a las que nadie viajaba y que parecían nutrirse exclusivamente de sus residentes. Aquellos fueron, con toda seguridad, los días más felices en la vida de Lope; lejos de una patria que daba sus últimas boqueadas, y libre de pensamientos funestos sobre su madre, aunque todavía siguió preso de aquellos sueños en los que Silvia de Guevara se comportaba como ella misma: despreocupada, amorosa, descarada, ajena a la presencia de su hijo. No pocas veces, en los días posteriores a conocer a Angelina, pensó que su enamoramiento era una suerte de lección que su madre le enseñaba desde la distancia; una situación irónica, qué duda cabe. En cierto modo, se sentía en una tesitura parecida a la de Francisco, que idolatraba a Silvia por su indudable atractivo físico, al mismo tiempo que apreciaba a Eladio Carvajal, al fin y al cabo un sujeto pacífico, amable a su manera y emparejado con una mujer que pertenecía a otra realidad. Porque en una de aquellas escapadas, Angelina se sinceró con Lope, y le reveló que el matrimonio con Peng Qi no se debió al amor, sino al deber familiar, o más bien a la piedad filial, pues Alexander Gavrílovich salvó su empresa de la quiebra gracias a un proyecto de la Nueva Ruta de la Seda. El muñidor no fue otro que Peng Qi, quien había manifestado en varias ocasiones su sincero interés en Angelina, la cual comprendió enseguida, gracias a su natural inteligencia, qué era lo que debía hacer. Según ella, Peng Qi no se hacía ilusiones acerca de los sentimientos de su mujer y por eso se mostraba muy liberal, algo que quizás no hubiese consentido en otras circunstancias. Además, estaba la diferencia de edad.

—¿Dormís juntos? —le preguntó Lope mientras paseaban por un camino rural de la provincia de Hebei.

Angelina sonrió y le agarró de la mano.

—No. Cada uno tenemos nuestra habitación.

—¿Por qué sigues casada con él? ¿Si a tu familia le vuelve a ir mal la empresa, Peng Qi la volverá a salvar? Me parece que has pagado un precio demasiado alto. Debes de querer mucho a tu padre.

Angelina se soltó y cambió el gesto. Pasaban los segundos y no contestaba. Lope reconoció enseguida que había cometido un error. Se paró en seco y le pidió perdón. Ella no modificó su expresión y siguió caminando unos metros por delante sin mirar atrás y con los brazos cruzados. Él la seguía, maldiciendo su estupidez y temiendo las consecuencias, pero al mismo tiempo se justificaba aduciendo que más tarde o más temprano estaban obligados a tener esa conversación.

Entraron en la casa que habían alquilado por dos noches. Angelina se apoyó sobre la mesa del salón.

—No tienes ningún derecho a decir lo que has dicho —dijo más dolida que enojada.

—No volveré a disculparme —contestó con voz firme—. Hace un momento reconocí haber cometido un error y te pedí disculpas de todo corazón. No es mi intención causarte dolor…

Angelina no le dejó terminar y se echó a sus brazos llorando.

—No puedo abandonarlo —sollozaba—, ya no sería justo para él. Y lo prohíben mis creencias. No puedo actuar como si el voto que hice en la iglesia hubiese sido una broma. Las promesas que se hacen a Dios se cumplen porque creemos en él, porque estas son las reglas del amor que nos dio y si las cambiamos todo se pudre. Supongo que nunca has estado casado.

—No que yo recuerde —musitó como toda respuesta.

Lope no quiso contrariarla desafiando estas razones tan alejadas de su visión del mundo y se afanó en calmarla. Le quemaba en la boca la pregunta de si Peng Qi se había convertido al cristianismo y si él creía de manera sincera, porque si no lo hacía, el matrimonio podía ser nulo a ojos de la iglesia, aunque Lope no estaba versado en derecho canónico, ni en el ortodoxo ni en el católico. Cuando Angelina dejó de llorar, sus celos de amante afloraron y no pudo dejar de reclamar su cuota de amor.

—Solo te pido que no me abandones a mí.

Angelina le abrazó más fuerte, pero no contestó.

—Voy a preparar un poco de té —anunció Lope.

—No, por favor, que nos envenenas —contestó ella con un atisbo de sonrisa, y se puso a preparar la tetera—. ¿Vas a querer azúcar?

Él negó con la cabeza. Angelina recuperó poco a poco el buen humor. Preparó la mesa con unas tazas y unos dulces que había comprado en Pekín, y lo dispuso todo amorosamente sobre un mantel blanco de flores bordadas.

—Mi periódico me ha propuesto hacer un reportaje sobre Asia central este verano —dijo Lope cambiando de tema—. Quizás pueda incluso escribir un libro de viajes.

—¡Eso es magnífico! ¿Por qué no me lo habías dicho antes?

—Me he acordado ahora, pero hay un problema.

—¿Qué problema? ¿No te pagan?

—Sí, van a intentar financiármelo, pero tendría que estar todo el verano ausente de Pekín.

—Entiendo —repuso Angelina—. No deberías rechazarlo por eso.

—No quiero estar tanto tiempo sin verte.

Angelina le agarró de la mano y le dio un beso en la mejilla.

—Le diré a papá que te acoja en Almaty y que te presente a gente.

—¿No sería un poco raro?

—No tengo pensado decirle que eres mi amante.

Siguieron hablando en este tono el resto de la tarde. Después hicieron el amor y terminaron de reconciliarse. Tumbados en la cama, escuchando el sonido de los grillos y las cigarras, Angelina le convenció de que hiciera el viaje y escribiera el libro.

—Es una oportunidad única y yo no me voy a mover de aquí. Estaré esperándote a la vuelta.

—¿Y si te olvidas de mí? ¿O se templa tu pasión?

—La misma pregunta podría hacerte yo a ti, pero yo confío en las personas, en su buen corazón.

—Qué distinta eres de mi madre…

—¿Por qué lo dices?

—Mi madre solo vivía para su exclusivo bienestar sentimental e ignoraba las responsabilidades que tenía. Las trataba como obstáculos que podían ser rodeados para seguir alegremente su camino.

—No me has hablado mucho de tus padres.

Lope le contó la misma historia que le había contado a Meng Mi, pero añadió una diatriba contra su madre que conmovió a Angelina. La joven rusa entendió enseguida el tipo de lucha interior que debía sentir Lope, y ella misma no fue inmune a la paradoja que se presentaba, lo cual repercutía en la culpa que sentía por faltar a los mandamientos de Dios.

—No importa lo cerca que creamos estar de la felicidad —comenzó ella mirando al techo y agarrándole de la mano—, al final siempre reaparece el sufrimiento. Hemos venido al mundo para sufrir y solo del sufrimiento puede nacer algo valioso a los ojos de Dios. Nos salvamos porque pecamos. Dostoievski tenía razón.

—¿A qué viene todo esto? —preguntó Lope intrigado.

Angelina sonrió.

—Soy una adúltera. Estoy pecando contra el sexto. Este pecado es mi felicidad suprema y mi mayor padecimiento. No lo sé. Quizás por eso estemos sobreviviendo como pueblo, mientras que Europa se hunde en la corrupción, pues el pecado para vosotros ya no es tal, sino norma de vida. Tenía razón, otra vez, Dostoievski: la misión de Rusia es salvar a Europa de sí misma. Solo un pueblo que sufre y padece, que conoce el Bien y el Mal puede salvar a otro. No es que Europa solo conozca el Mal, es que cree que el Mal es el Bien supremo, y que han llegado a él. Por eso abrazo el daño. El daño es maestro de vida y fuente de salvación.

Lope asistía alucinado a este parlamento sin saber qué decir, aunque recordó de sus clases de Historia Universal Contemporánea una frase del Mariscal Zhukov que le había parecido siempre algo engreída: «Salvamos a Europa del fascismo, pero nos odiarán por ello». Ahora empezaba a pensar, a la luz de las palabras de Angelina, que tal vez no hubiera tal, sino que Zhukov seguía una tradición mesiánica rusa que en cierto modo había albergado también España, ¿y por qué le perdonaba eso a España y no a Rusia?

—Isaak Bábel tuvo como compañero de apartamento a un traductor de literatura española —continuó Angelina, que parecía haber leído sus pensamientos—. Esto fue en San Petersburgo antes de la Revolución de Octubre. A los rusos siempre nos fascinó Don Quijote. Pushkin estaba devorado por la novela y el personaje. Lo amaba sin remedio. Sí, así de locos estamos, como Don Quijote. Pero, ¿qué habéis hecho de él los españoles? Parece un mero objeto de merchandising, algo que vender a los turistas. Es el horror. Ya no sois hijos de Don Quijote. Habéis sucumbido a la mercantilización de todo, incluso de vuestros héroes. El otro día me hablabas de libertad y de democracia, y decías que te gustaría verla en China, e incluso en Rusia. Yo te digo que ojalá no la veas, porque será nuestra perdición. Será la destrucción del pueblo de Dios, de nuestras familias, de nuestros héroes, de nuestros santos, de nuestros iconos. Será la muerte de nuestra cultura, como ha sido la muerte de la vuestra. ¿Será que tenía razón Marx? ¡Qué curioso!, ¿verdad? El mundo reducido a mercancía. Tolstoi, una mercancía; Tchaikovski, una mercancía; Bondarchuk, una mercancía. Es el horror que ya está aquí.

—¿Pero no fue el comunismo el que quebrantó vuestra cultura? ¿Y el que ha quebrantado la cultura tradicional china?

—No, te equivocas. Al menos en cuanto a Rusia. El comunismo actuó como un congelador de la historia. Evitó la revolución del liberalismo. Si Rusia ha sufrido una merma en su cultura ha sido en los años noventa. Mi padre siempre me lo repitió desde pequeña, a mí y a mi hermano: el liberalismo trajo la escisión de nuestro pueblo. ¿Qué soy yo?, ¿rusa o kazaja? Te lo pregunto.

Lope no supo contestar, pues al mismo tiempo que pensaba en este problema, intentaba dilucidar cómo habían llegado a esta conversación. Tuvo que amonestarse a sí mismo por creer que Angelina no era capaz de hablar a este nivel y recordó que había estudiado literatura rusa en la universidad, por lo que estas cuestiones no le eran ajenas, sino más bien todo lo contrario. Y no solo eso, sino que ella parecía estar mucho más «enterada» que él, a pesar de que sus conceptos religiosos «apestaban a sacristía». Pero Angelina hablaba sin asomo alguno de estar bromeando, tampoco parecía una loca ni una fanática. Sus palabras llevaban la verdad clavada en su bandera, solo que Lope parecía estar al margen de la misma. Al igual que en casa de Nacho Perdomo, él se sabía ahora perdido para siempre.

—Has culpado al marxismo cultural de la descomposición de tu familia y de las familias españolas. —Angelina retomó su discurso, apoyándose ahora sobre un costado, mirándole y acariciándole el rostro—. No hay tal cosa. Nunca hubo más divorcios en Rusia como en los noventa. Los años del liberalismo desenfrenado. Todo estaba permitido. Robaron a mansalva en nombre del liberalismo y lo hicieron con la ley en la mano, con el aplauso de tus amigos. Perdón, no he querido herirte. Pero sí con el aplauso de lo que llamáis el mundo libre. El comunismo robó en Rusia, pero no robó ni la más mínima parte de lo que robó el liberalismo en solo una década. Millones de rusos desposeídos de la noche a la mañana de sus ahorros, de sus viviendas, de su seguridad, de... No sé cómo seguir adelante. No nos queda otro remedio que volver a ser lo que éramos: seres humanos rusos que aman a Dios y a su patria.

—¿Por qué te casaste con un chino?

—Ya sabes por qué, pero eso no tiene nada que ver con lo que acabo de decir.

—¿Cómo?

—Mi análisis pretende ser objetivo y estar por encima de lo individual. Hablo a nivel de los pueblos. ¿Por qué has venido a China si eres un patriota español? Tu deseo de que la patria reviva no tiene por qué estar en consonancia con tu vida, a no ser que actúes conscientemente en contra de ella.

—La verdad es que cada día estoy más inseguro acerca de mi patriotismo y mi liberalismo. Ahora mismo me siento estúpido.

Lope hizo una pausa para mirar al techo con fijeza, como si intentara atravesarlo para dilucidar en qué estado intelectual se hallaba. Después la miró.

—Antes quise haberte preguntado algo, pero no lo hice porque estabas muy disgustada.

—¿Qué era?

—Peng Qi, ¿se convirtió al cristianismo para casarse contigo? ¿Realmente el matrimonio es válido si él no era sincero?

—Es muy difícil decir si él era sincero o no, pues la religiosidad es diferente para los chinos. Son pragmáticos. Para ellos ser sincero es ser sincero en su disposición a adorar a un dios a cambio de algo. A no ser que él mismo declare ante nuestras autoridades eclesiásticas que no fue sincero, no hay manera de saber si lo es.

—¿Va a la iglesia contigo los domingos?

—A veces.

—Podría estar guardando las apariencias.

—O no. Recuerda lo que acabo de decir de su forma de ver la religiosidad. ¿Acaso no le pedimos cosas a Dios con nuestros rezos? ¿Y a los santos, y a la Virgen María? Y esperamos que nos ayuden o que intercedan ante Dios por nosotros. Él quizás haga lo mismo.

—¿Nunca te lo habías planteado?

—Supongo que no me lo había planteado en serio hasta ahora, pero no me supone ningún problema.

—¿Cómo así?

—Supongo que porque no soy tan puntillosa como crees.

Lope no quedó convencido con aquella última respuesta y pensó que Angelina se engañaba a sí misma, como si la idea de que su matrimonio pudiera acabarse, aun de forma legal a ojos de Dios, le supusiera un problema teológico que no estaba dispuesta a afrontar.

—Sé lo que estás pensando —dijo ella con una sonrisa.

—¿Qué estoy pensando?

—¿Cómo una chica como yo te ha podido hablar de todo esto?

Permanecían desnudos sobre la cama, con la luz de la luna penetrando por la ventana de aquella casa de las montañas al norte de Pekín. Lope no contestó y se dedicó a contemplar la hermosura de su cuerpo, que en ocasiones lo trastornaba. Le acarició el sexo y el rostro de Angelina se contrajo en un gemido de placer.

—A veces creo que eres el Diablo —dijo con la voz entrecortada.

—El Diablo no sabe amar.

—Pero sabe hacer el amor.

—Entonces sí, soy el Diablo.

*****

Pasó toda la semana reflexionando sobre las palabras de Angelina y buscó bibliografía que tratase la cuestión del marxismo cultural desde perspectivas diferentes a las que estaba habituado. Encontró algunas referencias en la biblioteca de Tsinghua, donde también tropezó con una traducción inglesa de *Los hermanos Karamázov* que se aprestó a leer. Pronto, la novela de Dostoievski, al que jamás había leído, absorbió su tiempo libre y devoró el voluminoso libro en apenas cinco días, tras lo cual se dispuso a leerla de nuevo con más calma, tomando notas y consultando artículos relacionados por Internet. Fue durante aquella segunda lectura que decidió hacer el viaje por Asia Central. Escribió a Rubén Cortado y comenzó a planificarlo. Viajaría primero a Xi'an, punto de partida de la Ruta de la Seda, y de allí iría en tren hasta Urumqi, la capital del Xinjiang, donde alquilaría un vehículo para viajar de oasis en oasis hasta la frontera de Kazajistán. Tenía pensado visitar los lugares donde Angelina había crecido: Almaty, el lago Baljash y la frontera con Kirguistán. De allí continuaría el viaje por Turkmenistán y hasta Uzbekistán, con parada obligada en Samarcanda. De la mítica ciudad del Gran Tamerlán viajaría hasta Irán, donde coincidiría con Farid, que haría de guía durante sus vacaciones. Hizo unos cálculos aproximados de gastos y se los trasladó a Rubén Cortado. Dos días después recibió una respuesta que no esperaba. Su editor no le había conseguido siquiera la mitad de lo que necesitaba, pero sí le adjuntó el contrato para un libro con una conocida editorial española, la cual no obstante no quiso aportar ningún adelanto. Entusiasmado por la decisión de hacer el viaje, Lope no había contado con la posibilidad de que no tuviera el dinero suficiente. Intentó rehacer sus planes ajustándose a un presupuesto mucho más magro, pero le sería muy penoso. Pensó en pedir prestado el resto del dinero, pero odiaba tener deudas y su divisa siempre había sido la de no gastar lo que no se tenía. Además, no veía cómo podía devolver el dinero con lo que ganaba en el periódico. Su única opción sería regresar a España, volver a entrar en el circuito de las sustituciones en institutos de secundaria y buscar trabajos como modelo. Para su sorpresa, la idea de regresar a su país le resultó desagradable. Solo llevaba unos meses en Pekín y se vio obligado a reconocer que amaba la ciudad, y que nunca había sido tan feliz como en el corazón del comunismo chino. Apreciaba a sus grandes amigos Nacho y Pietro, pero no los echaba de menos. En cambio, experimentó una aguda desazón ante la sola idea de no ver a Farid todas las mañanas, de no hablar con Xiao Zhang o Meng Mi, de no tomar un café en el establecimiento del negro Ibrahim, de no pasear por aquellas calles y escribir artículos sobre sus gentes, de tener la oportunidad de conocer a personas interesantes como Song Ji-nah, Roberto Ampuero o el propio Peng Qi. Por no hablar de Angelina Alexandrovna. «Si no puedo conseguir el dinero de otra forma, simplemente no hago el viaje», se dijo.

Era sábado por la tarde cuando tomó esta resolución y decidió salir a dar un paseo por el barrio. Caminó a paso lento en dirección a Guomao, fumando un cigarrillo tras otro. Su vecino Jorge lo alcanzó antes de cruzar el canal y le invitó a asistir a una conferencia en el Cervantes sobre García Márquez y sus traducciones al chino.

—Perdona que te lo diga así, Jorge, pero no creo que haya tema que me interese menos.

Jorge se echó a reír.

—¿Qué tal te va todo? Roberto me dijo que igual viajabas este verano.

—Sí, me han pedido que haga un reportaje sobre Asia Central y la Ruta de la Seda, pero estoy sin blanca.

—Dinero… ¿quién lo necesita? ¡Joder, pues todos lo necesitamos!

—Es la única *verdad verdadera*.

Se despidieron y Lope siguió hasta que encontró un café junto a la parada de metro. Estaba de bote en bote. Consiguió hacerse un hueco en una mesa minúscula donde sorbió su café a poquitos mientras leía un artículo sobre Dostoievski que le había enviado su amigo Nacho Perdomo, el cual conocía bien al escritor, hasta el punto de querer escribir una novela de ciencia-ficción dostoievskiana. «¡Vaya! ¡Cómo me alegro de que te interese!», le decía en un correo electrónico tras pedirle información. «Jamás pensé que irte a China te hiciera tanto bien. Por fin vas a leer cosas con fundamento», concluía el joven periodista. Lope se dio cuenta de que estaba cambiando de manera irremisible. Antes de llegar a China le resultaba muy penoso leer textos que desafiaran abiertamente su sistema de ideas, y por lo general, dejaba de leer a la primera de cambio. Ahora no solo no lo hacía, sino que se sorprendió a sí mismo buscando más y más fuentes que pusieran patas arriba su mundo. Cuando terminó el café anotó en su libreta:

Angelina Alexandrovna ha sido el catalizador de mi distensión. Antes nunca habría estado abierto a la posibilidad de que me convencieran acerca de ideas o conceptos contrarios a mi modo de ver las cosas. En el fondo siempre fui condescendiente con Farid, con Meng Mi y con otros, cuyas opiniones contrarias a las mías toleraba porque les aprecio, pero no porque considerase en serio su validez. Pero ella lo ha cambiado todo. Es curioso cómo funciona el amor: te vuelves indulgente con la persona amada y acabas derruyendo tus murallas. ¿Por qué no puedo dejar de pensar que tiene razón a pesar de que me resisto?

En realidad, Lope sobrestimaba su resistencia y subestimaba la influencia de Farid, de Meng Mi y de la ciudad que estaba aprendiendo a amar. Regresó a casa para la cena. El olor a cabrito asado se podía captar desde el descansillo. En el salón-cocina había un gran revuelo de voces. Farid y Xiao Zhang se encargaban de la comida. Meng Mi y Ji-nah ponían la mesa, Osama y Nuha preparaban platillos, y otros dos chicos veían la tele en el sofá.

—No sabía que teníamos invitados —le dijo a Farid.

—¿Cómo que no? Pero si te lo dije ayer.

Lope hizo memoria y recordó que Farid estuvo hablándole un rato, pero estaba tan absorto haciendo planes que no le escuchaba. Se sentó en el sofá con los dos chicos, que eran compañeros de trabajo de Meng Mi, y vio la tele un rato hasta que todo estuvo preparado. La cena transcurrió animadísima. Disfrutaron de cabrito asado con cuscús, varios platos de verduras salteadas, brochetas de tofu con pimiento y unos postres árabes exquisitos que Osama había comprado por Internet y cuyo envío le había costado una pequeña fortuna. Había *mamul*, *baclava* y *kunafa*, a cual más sabroso. Lope hizo café que le había comprado a Ibrahim y sirvió orujo de una botella regalo de Terceira, el español que regentaba un restaurante en Wudakou.

Las conversaciones no se apagaron en ningún momento y Meng Mi puso música para seguir amenizando la velada. Lope salió al balcón. La temperatura en Pekín era casi perfecta y la luna hizo pronto su aparición en el cielo nocturno de la capital. Encendió un Winston y lo dedicó a las luces de la ciudad, cuya belleza le cautivaba.

—¿Con quién hablas? —Ji-nah había salido a la terraza y le vio moviendo los labios.

—¡Con nadie! —exclamó Lope, que se había ruborizado al ser cogido desprevenido con sus conversaciones al aire.

Ji-nah se echó a reír y sacó uno de sus alargados cigarrillos.

—Tiene algo esta maldita ciudad —dijo ella inadvertidamente, como si hubiera leído los pensamientos de Lope—. En cierto modo me ha salvado, y me ha cambiado la vida.

—¿De verdad? —La joven asintió—. ¿Por qué?

—No te puedo dar muchos detalles, pero digamos que me ha proporcionado libertad y un camino diferente al que se me tenía reservado.

—Está bien, «señorita misterios». Algún día me lo contarás.

—Algún día… ¿Y tú qué? Dicen que te vas de viaje este verano.

Lope asintió y le contó los problemas que tenía para materializar sus planes.

—En fin, no creo que pueda ir. A no ser que me toque la lotería, a la que por otra parte no juego.

—Entonces te lo financio yo —contestó Ji-nah como si nada.

—No, lo siento —repuso él una vez recuperado de la impresión—. No quiero deber dinero a nadie. Detesto tener deudas.

—No es un préstamo. Te lo doy.

—¿Cómo que no es un préstamo? ¿Y por qué ibas a darme tú ese dinero? ¿Eres una millonaria filantrópica o algo así?

—Ja ja ja. Sí y no —rio ella, nada molesta por el tono inquisitorial de Lope, tan característico de los «prontos» que solía tener—. No es un préstamo, pero hay una contrapartida.

—Ya lo decía yo —sonrió el joven encendiendo otro cigarro—. ¿Qué riñón? ¿El derecho o el izquierdo?

Ji-nah le palmeó los mofletes como si fuese una especie de madre superiora.

—Nada de riñones, que se pone el suelo perdido. —Reía de buena gana y lo miraba con una expresión juguetona—. Quiero que me lleves contigo.

—¿A dónde?

—Toma ya, al viaje. ¿A dónde si no?

—¿Esa es tu condición para darme el dinero?

—Yo te pongo el dinero que falta para que hagas el viaje en las mejores condiciones, pero te acompaño todo el camino. Si no, no hay trato.

—¿Por qué?

—No tengo nada que hacer este verano. Y me apetece conocer esos lugares.

—¿Y tu trabajo?

—Me lo puedo permitir.

Lope no había tenido tiempo de procesar lo que significaba aquella oferta, pero su cuerpo le obligaba de manera automática a buscar excusas para rechazarla. Ji-nah no le dio opción:

—Piénsatelo, pero no tardes demasiado —dijo aplastando la colilla de su cigarrillo antes de entrar en el apartamento.

Todo se complicaba: quería hacer el viaje, escribir artículos y un libro, pero no quería alejarse tanto tiempo de Angelina Alexandrovna; esta le animaba encarecidamente a hacerlo y sus palabras habían tenido, hasta ese momento, el poder de acicatear su mundo intelectual, por lo que seguir su consejo era una forma de converger con el amor que sentía por ella. Pero ahora, la única vía para dar cumplimiento a esta prueba era pedir dinero prestado, con las consecuencias negativas que eso tendría, o aceptar la oferta de Song Ji-nah. Un hombre y una mujer viajando solos durante algo más de un mes, compartiendo habitaciones de hotel y largas horas de carretera. Si aceptaba, ¿le contaría a Angelina Alexandrovna las condiciones? ¿Cuál sería su reacción? A Lope le daba vueltas la cabeza e hizo esfuerzos ímprobos para ocupar su mente con otras cuestiones. Farid lo llamó desde dentro y le anunció que se disponían todos a salir.

Llegaron en varios taxis a Wudakou, en la otra punta de la ciudad, y pasaron la noche de bar en bar, bebiendo, riendo, bailando y diciendo tonterías, es decir, lo habitual de un sábado por la noche. Ji-nah no le hizo demasiado caso, como si estuviera dándole espacio a propósito para pensar. El misterio de su oferta y de su pasado en Corea le había despertado la curiosidad, y ahora Lope la observaba con otros ojos.

Aquella noche no durmió bien y el domingo se levantó tarde. Dio un paseo hasta Guomao y después llegó en metro hasta la cafetería de Ibrahim.

—¡Mira quien entra! ¡El amante de mi mujer! *Baobei!* ¡Ha venido tu novio!

Ibrahim sonreía. Zheng Jie salió de la cocina y le dio una colleja bastante fuerte. El etíope emitió un gemido de dolor genuino y sus ojos denotaron sorpresa.

—Ahora sí que has conseguido enfadarla —dijo una voz que a Lope le resultó familiar.

En una mesa, Peng Qi leía el periódico y miraba hacia al negro sonriendo de oreja a oreja.

—Menuda casualidad —dijo saludando al joven—. ¿Me acompañas?

—Claro. Ibrahim, un café y un postre de esos que me gustan.

—¿Lo vas a querer con higos? —preguntó Ibrahim aún frotándose la cabeza, allí donde su esposa le había golpeado.

—Sí, por favor. Y un huevo duro.

—Que sean dos.

Se sentó frente a Peng Qi y recordó la broma del etíope. Aún tenía fresca la lectura de *Los hermanos Karamázov*, y un sentimiento de culpa se apoderó de su ánimo. Hablaba sin mirar directamente al funcionario y se moría por fumar un cigarrillo, pero Zheng Jie lo tenía prohibidísimo, bajo pena de recibir un buen zurriagazo.

—Angelina me ha dicho lo de tu viaje —espetó tras intercambiar varias frases insulsas.

—¿Angelina? ¿Y ella cómo lo sabe?

—Ya se te ha olvidado. Me dijo que os encontrasteis por casualidad en el Museo Nacional de Historia.

—¡Ah, sí! —exclamó dándose una palmada en la frente—. Ya no me acordaba. Parece que no hago más que encontrarme con vosotros por casualidad.

—Los intereses comunes aumentan las posibilidades, incluso en una ciudad tan grande como esta —repuso Peng Qi como si nada—. Bueno, en cualquier caso, creo que puedo presentarte a mucha gente interesante. ¿Tienes un itinerario pensado?

Lope dudó. Aún no había tomado ninguna decisión.

—Sí, vagamente. Algunas ciudades son obligadas.

—Dame una lista y yo te pongo en contacto con personas que te puedan guiar por allí y llevarte a sitios de interés. Y contarte muchas cosas. Puedo incluso conseguirte guías, gratis total.

—¡Eso sería genial! —exclamó—. Tengo pensado empezar en Xi'an, y seguir por todo el Xinjiang. Y luego por Kazajistán y los países entremedias hasta llegar a Teherán. Allí voy a quedar con mi actual compañero de piso, que es iraní y hará coincidir sus vacaciones con mi llegada.

—¿Por qué no vas a Almaty? Allí puedes conocer al padre de Angelina. Te tratará muy bien.

—Oh, por favor, no os molestéis. Seguro que es una persona ocupada. Yo no quiero molestar.

—De eso nada. Estará encantado. Además está semijubilado. Seguro que te lleva a pescar al lago Baljash.

Sonrió algo nervioso y se concentró en el café y los higos mientras Peng Qi seguía hablando de Alexander Gavrílovich y de otras personas a las que avisaría para que lo atendiesen como a un rey. Lope fue entusiasmándose cada vez más, y para cuando terminó la conversación, había decidido que aceptaría la propuesta de Ji-nah. Ya se las arreglaría para sortear las consecuencias sentimentales de aquella decisión.

Salió a la calle y encendió un cigarro. El Ministerio de Asuntos Exteriores recortaba el cielo de Pekín y parecía dar la bienvenida al largo y cálido verano. Respiró hondo y sacó el móvil. «Acepto que me acompañes», escribió. Un minuto después llegaba la respuesta de Ji-nah: «No te arrepentirás».

III
Polo de inaccesibilidad

La primera tormenta crepuscular del verano se abatió sobre la ciudad como un halcón sobre su presa. El polvo acumulado en las calles fue abriéndose camino a regañadientes hacia las alcantarillas resecas. Los numerosos árboles saludaron alborozados el aumento súbito de la humedad, y los viandantes miraban al cielo como si no conocieran el fenómeno extraordinario de la lluvia. Las gotas golpeaban casi a chorro contra el cristal mientras el tren iba dejando atrás los edificios, que ahora pasaban a la vista como los fotogramas de una película antigua. A su lado, Song Ji-nah dormía profundamente en el cómodo asiento del tren de alta velocidad. Lope había comenzado a leer *Las noches blancas* de Dostoievski poco antes de que el vagón comenzara a moverse: en un banco del muelle de San Petersburgo, Nástenka le cuenta al narrador que durante las aburridas noches que pasaba enganchada por un imperdible a su abuela ciega, dejaba su mente vagar y, sin darse cuenta, soñaba que contraía matrimonio con un príncipe chino. Era una soñadora. La lectura de este pasaje le recordó momentos de la noche anterior.

—Cuando iba a la secundaria en Almaty, mi profesora me cambió el apellido, ¿sabes? —le decía Angelina Alexandrovna, abrazado a él con todo su cuerpo—. Yo me apellido Sumérkina, que quiere decir «ocaso», pero ella me llamaba «Mechtatelina», que significa «soñadora», porque a veces me quedaba mirando absorta hacia la ventana, hiciera buen o mal tiempo, y parecía como si estuviese viajando con la imaginación. No lo hacía a propósito. Solo me ocurría a veces, incluso en la clase de literatura. Nunca he podido desprenderme de esta parte de mi carácter y, en cierto modo, me he dado por vencida. Bueno no, no puedo darme por vencida porque mis sueños acaban envenenando mi fe. Mis sueños me conducen a jardines exuberantes, luminosos, tan vivos y tan olorosos, tan mecidos por el canto del grillo y de la cigarra; y a veces el mirlo canta por las mañanas. Pero estos jardines son de perdición. No debo demorarme en ellos. Mi alma me dice que acecha el peligro.

Lope se angustiaba con estas declaraciones poéticas. No le dejaba ninguna duda de que él era el causante de los desequilibrios en el alma de Angelina Alexandrovna. Le aterraba que fuera un ser atormentado, a cuyas tribulaciones él contribuía, pero cuanto más se ofuscaba, más la amaba y más necesidad sentía de protegerla de sus propios remordimientos. No era casualidad que pasara los días leyendo a Dostoievski, e incluso los Evangelios, como si en esas lecturas estuviera la clave para curar la pesadumbre de su amante, tan presa de sus inclinaciones libertinas, «soñadoras», como de su responsabilidad moral ante la obra de Dios, es decir, ante la institución del matrimonio que ella violentaba.

Desde que había aceptado los planes de Ji-nah, Lope comprendía mejor cómo se sentía Angelina Alexandrovna. Le había ocultado esta *pars pudenda* de su viaje, y aunque su relación con la trompetista coreana no era romántica, en el fondo de su corazón sabía que la estaba traicionando. Y para colmo de males, este viaje que tanto lo había emocionado al principio, seguía dándole problemas sentimentales, pues Meng Mi tampoco se había tomado a bien que Ji-nah lo acompañase. Como hacía tiempo que su relación terminara, Lope dedujo que su enojo se debía más a la preocupación por su amiga que al despecho. Por la mañana, antes de tomar un taxi hasta la estación, había escrito en su cuaderno de notas:

> *Mi exnovia se enfada porque su amiga se va de viaje conmigo, y yo, sin vergüenza alguna, le oculto a mi amante que voy de viaje durante un mes con una chica, viaje cuyos planes incluyen recomendaciones de su marido. Y todo en un plazo de seis meses. Solo seis meses para superar en desórdenes sentimentales tres décadas en la vida de mi madre.*

Esta situación le llevaba una vez más a Dostoievski y su novela *El adolescente*, que en un principio el gran escritor había pensado titular «El desorden», y en ella advertía de la creciente confusión sentimental suscitada por una responsabilidad moral cada vez más vaga entre las capas altas de la sociedad rusa, muy penetradas por la ideología y las costumbres occidentales. No era la mejor novela de Dostoievski, pero su enrevesada trama, que en ocasiones hacía enloquecer al lector, contribuía a esa sensación de pandemonio que el autor quería transmitir. «¿Acaso no soy yo un nuevo Dolgoruki? El desorden asola mis pensamientos, mis emociones y mis acciones», escribió para terminar la nota de aquel día.

Antes de partir, Lope no había podido soportar por más tiempo vivir en el secreto de sus problemas y se sinceró con Farid.

—Chico, lo tuyo es más complicado que el dibujo de una alfombra persa —sentenció el iraní cuando Lope hubo acabado su relato.

Los dos se echaron a reír, una reacción que tenía mucho de ceremonia apotropaica, como si ambos quisieran alejar la presencia del Mal. Siguieron charlando mucho tiempo frente al televisor. Farid le contó lo bien que le iban las cosas con Xiao Zhang, y cómo incluso ella parecía tener prisa por avanzar en su relación.

—¿Te acuerdas del día que llegaste a Pekín? Fue cuando las conocimos. Me acuerdo que te dije que presentía que estaba a punto de encontrar a la futura señora Rostami. Creo que la he encontrado, pero ahora me da un poco de miedo.

—¿Qué es lo que te da miedo?

—Pues lo que nos da miedo a todos, seamos hombres o mujeres, supongo. Perder nuestra libertad. ¿Y si me arrepiento? Ya no podré hacer todas las cosas que hago ahora sin tener que dar explicaciones a nadie. ¿Qué pasa si algún día me canso de Pekín? ¿Qué pasa si mi padre me necesita y tengo que volver a Irán? ¿Y si lo que siento por Xiao Zhang no es amor y solo estoy…? No sé cómo decirlo.

—Encariñado.

—Eso.

—He pasado por ello al menos dos veces. Es muy doloroso para la otra parte, pero también lo es para ti. Te das cuenta de lo irresponsable que has sido, de lo niñato que todavía eres. ¿Pero sabes lo peor de todo?

—¿Qué?

—Que ser consciente de ello no te exime de volver a equivocarte o de cometer errores nuevos. Yo pensaba que mis errores sentimentales habían quedado atrás. Después de aquellos dos enamoramientos que no lo eran, siempre dejé claro de manera directa o indirecta a las mujeres con las que me lié que yo no era material amoroso. Quería poner la venda antes de hacerme la herida, y a ellas ponerles una inyección inmunológica. Y sin embargo nunca sale bien del todo. Luego llegué aquí y, en fin, todo se ha ido al carajo, y ahora estoy con el agua al cuello.

Aquella noche vio estrechar definitivamente los lazos de Lope y Farid, que dejaron de ser buenos compañeros de piso para convertirse en amigos a los que se confían secretos que no confiarías ni a tu familia. Y acaso esa sea la definición recta de «amigo».

—Soy un egoísta, Farid.

—¿Por qué dices eso?

—Hay un recuerdo que, de vez en cuando, se cuela entre mis pensamientos y no me suelta durante bastante tiempo, dejándome una desazón indescriptible.

Miraba al televisor, pues no se atrevía a mirar a Farid.

—Hace unos años tuve una relación con una chica. En Inglaterra, cuando estuve de Erasmus. Era vietnamita. Estuve mucho tiempo detrás de ella hasta que por fin consintió estar conmigo. La había conquistado de verdad. La primera noche que estuvimos juntos lo hicimos varias veces, sin preservativo, solo al final para eyacular. De repente tuve miedo de haberla dejado embarazada y la convencí para que tomase la píldora al día siguiente. Fuimos a una farmacia por la mañana y se la tomó. Se pasó tres días con náuseas. Dos meses después me cansé de ella y la dejé. Un día se me metió en la cabeza que aquella píldora la había dejado estéril. Y me obsesioné con la culpa. Un vecino médico me dijo que eso no funcionaba así, que ella no iba a quedarse estéril por tomar la píldora. Pero se me metió en la cabeza y no me pude quitar la idea de que por mi miedo a haberla dejado embarazada, ella se había quedado estéril. Ahora, cuando me acuerdo, deseo con fervor que se haya casado y tenga hijos sanos y felices. Esto no se lo he contado a nadie, nunca. Por favor…

—Nunca saldrá de aquí y no lo volveremos a mencionar jamás —se apresuró a decir Farid con mucha seriedad.

A su lado, Ji-nah seguía durmiendo y no pudo ver la contracción del rostro de Lope mientras recordaba las dos conversaciones de la noche anterior. Siguió mirando por la ventana con la esperanza de desterrar aquellos pensamientos. Una azafata pasó con un carrito ofreciendo bebidas y tentempiés. Pidió un café y un sándwich. Durante unos minutos estuvo concentrado en masticar, lo que le ayudó no poco a serenarse. Enseguida retomó la lectura y no la dejó casi hasta el final del trayecto, cuando la belleza del paisaje capturó su atención. La cordillera Qin dominaba las vistas sobre el valle por el que pasaba la vía del tren. Los montes se recortaban contra un cielo azul esplendoroso, y unas franjas verdeazuladas pintaban como a brocha las escarpadas laderas. Lope despertó a Ji-nah.

—¿Ya hemos llegado? —musitó.

—No, queda poco, pero mira —contestó indicando que mirase por la ventana.

La joven, medio dormida, contempló el paisaje en silencio sin revelar ninguna emoción particular.

—Es bonito —dijo por fin—. ¿Crees que puedo pedir un café?

Llegaron a Xi'an poco después del mediodía y se dirigieron a un hotel cercano al centro histórico de la ciudad. Dedicaron la tarde a hacer turismo por el barrio musulmán y la muralla antigua. Visitaron las dos pagodas de la dinastía Tang y cenaron en el mercado nocturno a base pinchos morunos y rica fruta. Después, tomaron una copa en un bar regentado por japoneses y se fueron a dormir hasta el día siguiente. Por la mañana, conocieron al señor Bai, una de las personas de la lista que Peng Qi le había facilitado, y que estarían a su disposición en cada parada del viaje para que les enseñase los principales sitios de interés. Una furgoneta les transportó hasta el yacimiento de los guerreros de terracota y la tumba del primer emperador, parada obligada de todo visitante. Como la mayoría de destinos turísticos de China, el lugar estaba abarrotado y era imposible hacerse una idea de lo que se estaba visitando. Por la tarde, el señor Bai los llevó a un complejo palacial cercano en el que vieron una representación operística de la historia de Yang Guifei y An Lushan. Por primera vez desde que salieran de Pekín, Song Ji-nah pareció genuinamente impresionada.

—Creo que acabo de vivir un sueño. ¿Tú no?

Lope se encogió de hombros y siguió al señor Bai. De vuelta en la ciudad, cenaron en un restaurante de cocina tradicional del norte de China, de alto copete y reservados de lujo. Lope aprovechó para hacer todo tipo de preguntas a su anfitrión, uno de los encargados del proyecto de la Nueva Ruta de la Seda en el ayuntamiento de la ciudad, punto de inicio oficial de dicha ruta. Ji-nah hizo esfuerzos por interesarse en lo que hablaban, pero era evidente que todo aquello le aburría y, de vuelta en el hotel, convenció a Lope para que tomaran unas cervezas antes de dormir.

Al día siguiente, con las primeras luces, llegaron a la estación de trenes y se subieron en la línea que los llevaría hasta Urumqi, la capital de la Región Autónoma de los Uygures del Xinjiang. Como ya ocurriera en el viaje anterior, Ji-nah se quedó dormida nada más acurrucarse en el asiento. Una vez en marcha, Lope caminó hasta el vagón-restaurante, pidió un café y se dispuso a redactar un primer reportaje sobre Xi'an y los trenes de alta velocidad de China. Le salieron dos mil quinientas palabras evocadoras, humorísticas y, según él lo veía, muy informativas. Envió el archivo a Rubén Cortado y a continuación pasó otra hora —y otro café— poniendo orden en sus notas y consignando otras cosas que no le había dado tiempo de apuntar in situ. Cuando terminó, lo guardó todo en una carpeta titulada «Proyecto Heartland», en vistas a su futuro libro. Regresó a su asiento y al ver a Ji-nah recostada contra la ventana experimentó una vaga sensación de *déjà vu*. Cuando la conoció, estuvo seguro de haberla visto antes en otro lugar. Ahora le vino, como en un fogonazo, la imagen de aquella chica que se sentó frente a él en el tren que lo llevó del aeropuerto a la ciudad en su primera noche en Pekín. Era la chica que sobaba el mechero y miraba absorta por la ventana, con una ligera sonrisa de significado enigmático.

Lope se sentó a su lado y le sacudió los hombros.

—¡Ji-hah! ¡Eh, Ji-nah! —dijo en un susurro sin poder controlar su entusiasmo.

La joven se despertó a medias y lo miró con cara de fastidio.

—¿Qué pasa? ¿Ya hemos llegado? ¿De qué te ríes?

—Ya sé quién eres.

—¿Cómo?

—Eres la chica del tren.

—¿Cómo?

—La de mi primera noche en Pekín. Ibas en el tren del aeropuerto a la ciudad y te sentaste delante de mí. Yo iba a hablarte, pero se anunció tu parada y bajaste. Luego me miraste desde el andén.

Ji-nah sonrió con los ojos entrecerrados.

—Déjame dormir, señor historias. Venga, a tus libros —gruñó apartándolo con la mano y acurrucándose otra vez en el asiento.

—¿No has dormido suficiente? ¿Cuántas horas duermes al día? —preguntó Lope algo molesto.

—Dieciséis. Avísame cuando haya comida —y se quedó dormida con una sonrisa en los labios.

Lope se quedó con dos palmos de narices y sin saber qué hacer. La sangre aún le bullía por el feliz descubrimiento, pero poco después, al igual que un distraído senderista que encuentra un trilobite fosilizado, se encontró sin saber qué hacer con él. Intentó leer, pero se distraía a cada línea; consultó la prensa española e internacional, pero le aburría. En la última pasada, no obstante, encontró una noticia sobre una ofensiva ucraniana. Buscó toda la información que pudo y pronto llegó a la conclusión de que la intentona estaba siendo un desastre, a pesar de los intentos de los medios tradicionales de suavizar la debacle, e incluso de ofrecer notas positivas. De inmediato, sacó el móvil y llamó al coronel Meng. Contestó al tercer tono.

—*Wei?* —preguntó una voz arenosa.

—Coronel Meng, soy Lope Carvajal —dijo excitado.

El viejo militar respondió cortés, quizás temiendo que le suplicase por Meng Mi, pero Lope no había pensado en ella en ningún momento. Él solo quería su opinión experta sobre la ofensiva ucraniana en Zaporiya y qué estaba diciendo la prensa china especializada. El coronel se animó al escuchar estas razones y comenzó una larga perorata explicando la situación militar. Lope se ajustó unos auriculares y tomó nota de todo en su libreta. Cuando el coronel terminó, le dolía la mano y había rellenado varias decenas de hojas.

—Muchas gracias, coronel. ¿Podría citarle en mi artículo?

—Claro, joven, hágalo —y a continuación dijo en voz baja y traviesa—, pero no se lo diga a mi hija.

—Tranquilo, coronel. Su hija y yo ya no salimos juntos.

Lope maldijo su excitación y esperó aterrado a la voz del otro lado de la línea.

—Ya veo, claro. ¿O sea que no os habláis?

—No, no, no. Quiero decir que ya no nos vemos tan a menudo como antes, así que no tendré oportunidad de decirle que he hablado con usted. Además, estoy de viaje por el Xinjiang y no volveré hasta mediados o finales de agosto.

El coronel Meng pareció quedarse más tranquilo y se despidió de buen humor. Lope agarró su portátil y caminó de nuevo hasta el vagón-restaurante. Pidió comida y un agua con gas. Mientras esperaba, comenzó a redactar un largo artículo sobre la ofensiva desde el punto de vista técnico, citando al coronel, y después hizo una relación de las opiniones aparecidas en la prensa china. Se tomó un descanso para comer y, mientras bebía el agua con gas, volvió a repasar el texto al milímetro. Dos horas después envió el artículo a Rubén Cortado. Este respondió cuando Lope ya cerraba el portátil. Le felicitaba por su productividad, aunque no le aseguraba que pudiera publicar el segundo de los artículos. Tendría que pelearlo en la redacción. Le deseaba buen viaje y le animaba a seguir con aquel ritmo.

Mientras regresaba de nuevo a su asiento, recibió un mensaje de Angelina Alexandrovna. «Te echo de menos, zorro de Pekín. Y ayer no me llamaste. Espero que no te sientas muy solo. Un beso». La realidad de su «traición» reapareció justo cuando más alegre se encontraba y decidió que no era buena idea contestar de inmediato. En cualquier caso, se topó con Ji-nah en el pasillo y le obligó a acompañarla al vagón-restaurante. Charlaron animadamente y pidieron una botella de vino con unos postres de estilo uygur. La joven surcoreana habló de música y le explicó a Lope los entresijos y secretos del jazz, su pasión por la trompeta, pero también por el piano y la guitarra, instrumentos que tocaba con mucha competencia. Una vez más, la conversación lo retrotrajo a su vida con la tía Manuela y las interminables sesiones de música pop. Ji-nah era, en cierto modo, parecida a ella. Alternaba periodos de silencio y apatía con explosiones de entusiasmo y vitalidad, sin que estuvieran relacionadas con ningún estímulo concreto, hasta el punto de que el mismo tipo de objeto o situación podían dejarla fría o excitarla en grado sumo. Desde luego, no era lo que había imaginado cuando la vio en aquel tren por primera vez —caso de que realmente fuese ella, de lo que Lope no estaba todavía seguro—, pensando que era una especie de princesa urbana misteriosa y casi etérea. Por el contrario, estaba empezando a conocer a una joven vivaracha y espontánea, que incluso en sus periodos de indolencia reflejaba la bonhomía de su carácter. O eso pensaba él, pues en las semanas que siguieron asistió a algunos episodios en los que Ji-nah dio rienda suelta a su cólera, y no siempre con buenas razones.

Pasadas las diez de la noche llegaron a Urumqi y fueron directos al hotel en taxi, admirando para sorpresa de ambos el alto grado de desarrollo que había alcanzado la ciudad. Las luces artificiales iluminaban cada rincón de la gran urbe, cuya vida nocturna no parecía tener nada que envidiar a la de Xi'an. Los restaurantes rebosaban de parroquianos y los puestos de comida veían largas colas para probar sus manjares. Los neones anunciaban bares, locales de karaoke, discotecas e incluso mezquitas y templos chinos.

Ji-nah había dormido varias horas en el tren, así que estaba muy espabilada. Arrastró a Lope a la calle una vez que dejaron sus cosas en el hotel y fueron probando todas las chucherías que se ofrecían a su paso. El aire era muy seco y corría el viento, trayendo arena del desierto y olores de comida, pero nada arredraba el entusiasmo de Song Ji-nah, cuya sonrisa, franca y hermosa, no la abandonó en toda la noche.

—Me muero de sueño —anunció de repente—. Vámonos al hotel.

Agarró a Lope de la mano, volviendo a arrastrarlo por las calles. Fumaron un cigarro en la puerta, sin hablar, y se despidieron hasta el día siguiente.

El señor Qin fue su guía en Urumqi, y al igual que el señor Bai de Xi'an, trabajaba para la oficina de desarrollo de infraestructuras del gobierno local. Su padre era chino *han* y su madre uygur, así que hablaba las dos lenguas oficiales de la región con igual fluidez. El señor Qin era un sujeto de unos cincuenta años pronto a perder todo el pelo de su cabeza. Lucía una piel morena y apergaminada por el sol y la sequedad del aire, y una incipiente barba de chivo, lo cual le confería un aspecto de sabio de película de kung fu. Solo contrastaba con su traje de ejecutivo, que vestía con pulcritud y bastante buen gusto. Cada vez que hablaba apuntaba con su dedo índice hacia arriba, como si el Cielo le hubiese comunicado alguna verdad inmutable. Hicieron un tour exhaustivo por la ciudad, visitando importantes infraestructuras de transporte así como fábricas de procesamiento de alimentos y textiles, la granja de molinos de viento de Dabancheng y las obras del metro. Este último solo tenía una línea en funcionamiento, pero otras tres estaban en construcción. Comieron y cenaron en restaurantes excelentes, y el señor Qin contestó a todas las preguntas de Lope sobre los planes para la región y las críticas que llegaban desde «Occidente».

—No se crea todo lo que cuentan —dijo el hombre, y luego añadió con sorna—: los americanos son gente curiosa. Detestan a los musulmanes, detestan a los chinos, pero por alguna extraña razón aman a los chinos musulmanes, por los que dicen estar muy preocupados.

Continuó en el mismo tono.

—Hay estrellas de cine y de música que son uigures, pero para un gringo todos son chinos. Y en cierto modo lo son. No deja de resultar paradójico que todo lo uygur esté de moda cuando al mismo tiempo se supone que nos están exterminando.

—La verdad es que la comida me encanta —confesó Lope.

—A mí también —ratificó Ji-nah mientras masticaba una pata de cordero con evidente placer.

El señor Qin sonrió satisfecho.

—Mañana les llevaré a la mezquita principal y al museo de historia. También a la pagoda de la colina roja. Creo que se van pasado mañana, ¿verdad? —Ambos asintieron—. Bueno, antes de ir a Turfan vayan al lago Tianchi y a los pastos de Nanshan. Y quédense allí un día. No se arrepentirán.

Aquella noche durmieron de un tirón y pasaron el día siguiente ajustándose escrupulosamente al itinerario previsto. Por la noche, muy cansado, Lope se derrumbó sobre la cama, exhausto, saciado y satisfecho, pero recordó que no había enviado ninguna crónica ni organizado todos sus apuntes. Encendió su ordenador de mala gana y, acompañado de un cigarro y el café instantáneo del hotel, escribió una crónica de su paso por Urumqi, reservando los comentarios del señor

Qin sobre la situación real de los uigures para un texto más largo que redactaría una vez que hubieran recorrido la región. A continuación, organizó los apuntes para su libro, e incluso escribió una especie de introducción al capítulo que le correspondería. Al encender otro cigarro, su teléfono sonó. Era casi medianoche. Respondió sin mirar quién era:

—*Wei?*

—¡Lope! ¿Por qué no me has contestado?

La voz rota de Angelina Alexandrovna sonó en su cabeza como un martillo golpeando una cristalera. Se quedó petrificado y un súbito malestar ascendió desde su estómago hasta el corazón. Había olvidado por completo el mensaje que le había enviado en el tren y había pasado dos días sin dar señales de vida.

—¡Pensaba que te había pasado algo! ¡Dios mío! ¿Estás bien?

—Angelina...

—¡Al principio estaba muy enfadada contigo, pero luego me asusté! ¡Pensé que no podía ser! ¡Que tú no podías olvidarte de contestar! ¡Que algo te había pasado!

Lope experimentó una mezcla de terror y remordimiento como jamás hubiera imaginado. ¿Cómo había podido ocurrir? Durante dos días apenas había pensado en ella, y ahora su existencia reaparecía dando un mazazo devastador. Un grito pugnaba por salir de su interior: «La has traicionado. Traición».

—Angelina, lo siento... —acertó por fin a decir—. Vi el mensaje, pero me interrumpieron y olvidé contestarte... y estos dos días han sido una locura yendo de acá para allá y los artículos que tengo que enviar. Se me fue el santo al cielo.

Lope escuchaba con claridad los sollozos que llegaban del otro lado de la línea. El pecho estaba a punto de desgarrarse de dolor. Le pareció que el llanto era de alivio, el de saber que su amado no había muerto en un trágico accidente.

—Lo siento de verdad —repitió Lope—. ¿Cómo es que no me has llamado antes? Por favor, la próxima vez no esperes tanto, no esperes a ponerte así.

—Sí, sí. Es culpa mía —respondió aún gimoteando—. En vez de llamarte, empecé a calentarme la cabeza con historias de terror.

Siguieron hablando durante más de una hora hasta que Angelina Alexandrovna dejó de llorar y se tranquilizó. Lope le prometió que la llamaría al día siguiente antes de partir a su nuevo destino, y que lo haría todas las noches.

Apenas pudo dormir unas horas, exhausto como estaba por aquella prueba. Se fustigó por su egoísmo. La recriminación de Angelina era justísima, pero de alguna manera, él le había dado la vuelta para que fuera ella la que acabara disculpándose.

—No tengo remedio —dijo en voz alta, y el sonido fue engullido por la oscuridad de la habitación.

La luz matinal incendió la ventana que daba a la calle. Se quedó en duermevela, viendo cómo las partículas de polvo en suspensión flotaban aleatoriamente en el aire, reveladas de súbito por un haz de luz.

—¡Arriba! ¡Tenemos que ir a recoger la furgoneta!

La voz de Ji-nah lo terminó de despertar mientras aporreaba la puerta de su habitación.

Envió un mensaje a Angelina Alexandrovna: «Hoy me acercaré un poco más a Kazajistán. Siento que allí desvelaré tu secreto. Te llamo después de desayunar». Recibió la respuesta un minuto después: «Te quiero. Por cierto, no te olvides de visitar a Rory. Por favor, llámale. Me está volviendo loca. No sé qué me dice de unos membrillos».

La mañana era esplendorosa y, cuando pusieron el pie en la calle, la ciudad hervía de actividad. Los colores de Urumqi regocijaban el corazón de los visitantes, pero más aún los olores de aquella extraordinaria urbe. Recogieron la furgoneta de segunda mano que Ji-nah se había encargado de comprar con la ayuda reticente de Meng Mi y condujeron hasta la oficina central de correos. Se habían autoenviado dos cajas con enseres necesarios para su viaje por carretera. Las cargaron en el vehículo y después se dirigieron a una gran tienda de abastos donde compraron linternas, pilas, sacos de dormir, una estufa de keroseno con varios botes para reponer, una tienda de campaña y un infiernillo para calentar agua. Ji-nah la pagó con una tarjeta de crédito. Lope no sabía de dónde venía el dinero. Ni se imaginaba que tocar en una banda de jazz en Pekín le reportase cuantiosos fondos, pero no conocía ninguna otra actividad laboral en la que Ji-nah estuviese empleada. Una de las normas que había impuesto para financiar el viaje de Lope era que no preguntara de dónde salía el dinero. Varias veces se tuvo que morder la lengua, sobre todo cuando se enteró de lo que costaba el seguro para la furgoneta, cuyo destino final era nada más y nada menos que Teherán. Cuando todo estuvo listo y cargado se pusieron en marcha, rumbo al lago Tianchi. Ji-nah abrió su caja y sacó un reproductor de CD, lo enchufó al vehículo con un adaptador USB y colocó un disco.

—No me mires así —dijo Ji-nah—. La calidad del CD es insuperable. Los no iniciados no sabéis distinguir entre la mierda del mp3 y el CD o el vinilo.

—No he dicho nada.

Lope siguió conduciendo y las primeras notas de *Kind of Blue* acompañaron al suave sonido del motor. Miró a Ji-nah, que sonreía con los ojos cerrados y se repantigaba en el asiento. Poco después, roncaba. Lope aprovechó para llamar a Angelina por teléfono. Hablaron un minuto y quedaron en volver a hablar todas las noches.

Para llegar al lago Tianchi tenían que conducir hacia el norte, hasta la autopista de Jingxin, después hacia el este, y luego hacia el sur por la carretera de montaña S111. El lago estaba en la falda del gran monte Bogda, cuya cumbre de más de cinco mil metros se veía desde Urumqi como un lejano pico de nieves perpetuas. Pronto, el paisaje desértico dio paso a uno de alta montaña, con valles de un verde exuberante. Autobuses turísticos subían y bajaban. Enseguida llegaron al lago. Lope despertó a Ji-nah. Se acercaron hasta la orilla y ambos se quedaron mudos ante la belleza del lugar. Las aguas reflejaban la luz del sol y enceguecían la vista de los picos nevados. Algunos barcos turísticos surcaban el Tianchi. Exploraron el lago sin prisa y se permitieron una breve excursión. Lope hizo fotografías maravillosas y tomó todo tipo de apuntes. Cuando se cansaron de tanta belleza, decidieron ponerse en marcha hacia las grandes praderas de Nanshan, que estaban ubicadas al suroeste de Urumqi, por lo que tendrían que deshacer el camino. Y no sería la última vez en ese viaje. Ji-nah se puso al volante, no sin antes colocar un CD de música coreana de los ochenta, parecida al pop japonés de la misma época, con baladas lentas y melancólicas. Llegaron con el ocaso. Las yurtas alternaban con las casas y todos los autobuses de turistas se habían marchado.

—Bien, pasaremos la noche en la furgoneta —decidió Ji-nah.

Lope había aprendido a no discutir con ella cuando tomaba una decisión y, además, no se atrevía a contradecirla, pues en el fondo se sentía como un invitado. La temperatura descendió rápidamente en cuanto se puso el sol. Cenaron asando alguna provisiones en el infiernillo y bebiendo té caliente al calor de la estufa de keroseno.

—¡Qué noche más hermosa! —exclamó Ji-nah mirando al cielo—. Aquí estamos muy lejos del mar, pero tan cerca de las estrellas…

Extendieron los sacos de dormir junto a la furgoneta, encima de unas esteras, y desplegaron un toldo que salía del techo. Antes de quedarse dormida, Ji-nah susurró:

—Jamás olvidaré este…

*****

Los días transcurrieron entre carreteras que parecían no tener fin, montañas impenetrables, desiertos infinitos y ciudades de ensueño: Kashgar, Turfan, Tashkurgan, antiguos puntos de parada de la ruta de la seda, donde los primeros monjes budistas que salieron de la India fueron convirtiendo a las poblaciones, que luego, a partir del siglo VIII y la batalla del río Talas, adoptaron una forma muy característica y local del Islam. Los imperios y los reinos se sucedieron en estos parajes hasta la llegada de los mongoles que unificaron como nunca después todas aquellas tierras que parecían haber sido talladas por gigantes de tiempos anteriores a los dioses.

Sus notas de aquella época revelan que, desde que puso un pie en el Xinjiang, había desterrado todas las caracterizaciones que había leído en la prensa occidental sobre la situación de las poblaciones autóctonas. Así decía una entrada de su diario:

Lejos de esa supuesta cárcel al aire libre de la que hablan las ONG occidentales, el Turquestán chino es una tierra rebosante de dinamismo y vida cultural, con inversiones mastodónticas para hacer la vida más fácil a sus habi-

tantes. El número de autopistas por las que circulamos deja bien a las claras la intención del Gobierno chino de conectar todos los puntos de la región de la manera más cómoda y directa. Los expertos occidentales siempre hablan del gasto inútil, pues piensan siempre en términos de coste-beneficio, pero cada día entiendo mejor lo que se proponen las autoridades. Todas estas infraestructuras no se hacen pensando en la cuenta de resultados fruto de un mero cálculo comercial, sino de la construcción de un país-civilización. Y mucho más aún: la construcción de un megaespacio geopolítico libre de intromisiones anglosajonas. En estos vagabundeos por el corazón de la Tierra, me sorprendo a mí mismo pensando como un desarrollista y no como un especulador de Wall Street. Esto es política con mayúsculas. Creo que el control que ejerce el Gobierno chino, pero también el ruso, sobre los grandes consorcios empresariales tiene siempre un objetivo: evitar que ellos gobiernen poniendo al país y al pueblo a trabajar por sus intereses. Hablando con las gentes del Xinjiang —uigures, chinos han, tibetanos, kazajos, kirguises y algún afgano pashtun—, llego a la conclusión de que China tendrá éxito, que, de hecho, ya lo está teniendo, pues todas esas gentes, incluso las más humildes, se identifican con el camino que recorren día a día. No, el Xinjiang no es una prisión al aire libre, ni los uigures están oprimidos. La cantidad de museos, mezquitas y monumentos conservados de la cultura local que he visitado estos días indica todo lo contrario, a saber, que la cultura local está floreciendo, que se reconoce en su pasado y que entiende mejor su presente.

Todas estas reflexiones fueron calando de manera indeleble e imparable en su corazón, y se las transmitía a Ji-nah cuando ella se lo permitía. La joven surcoreana había plantado una semilla especial y ahora crecía. A su lado, ninguna preocupación parecía nublar el horizonte, y la música penetró de nuevo en su vida, tal y como lo había hecho durante los días felices junto a la tía Manuela.

A finales de julio, llegaron a la ciudad de Altai, en el extremo nordeste del Xinjiang, en la frontera con Mongolia, Rusia y Kazajistán. Aquella noche, Lope habló por teléfono con Angelina Alexandrovna y le dijo que al día siguiente cruzaría a su país, desde donde viajaría de nuevo hacia el suroeste, en dirección a Almaty. Pensaba llegar un par de días después.

—Tengo muchas ganas de que conozcas a papá y a mamá —dijo Angelina casi entre lágrimas, como era habitual en ella cada vez que se emocionaba hablando de su familia.

—Yo también tengo ganas de conocer el lugar donde te criaste. Tiene que ser un sitio muy especial. ¿Habrá zorros allí?

—Habrá zorros, y habrá un zorro.

—¿Y si convenzo a tu padre de que te divorcies y te cases conmigo?

Angelina se echó a reír.

—No vayas por ahí, anda.

—Me estoy tomando muchas molestias. Deberías darme una esperanza.

—Yo no puedo darte esperanzas, solo Jesucristo puede dártelas.

Respondió con un suspiro y se despidió hasta el día siguiente. Desayunaron fuerte y salieron a la carretera dejando a su derecha la cordillera de Altai, que recorría cuatro países diferentes. En la frontera les sellaron el pasaporte y les dieron la bienvenida a Kazajistán. En un punto de la carretera, Lope advirtió un cartel extraño que indicaba la dirección del «polo de inaccesibilidad». La expresión le sonaba y le propuso a Ji-nah que visitasen el lugar. Esta accedió, medio dormida como estaba, y Lope pronto llegó al sitio. Una salida del camino llevaba a una especie de monumento pequeño y extraño con una inscripción. Allí se decía que el viajero se encontraba en el punto de inaccesibilidad del planeta, es decir, el punto de la Tierra más alejado de cualquier costa. Recordó las lecciones del profesor Ding Dou sobre geoestrategia y se quedó un rato junto a la inscripción. Ji-nah dormía en la furgoneta. Encendió un cigarro y pensó en Angelina Alexandrovna. Su rostro se dibujaba, espectral, entre las volutas de humo y las ramas de los árboles. Anotó algo en su libreta, apagó el cigarrillo y regresó al vehículo.

Tomaron una carretera bien asfaltada en dirección al sur. Rodearon el impresionante lago Zaysan y siguieron hasta el parque nacional de Targabatay. No había un solo puerto de montaña que lo atravesase, así que tuvieron que desplazarse cientos de kilómetros hacia el oeste para rodearlo hasta la ciudad de Ayaguz, donde volvieron a tomar una autopista de camino al sur. Pasaron junto a los lagos Sasikol y Alakol, y continuaron siempre hacia el sudoeste, con la cordillera de Jungarsky al frente, que los chinos llamaban Tian Shan. En Taldykorgan descansaron un día entero de la vida en la carretera. Se ducharon con agua caliente en un hotel, se bañaron y bebieron sopas que aliviaron el estrés de sus estómagos. Con el alba del segundo día, tomaron la autopista A3 hacia el sur, y a media mañana, después de unas tres horas conduciendo, llegaron al centro de Almaty, una ciudad de más de dos millones de habitantes, desparramada por toda la llanura al pie de las estribaciones de la cordillera Trans-Ili Alatau, cuyos picos nevados ejercían de frontera con Kirguistán. Almaty había sido la capital de Kazajistán hasta 1997, incluido todo el periodo soviético, hasta que, en aquel año, se trasladó la capital a Astaná, mucho más al norte, a muchas horas en tren. Sin embargo, seguía siendo la principal ciudad del país, y acogía a una población muy diversa de kazajos, rusos, uigures e incluso coreanos.

El sol abrasaba el paisaje y la temperatura se aproximaba a los cuarenta grados. En la calle no había ni un alma, y las que había estaban tumbadas a la sombra, junto a los árboles, intentando no mover ni un músculo susceptible de generar calor en sus cuerpos. El hotel se situaba cerca del parque Panfílov, un esplendoroso jardín que acogía la Catedral de la Ascensión, el segundo edificio de madera más alto del mundo. Era una deliciosa construcción de muros amarillos y tejados verdes, rematados por cúpulas decoradas con filas de rombos de distintos colores y a la que se accedía por una amplia vereda flanqueada por una primera fila de pinos diminutos y magníficas hayas presidiendo sus copas. La ciudad era un intento de incluir el bosque entre los edificios. Todas las calles tenían árboles, siempre había sitio para un pequeño parque y los restos de la ciudad industrial que fue durante la Unión Soviética estaban siendo reubicados en las afueras.

Lope llamó por teléfono al contacto que le había proporcionado Peng Qi. Habló en inglés con una mujer llamada Ainur Baizhanova, directora de uno de los departamentos de la Concejalía de Industria de la ciudad. Hablaba un inglés muy aceptable y se expresaba con mucha amabilidad. Les citó esa misma noche para una cena con el concejal y otras personas a las que Lope tendría interés en conocer.

Descansaron en el hotel hasta la hora de cenar, esperando a que la temperatura descendiese hasta niveles soportables. Mientras tanto, aprovechó para escribir un largo artículo acerca del periplo seguido desde que entraran en Kazajistán, y puso orden en la miríada de notas que había ido tomando desde que compraran la furgoneta en Urumqi. Los capítulos de su libro iban tomando forma.

Según les había advertido Baizhanova, la cena era informal, pero en Almaty todo el mundo se vestía con mucha elegancia. Ambos desempolvaron sus mejores galas y pidieron un taxi en el hotel. Era un viernes y la ciudad bullía de actividad nocturna. Lope y Ji-nah vieron pasar carteles luminosos de bares, restaurantes, cines, centros comerciales, boutiques, iglesias, mezquitas y hasta un templo budista muy coqueto. El restaurante ocupaba un edificio de una sola planta en una tranquila calle del centro norte de la ciudad, rodeado de pinos y abetos. Ainur Baizhanova se reveló como una mujer joven, de etnia kazaja, con el pelo negro, largo y liso, buena figura y pechos prominentes. Iba ataviada con un bonito vestido azul cielo y zapatos de tacón rojos. A su lado, un anciano trajeado, de barba blanca y gesto entrañable los saludaba desde lo alto de la escalera que llevaba al restaurante.

—¡Bienvenidos a Almaty! —dijo Baizhanova—. Espero que hayáis podido descansar. Hace muchísimo calor en esta época del año. Quiero presentaros a Alexander Gavrílovich Sumérkin, uno de nuestros ciudadanos más ilustres.

Lope estuvo a punto de dar un respingo. Sabía que tarde o temprano conocería a Alexander Gavrílovich, y casi había decidido pedirle a Ji-nah que no le acompañase en esa ocasión. Después de muchas dudas y remordimientos, había llegado a la conclusión de que lo mejor era ocultarle a Angelina la existencia de la patrocinadora de su viaje. Si visitaba a su padre con ella siempre se corría el riesgo de que este la mencionara a su hija.

—Encantado por fin de conocerle, Alexander Gavrílovich. Me han hablado mucho de usted —dijo Lope estrechándole la mano.

—Espero que le hayan hablado bien —rio jovial el anciano en un inglés muy decente.

—No le quepa duda —contestó Lope—. Le presento a mi compañera de trabajo. Song Ji-nah. Es mi fotógrafa y *stringer*.

—¡Vaya! ¡Qué joven más bonita! ¿Es coreana?

—Sí, señor —respondió Ji-nah con una sonrisa encantadora.

—Hay una pequeña colonia coreana en la ciudad, por si echa de menos la comida de su país.

—Muchas gracias, señor. A lo mejor me apetece un poco de kimchi estos días.

—¡Estupendo! Bueno, vamos adentro. Ya nos esperan todos. Creo, joven Lope, que le espera una sorpresa muy especial.

Tuvo un mal presentimiento, y el cielo se precipitó sobre su cabeza. Entró en el comedor con el corazón corriendo a saltos y sus peores miedos, conjurados en apenas unos segundos, se materializaron en las figuras de Peng Qi y Angelina Alexandrovna. Ambos sonreían, pero, poco a poco, su sonrisa se trocó en confusión. Peng Qi miraba a Ji-nah con la boca un poco abierta, e inmediatamente miró a su mujer. El rostro de Angelina era indescriptible. Los invitados se levantaron para saludar a Lope y Ji-nah, y en el revuelo de las presentaciones, Angelina salió del comedor en dirección al baño. Peng Qi hizo amago de seguirla, pero recuperó la compostura y se acercó al corrillo que se había formado a la cabecera de la mesa.

—Menuda sorpresa, ¿a que sí? —dijo Peng Qi abrazando a Lope cuando por fin pudo llegar hasta él.

—No me lo esperaba, señor Peng... digo Peng Qi.

—Bueno, ¿y quién es tu amiga?

—Es Song Ji-nah —contestó Lope con aire abatido—. Es mi ayudante. Mi fotógrafa. Ya te lo explicaré con más calma.

—Claro, claro, ahora vamos a cenar. Angelina ha ido un momento al baño. Ahora vuelve.

Lope se sintió el ser más miserable del mundo. Su corazón latía ahora de forma irregular, por lo que el cuerpo le pesaba una tonelada, no lo sentía en absoluto, como si estuviera a punto de echar a volar con la más mínima ráfaga de viento. Los sentaron frente a Peng Qi y Angelina, flanqueados por Alexander Gavrílovich y el concejal de Industria, Aiman Natalyev. Todo el mundo hablaba, mezclándose las conversaciones con solución de continuidad. Lope avistó la figura de Angelina regresando del baño y sintió náuseas.

—¿Se encuentra bien, joven amigo? —le preguntó Alexander Gavrílovich—. Está usted pálido. ¿No le habremos abrumado, verdad? Tome un poco de agua.

—Gracias. En absoluto. Estoy un poco cansado del viaje. Pero enseguida se me pasa.

Angelina se presentó en la mesa con una sonrisa radiante y saludó a Lope de manera formal, pero cálida, y estrechó la mano a una Song Ji-nah que la miraba aturdida.

—Eres la mujer más hermosa que he visto en mi vida —dijo sin apartar la mirada de Angelina.

Todos los que estaban alrededor estallaron en risas joviales y Angelina le dio las gracias con modestia, como ella siempre hacía. Lope apenas pudo mover los labios y sin que nadie se diera cuenta, se echó al coleto la copa de vino que tenía enfrente. Decir que quería huir de aquella situación es no decir nada. Hubiera vendido a su país con tal de desaparecer de inmediato y que nadie lo encontrara jamás. Buscó ansioso al camarero para pedirle que le rellenara la copa, pero fue Peng Qi el que lo hizo, acompañándolo de una sonrisa cómplice.

Poco a poco se fue calmando y la buena disposición de Angelina lo animó a normalizar su comportamiento. Para cuando terminaron el primer plato, volvía a ser el de siempre. Entabló conversación con el concejal Natalyev, que le habló de los proyectos en desarrollo para la región, algunos con ayuda china y otros con ayuda rusa. Después pasó a hablar de cuestiones ideológicas. Aunque era kazajo, no compartía el moderno nacionalismo que había acompañado a la independencia del país por considerarlo espurio y de inspiración occidental. Era un seguidor del expresidente Nazarbayev, conocido por su ideología eurasianista, tan de moda en Rusia desde el año 2014, y sobre todo desde el inicio de la Operación Militar Especial en Ucrania. Natalyev confesó que el país tenía un problema con las ONG occidentales, que al igual que en tantas exrepúblicas soviéticas, habían galvanizado a una parte de la población en contra de su herencia rusa y soviética.

—Hemos visto lo ocurrido en Georgia y en Ucrania. Lo han intentado con nosotros aquí, lo han intentado en Turkmenistán y en Uzbekistán, y lo van a intentar otra vez en Georgia y en Moldavia —decía Natalyev con gran seriedad—. Temo por nuestro pueblo. A esas «personas» solo les interesa el caos. El caos es su medida de la existencia.

—Me ha dicho Angelina que además de escritor y periodista estudias relaciones internacionales en Pekín —intervino Alexander Gavrílovich—. ¿Cómo ves la situación geoestratégica actual?

Todos los invitados, que serían unos quince, aguardaron en silencio su respuesta. Lope recorrió la mesa con su mirada y se paró ante Peng Qi y Angelina.

—Cuando entré en Kazajistán —comenzó con voz titubeante. Había bebido y se sentía más valiente de lo aconsejable—, cerca de la frontera con China, vi un cartel que me llamó la atención. Llevaba al «polo de inaccesibilidad». Es el lugar del planeta más distante de cualquier costa. Si no tergiverso lo que mis profesores me han enseñado, todo lo que rodea al polo de inaccesibilidad constituye el corazón de la Tierra. Es lo que los estrategas anglosajones se han propuesto desde siempre controlar, o en su defecto, impedir que se expanda. Ese polo de inaccesibilidad es el punto al que los imperios marítimos no pueden llegar. Solo pueden contenerlo o mantenerlo dividido. Por eso, toda la estrategia anglosajona en el siglo XX siguió un patrón claro: impedir a toda costa la alianza de Rusia y China. Todos los occidentales, los representantes de mi civilización, han contemplado la posibilidad de una unión sino-rusa como una catástrofe.

Lope apartó la mirada de Angelina y Peng Qi para mirar al resto de los invitados.

—Esa catástrofe se está consumando en nuestros días. Y supongo que a los occidentales como yo solo nos queda prepararnos para un futuro en el que ya no seremos el faro que ilumina a todos. Ya no seremos prometeos civilizacionales. Seremos como esas estatuas romanas a las que les falta un brazo y que amenazan con ser engullidas por alguna enredadera en un jardín descuidado y decadente.

Todos comenzaron a hablar al mismo tiempo mientras servían los postres y nadie se ponía de acuerdo, con lo que terminó por crearse una formidable algarabía de argumentos y contraargumentos lanzados al ruedo sin orden ni concierto. Lope aprovechó para disculparse con Alexander Gavrílovich y salió a fumar.

Encendió un Winston y se apoyó contra la valla que cercaba el restaurante y lo separaba de la carretera. Le dolía todo el cuerpo por la tensión soportada, y en un instante se sintió terriblemente cansado, como si acabara de correr una supermaratón. Una ardilla descendió del árbol junto al que fumaba y lo miró con curiosidad durante unos segundos. Después se marchó tan rápido como había llegado, solo para reaparecer, mirarlo de nuevo y trepar hasta las ramas más altas.

—Joder, cómo te envidio —pronunció Lope en español—. Tú solo tienes que preocuparte de recoger bayas y llenarte los carrillos.

Contempló la noche durante unos minutos, intentando no pensar en nada, deseando que alguien saliera a hablar con él y, al mismo tiempo, que no saliera nadie. Era una actitud infantil y melodramática. Así lo asumía, y sin embargo no podía evitarlo. Fantaseó con ir directo al aeropuerto y subirse a un avión que lo llevase a España, donde pediría la entrada en un convento de monjes cartujos y haría voto de silencio por el resto de sus malditos días. Pero esa era también una fantasía pueril, de folletín romántico y empalagoso. Encendió otro cigarro y comenzó a caminar de un lado a otro, lo que terminó por cansarlo aún más. Apagó la colilla en la valla y la tiró a una papelera. Respiró hondo varias veces y, cuando se sintió mejor, entró al comedor. Se preparaba un brindis por parte del concejal Natalyev y Lope llegó justo a tiempo. Terminó el postre y concretó los planes para los días siguientes en Almaty con Peng Qi, Alexander Gavrílovich y Ainur Baizhanova. Visitarían varios puntos de interés y luego, tras mucha insistencia del padre de Angelina, accedió a visitar su dacha del lago Baljash y pasar una noche. Desde allí, él y Ji-nah continuarían con su viaje hacia Samarcanda, en Uzbekistán.

La despedida fue corta y penosa para Lope, que no pudo disimular la ansiedad que había sentido durante buena parte de la cena. No pronunció una palabra durante el trayecto en taxi, dio las buenas noches a Ji-nah y se metió en la bañera de su habitación de hotel. El agua tibia calmó sus músculos doloridos. Por fin, decidió enviar un mensaje a Angelina Alexandrovna: «Lo siento. Supongo que estarás decepcionada. Ji-nah no es mi amante ni nada por el estilo. Sin ella no hubiera podido hacer el viaje. Tendría que habértelo contado, pero me daba miedo. Entenderé que no quieras volver a hablarme por el resto de tu vida. Si así lo deseas, no volveré a molestarte jamás». No hubo respuesta, aunque esperó con el móvil encendido hasta dormirse.

*****

Silvia de Guevara llevaba de la mano a su hijo por el mercado de Navidad. Caminaron mucho rato y decidieron sentarse en un sofá frente a El Corte Inglés. La gente compraba lavadoras y metía sus juegos de té en los bolsos de las señoras. Eladio aparecía con cucurucho de castañas y advertía que estaban frías porque había venido caminando desde la calle de Alcalá. Eladio parecía muy contento y hablaba con todo el mundo. Les regalaba castañas y bebía café. Silvia de Guevara abrazó a Lope y luego desapareció.

—¿A dónde ha ido? —le preguntó Lope a un policía.

—Ha ido a ver a tus abuelos.

Lope tocaba las lavadoras. Manoseaba sus cuadros de mando, los botones, pero no pasaba nada. No funcionaban. Ahora estaba durmiendo en su cama, junto con sus soldaditos de plástico. Estaban a punto de tomar una colina. Trepaban por la almohada disparando y desalojaban al enemigo de sus posiciones.

*****

Golpes en la puerta despertaron a Lope. Ji-nah lo llamaba para desayunar. Pasaron el día con Ainur Baizhanova. Los llevó a todas partes, tomaron notas y la joven surcoreana fingió ser fotógrafa, lo cual no se le daba muy bien. Sabía enfocar, pero el encuadre no era lo suyo y sacaba fotos de cosas que no eran demasiado importantes. Liberado de esta tarea, Lope se dedicó a hacer preguntas, retener ideas y apuntar impresiones. Pasó el día razonablemente concentrado en su trabajo e incluso se permitió bromear, como si nada hubiese ocurrido el día anterior. Ya por la noche, tomaron una copa en un bar con música en directo, no muy lejos del hotel. Por supuesto, Ji-nah no estaba enterada del pequeño drama y actuaba con la jovialidad habitual. En el bar bailó y cantó, e incluso pidió canciones. En un momento de la noche, saltó al escenario y pidió a la banda que la dejasen tocar el piano. Tocó dos canciones muy conocidas y recibió un gran aplauso del público.

—¡Has estado muy bien!

—¡Pues claro que he estado bien! ¡Me llamo Song Ji-nah! —repuso alzando el puño derecho—. Venga, vamos a fumar un cigarro.

Fumaron otro antes de subir cada uno a sus habitaciones y Lope bromeó con ella por las fotos tan horribles que hacía.

—Menos mal que soy buena trompetista —decía entre risas.

Al día siguiente por la mañana, visitaron la empresa de Alexander Gavrílovich y luego los llevó a una de las obras que estaban realizando. El anciano se había encariñado con ellos, en especial con Ji-nah, y no paraba de hablar, ponderando los paisajes y la calidad de vida en Almaty.

—Pero ya veréis mañana. El lago Baljash es precioso. Por la noche asaremos un buen pescado. En el cenador se está muy bien. ¿De verdad se tienen que ir tan pronto?

—Sí, señor. Todavía nos queda mucho viaje. Tenemos que pasar por Samarcanda y llegar a Irán.

—¡Cómo me gustaría ser joven otra vez para acompañarlos! —decía risueño Alexander Gavrílovich, quien había viajado muchas veces en tren hasta Moscú y otras ciudades de lo que entonces era la URSS—. Yo siempre quise que mis hijos hicieran los mismos viajes que yo había hecho, pero me han salido poco aventureros. Mi hijo casi no ha viajado fuera de Kazajistán. Solo una vez para ir a Moscú y a San Petersburgo. Ahora, cuando herede la empresa, tendrá que viajar mucho más al extranjero. Y mi hija, bueno, ya la conoce. Vive en Pekín. Eso sí que no me lo hubiera imaginado cuando era pequeña. Siempre estuvo muy apegada al hogar, agarrada a la falda de su abuela.

Cuando no hablaba, Alexander Gavrílovich miraba al horizonte con gesto pensativo, como si soñara despierto, y en esos momentos, una nota de melancolía se desprendía de sus ojos azulados. O quizás fuera pesadumbre. Era difícil de discernir. Lope pensó que se daba un aire a su abuelo, don Remigio, aunque él apenas le conoció. Sin embargo, en las fotos tenía un gesto parecido.

—Angelina Alexandrovna me ha contado cosas de su infancia. Sobre todo se acuerda mucho de la dacha.

—Era una granujilla —sonrió el anciano—. Se esquilaba a los manzanos y trepaba por todas partes. ¿Sabe que se rompió el brazo? Creo que tenía siete años. Se pasó todo el verano con la escayola persiguiendo a las gallinas, y alguna vez se llevó un picotazo del gallo.

—¿Hay zorros aquí?

—¿Zorros? Sí, el zorro Corsac. Es muy bonito, ¿sabe? Tiene un pelaje espléndido, de tonos rojizos muy suaves que se mezclan con el gris claro, y la cola es especialmente larga y espesa. Además, es una variedad más gregaria que la de los zorros europeos.

—Los zorros europeos son más individualistas.

—Eso parece, aunque no soy un especialista. Es solo que me gusta la naturaleza. Espero que me entierren en la dacha, junto a mis frutales, mis setos y mis flores. Pero me han dicho que está prohibido. Tendré que ir a un cementerio, allí, con los funcionarios y los futbolistas. ¡Qué bajeza!

Lope se echó a reír y siguió hablando con el viejo hasta que acabó la jornada. A la mañana siguiente, cuando la ciudad se desperezaba, partieron a hacia el norte siguiendo el coche del mismo Alexander Gavrílovich. Llegaron a mediodía. La dacha era una construcción de dos plantas, construida en madera oscura sobre la que destacaban las contraventanas pintadas de azul y blanco. Un jardín precedía la entrada, muy sencilla, con jambas decoradas de motivos vegetales. En el umbral esperaban Angelina Alexandrovna y su madre. Peng Qi salió por detrás de la casa calzando botas altas y ataviado con un sombrero de paja. Venía de recoger zanahorias. Aunque tenía cierta confianza con él, Lope no pudo dejar de pensar que aquel hombre informaba directamente al primer ministro de China todos los meses y tenía a su cargo a varias decenas de personas de entre lo alto del escalafón funcionarial.

Angelina sonreía y dio la bienvenida a Ji-nah sin hacer demasiado caso a Lope, quien se había mostrado más taciturno a medida que se acercaban a la dacha. Verla vestida con ropas tradicionales junto a su madre, Anna Grigórievna, y aquella mirada tan diferente de la que él conocía, le devolvieron al sufrimiento y al dolor. En los mejores momentos de su relación había soñado despierto con visitar esa misma dacha y congeniar con su familia. E incluso aprender a cocinar aquel estofado que Angelina le dio a probar el día que se conocieron. Con toda probabilidad, necesitaría varias vidas para aprender a hacer unos simples macarrones con chorizo. Tan torpe era en la cocina. Mientras conducía se juzgó a sí mismo con severidad, llegando a la conclusión de que lo único que en esta vida se le daba bien era escribir artículos. Para todo lo demás no tenía remedio, ya fuera por mala suerte o por carácter, o por incapacidad suya. Cuando se sentaba delante del ordenador, la hoja en blanco se le aparecía como un gran bloque de mármol listo para ser esculpido, y donde otros solo veían una piedra enorme, él veía, al igual que Miguel Ángel, la estatua ya acabada. Desde que se aventuró en el mundo de la escritura de artículos, había seguido fiel a la regla de González Ruano, quien dejó dicho aquello de que el secreto para escribir cualquier cosa era equipararla a una buena morcilla; el autor debe asegurarse de que ambos extremos estén bien atados, y en medio, poner lo que le dé la gana. Cuando escribía, el mundo exterior parecía disiparse. Nada lo perturbaba. Nada que no llevara él consigo, claro.

Unas palabras en ruso lo sacaron de su ensimismamiento. Anna Grigórievna le hablaba y le hacía señas para que entrase en la casa. Sonrió y la siguió adentro. Lo llevó a la cocina, un espacio grande con una mesa de madera gruesa donde fue invitado a sentarse. Olía a las mil maravillas y se percibía a las claras que Anna Grigórievna había pasado una mañana muy ajetreada. Cuando se hubo acomodado, le plantó delante un tazón de *schi*, una sopa tradicional rusa de repollo y carne. Aunque hacía mucho calor, el caldo le hizo revivir y pronunció un «gracias» en ruso, *spasibo*, que era la única palabra que conocía. El sabor de aquella sopa le hizo confirmar el dicho de Santa Teresa de que a Dios también puede encontrárselo entre los pucheros. Anna Grigórievna hablaba por los codos, incluso a sabiendas de que Lope no entendía ni jota, pero el tono de su voz era tan agradable y maternal que se sintió muy cómodo. Él se limitaba a sonreír y a indicar que la sopa estaba muy rica. Ji-nah entró seguida de Angelina tras haber explorado toda la casa y ella también recibió su cuenco de *schi*, que devoró a sorbos, como les gustaba a los coreanos.

—Dile a tu madre que es una cocinera magnífica —dijo Lope con timidez. Angelina se lo tradujo a su madre, que gesticuló ruborizada.

—Quiere que sepas —dijo Angelina— que ella es una simple ama de casa sin ningún talento, pero que está muy contenta de poder tener invitados tan guapos.

Lope se turbó y no dijo nada, pero Ji-nah lo agradeció entre risas. Incluso se levantó de la mesa y plantó un beso a Anna Grigórievna. Peng Qi vino a rescatarlo de una situación que lo estaba martirizando.

Seguía ataviado con su facha de jardinero principiante y caminaba como un pingüino, levantando las botas de goma con gran esfuerzo, un paso tras otro. Pasaron por entre lechugas, tomates y calabazas, y llegaron a la puerta del corral donde las gallinas picoteaban piedras y granos de maíz.

—¿Qué tal va ese libro tuyo? ¿Y los artículos? —preguntó Peng Qi mientras miraba a las aves con gesto experto.

—Bien, he escrito bastantes. Según mi jefe, están teniendo muchas lecturas, y también han generado algunas discusiones en Twitter. Pero supongo que lo mejor es que ha sido traducido informalmente por algunas cuentas. Algunos medios de China y Rusia los han citado. Me halaga mucho, pero me predispone contra todo el aparato mediático tradicional de mi país.

—Me lo imagino. ¿Y el libro?

—No lo sé. Supongo que me pondré a escribirlo en serio cuando termine el viaje, pero no creo que me lleve mucho tiempo. Todo el trabajo duro estará hecho. Solo tendré que darle forma. La editorial lo quiere para antes de que termine el año.

—Haré lo que pueda para que sea publicado en China. Tienes mi palabra —dijo Peng Qi apartando su mirada de las gallinas y dirigiéndola a Lope—. O sea que esa chica te ha financiado el viaje. ¿Por qué?

Lope encendió un cigarro.

—¿Puedo fumar? —Peng Qi asintió—. Sí, en parte. El periódico solo me pudo dar una cantidad pequeña de lo que yo había presupuestado. Pensé en pedirlo prestado, pero devolverlo me hubiera supuesto un auténtico dolor. Me hubiera obligado a regresar a España y trabajar de profesor otra vez.

—¿Por qué no volver?

—La verdad es que no quiero irme de Pekín. Cuando termine el máster de Tsinghua me quiero quedar, si puedo.

—Te has enamorado… de la ciudad —sonrió Peng Qi.

—Algo así —dijo dando una calada—. La verdad es que no hay nada en España que me esté llamando para volver. Es un país maldito y abocado a la desaparición.

—¿Y ella no te pide que lo devuelvas?

—¿Qué? ¡Ah, sí! No, solo me puso como condición que la dejase acompañarme en el viaje y que no preguntara de dónde sacaba el dinero. —Lope se encogió de hombros—. Y aquí estoy.

—O sea que no es tu fotógrafa, ni tu *stringer*.

—No, se dedica a la música. Toca la trompeta, el piano y la guitarra. Eso es todo lo que sé. Eso y que es de Seúl. No es que no la conociera de nada. Está en mi grupo de amigos de Pekín. No quiere hablar de su infancia. Sólo sé que sus padres murieron cuando era pequeña y que se crió con su abuelo paterno. ¿Cómo y en qué circunstancias? No lo sé. ¿Por qué acabó en Pekín? No lo sé. Y ella no quiere hablar del asunto.

—Parece una buena chica.

—Hasta ahora no me ha dado ningún motivo para pensar que no lo sea. Hemos dormido varias noches en la furgoneta o al raso, y se ha portado bien.

—Ya veo —repuso Peng Qi dándose la vuelta y caminando hacia la casa—. Bueno, en Samarcanda habla con mi amigo Zhang Yi. Y en Irán, si tienes algún problema, puedes ir directamente a nuestra embajada, preguntar por Li Xiaoli y decirle que eres amigo mío. Se ocuparán de ti como si fueras ciudadano nuestro.

—¿Por qué te tomas tantas molestias conmigo?

—¿A qué viene esa pregunta? ¿Acaso no nos hemos hecho amigos?

—Sí, supongo que sí. Es solo que siento que no me lo merezco.

—La amistad no tiene nada que ver con los merecimientos. Se hacen cosas por los amigos porque son amigos.

—No me conoces desde hace tanto tiempo.

—¿Por qué no dejas de hacerte tantas preguntas y disfrutas de la vida? —exclamó Peng Qi riendo—. Pareces ruso, jajaja.

—Según dicen, los españoles y los rusos somos los únicos pueblos que nos preguntamos qué demonios somos. Y vivimos siempre en la agonía.

Por toda respuesta, Peng Qi le palmeó el hombro y se dirigió de vuelta a la casa.

—Me voy a quedar dando un paseo por la finca, si no os importa —dijo Lope.

—Estás en tu casa.

Cuando se hubo alejado, Lope comenzó a caminar en dirección al lago, el cual se avistaba por encima del corral. Tardó unos quince minutos en llegar y se quedó mirándolo con fijeza. Un anciano pescaba en la orilla con una larga caña.

Se saludaron con la mano. Encendió un cigarro y sacó su teléfono. Marcó el número de Pietro Vilches.

—¿Sí? —contestó una voz de ultratumba—. ¿Lope? Joder, que hoy es domingo por la mañana, coño.

—Pietro, necesito hablar.

Respondió unos segundos después con un gruñido:

—Habla. ¿En qué lío te has metido?

—En uno morrocotudo.

—Con faldas de por medio, supongo. Espera, voy a poner la cafetera porque hoy presiento que batiremos el récord.

Pietro trasteaba en los armarios buscando café y un molinillo.

—Faldas, pero esta vez es un lío tremendo.

—Habla ya o calla para siempre. Cuéntaselo al gurú de la M-30.

Lope comenzó desde el primer día en que llegó a Pekín y terminó con la última conversación que había tenido con Peng Qi unos minutos antes. Pietro había escuchado con mucha paciencia, haciendo preguntas cuando era necesario, obligando a Lope a aclarar puntos oscuros.

—Bueno, amigo Lope, por fin te has superado a ti mismo. Sabía que en el fondo eres un tarambana. Vas de fuerte y enseguida te derrumbas. No me extraña que todas tus relaciones hayan sido un fracaso. No tienes término medio: o te enamoras como un pelele o te comportas como un gilipollas. Yo ya no sé qué hacer contigo.

—Está en mi naturaleza ser gilipollas.

—Está en tu naturaleza ser gilipollas. Pero vamos a ver, ¿cómo de guapa es esa rusa? —Lope le envió una foto por Wassap—. Joooooder. Retiro todo lo dicho. Tenías derecho a volverte loco.

—No quiero que me justifiques. ¿Ahora qué coño hago?

Pietro permaneció callado unos segundos mientras sorbía el café.

—Yo no haría nada. Parece que la cosa se está muriendo ella sola.

—¿Cómo?

—Está muy enfadada contigo. Ahora vas a seguir tu viaje. Por lo menos otras dos semanas en las que no la vas a ver. Suficiente tiempo para que ella reflexione y enfríe su pasión. Lo mismo te pasará a ti, que además estás acompañado de otra chica guapa. La cual, por cierto, se muere por tus huesos.

—Nah…

—Por favor, Lope, pareces nuevo. En cualquier caso, mi consejo es que aproveches este tiempo para calmarte y dejar que la cosa se muera sola. Concéntrate en el libro. Si pudieras escribirlo en otro sitio que no sea Pekín, mejor que mejor. ¿Por qué no vuelves a España un par de meses?

—No puedo. Tengo el máster y un trabajo que no puedo abandonar de repente.

—Hazte un favor: cuando vuelvas a Pekín no la llames ni intentes coincidir con ella.

—Eso es difícil. Su marido me invita a su casa todos los meses a cenar con sus amigos.

—No vayas. Pon la excusa del libro y date más tiempo. Eso es todo lo que tienes que hacer, y ahora déjame en paz, que me quiero ir a la ducha.

—Gracias, amigo.

—No vuelvas a llamarme un domingo por la mañana, ni aunque te estés muriendo.

Y colgó.

Lope se dio unos minutos para aunar fuerzas y seguir las recomendaciones de Pietro. Si conseguía pasar de las próximas horas, todo iría bien, pues al día siguiente por la mañana se marchaban a primera hora.

Regresó a la dacha y charló con Alexander Gavrílovich y Peng Qi, y evitó en lo posible coincidir con Angelina. La cena fue sin duda el trago más amargo y, por lo menos un par de veces, se alejó con la excusa de fumar, cuando en realidad quería evitar que se le saltasen las lágrimas. Angelina daba muestras de una gran serenidad, e incluso reía, lo cual martirizaba todavía más a Lope. Llegó incluso a estar enfadado. ¿Cómo era posible que no sintiera nada? ¿Acaso su amor se había apagado tan rápido? ¿Estaría siendo Lope víctima de su misma situación? En una de sus escapadas a fumar se convenció de que Angelina, al igual que él en relaciones anteriores, simplemente se había encariñado y había llegado un momento, sin duda precipitado por la presencia de Ji-nah y su silencio, en que ella se había vaciado. Era probable —pensaba— que se sintiera bastante aliviada, y por eso su actitud alegre y serena parecía tan natural. Su semblante debía de ser igual al de aquellas chicas a las que les había confesado su propio agotamiento amoroso: incomprensión, fragilidad, rabia, búsqueda desesperada de razones más plausibles para la ruptura. Pero no las había, y Lope lo sabía muy bien.

Se fueron tarde a dormir. Por falta de espacio, durmió solo en una cama improvisada en el salón. Al fin pudo llorar tranquilo, sin que nadie lo viera ni adivinase la debilidad que lo embargaba. Desde pequeño se había acostumbrado a reprimir el llanto. Lo hacía incluso cuando estaba a solas. Ninguno de sus héroes de la novela negra norteamericana habría llorado ni aunque les sacasen las uñas con alicates. Angelina, sin embargo, había destruido todas sus defensas, tanto las sentimentales como las intelectuales. Y era quizás esta combinación la que le había cogido desprevenido. «A lo mejor es algo más», pensó. «Desprende un aura extraña, como de santa cuyo amor te desborda e inunda». Apenas pudo dormir tres o cuatro horas. Un rayo de sol se coló entre las contraventanas y le anunció que el día de su partida comenzaba. Se lavó como pudo en la cocina intentando no hacer ruido, se vistió y recogió la cama improvisada. Metió la ropa sucia en una bolsa de basura y sacó su equipaje fuera. Mientras lo metía en el coche fumó un cigarro viendo cómo el sol encendía las luces de la Tierra. Las sombras nocturnas se retiraron de mala gana. La puerta de la casa se abrió. Anna Grigórievna se acercó a él con una taza humeante de café. Dijo algo en ruso. Lope solo pudo sonreír. La mirada de Anna expresaba casi piedad y repetía unas palabras que sonaban como una plegaria. Después le tomó del brazo y lo llevó adentro, donde Ji-nah y Alexander Gavrílovich daban cuenta del desayuno. Angelina y Peng Qi se levantaron justo cuando ya terminaban y se disponían a partir.

—Llámame si necesitas cualquier cosa —le dijo el funcionario tras darse un abrazo.

Alexander Gavrílovich y Anna Grigórievna se despidieron con tres besos, a la rusa. Angelina le dio la mano y procedió a abrazar a Ji-nah y a pedirle que la llamara cuando regresaran a Pekín. Lope se sentó al volante y evitó mirar por el retrovisor mientras la furgoneta salía de la granja y emprendía el camino a Uzbekistán. Ya en la carretera, Ji-nah sacó un CD y lo colocó en el reproductor. Sonaba una melancólica trompeta.

—Quita esto —dijo Lope con voz autoritaria.

—¿Por qué? Es Chet Baker. Es genial ya ve…

—Que lo quites.

Ji-nah lo miró muy sorprendida y se apresuró a quitar el CD. Pasó al asiento trasero con cara de pocos amigos y se durmió. El viaje transcurrió sin sobresaltos. Hicieron varias paradas en el camino y pasaron la frontera de Uzbekistán con el ocaso. Por la noche llegaron a Tashkent y se alojaron en un hotel barato. Al día siguiente, sin demora, partieron hacia Samarcanda, a donde llegaron hacia el mediodía. Descansaron en el hotel y salieron a cenar. Lope había recuperado un frágil equilibrio emocional y esperaba con ansias el día siguiente para ponerse a trabajar.

Samarcanda era una de las ciudades más hermosas que había visitado jamás. Todo en ella parecía salido de un cuento de hadas, y su aura mitológica estaba más que justificada. Las mezquitas y los palacios, incluso las iglesias ortodoxas, parecían un escenario de *Las mil y una noches*. La belleza del lugar los embargó y decidieron quedarse más días de los previstos. Visitaron muchos lugares con los contactos que les había proporcionado Peng Qi y degustaron todo tipo de manjares. Por las noches, en el hotel, Lope trabajaba en sus artículos. No había tenido tiempo de pensar en sus tribulaciones y, de hecho, se sentía muy bien, alegre incluso, pues el trabajo lo había curado. Los días de Almaty parecieron quedar muy atrás, en una especie de sueño nebuloso. Ahora estaba lejos y trabajaba en su escritura, aunque una sombra acechaba en el rincón más oscuro de su corazón.

En la última noche en Samarcanda, cuando terminó un artículo y lo envió a Rubén Cortado, entró en su disco duro y cambió el nombre de la carpeta en la que guardaba todos sus apuntes para el libro. Ahora pasó a llamarse «Polo de inaccesibilidad». Eran casi las once de la noche, pero no tenía sueño. Alguien llamó a la puerta. La abrió y allí estaba Ji-nah, con una botella de vino y su reproductor de CD.

—No puedo dormir —proclamó

—Yo tampoco —contestó Lope, y la dejó pasar.

Ji-nah calzaba unos calcetines blancos, pantalones muy cortos, a la moda asiática, y una camisa holgada de rayas blancas y azules. Su imagen del tren en el que la viera por primera vez regresó con fuerza, y su enigmática belleza se hizo presente como nunca antes. Ji-nah le sirvió un vaso de vino y colocó un CD.

—Esto te debería de sonar.

—¡Oh! ¡David Bowie! —exclamó Lope—. Creo que es del disco *Let's Dance.*

—¡Muy bien! ¡A tu salud! —Bebieron la copa de vino y se echaron más—. Esta es *Modern Love*, una de mis canciones favoritas de Bowie.

Ji-nah siguió bebiendo. Después le arrebató el vaso y los dejó sobre el escritorio, arrastró a Lope al centro de la habitación y comenzaron a danzar al ritmo de *China Girl.* Al principio bailaron sin tocarse, pero ella se acercaba cada vez más, hasta que puso sus manos por detrás del cuello del joven y este respondió posando las suyas en las caderas de la trompetista.

—Voy a hacer una tontería —dijo ella.

—Hazla. Tengo derecho a sentirme bien —repuso Lope.

Ji-nah se puso de puntillas y lo besó. Se quitaron la ropa el uno al otro. Los neones de la ciudad entraban por la ventana de la habitación. Haces de luz de distintos colores iluminaban sus cuerpos enfebrecidos, encalabrinados. Copularon como dos amantes que se conocieran desde hacía tiempo, sabiendo lo que el otro quiere en un momento determinado, lo que necesita y a lo que aspira. Se durmieron tres horas después, tras haberse duchado, desnudos bajo las sábanas, cuando el sonido de Samarcanda por fin se había apagado.

*****

De Samarcanda partieron hacia el oeste para llegar a la ciudad de Bujara y, de allí, entrar en Turkmenistán. Tuvieron algún problema en la frontera con guardias que les pidieron una mordida. Al principio, Ji-nah se negó, pero acabó pagando al encargado del puesto, que no daba su brazo a torcer. El incidente les dejó una mala impresión del país. Cruzaron el río Amu Daria y entraron en la ciudad de Turkmenabat, una urbe que se parecía demasiado a todas las que habían visitado. Ambos comenzaron a tener la impresión de que todas aquellas semanas se habían movido en círculos. Tal era la naturaleza del paisaje. La monotonía se hizo aún más presente al partir de nuevo hacia el sur, en dirección a Mary, para lo cual tenían que atravesar el desierto de Karakum. Se turnaron varias veces al volante, ya que la uniformidad de la carretera tenía un peligroso efecto dormitivo. Llegaron a Mary por la noche. Durmieron en una habitación compartida y se repitió la escena de Samarcanda. No hablaban del asunto, como si ninguno de los dos quisiera responsabilizarse. Por la mañana, antes de salir para Asjabad, Lope apuntó en su libreta personal:

No sé si he vuelto a perder el norte moral o es que Ji-nah forma alrededor de mí un escudo por el que no entra el mundo exterior. Con ella no parece que tenga que hacer un esfuerzo por congraciarme con el mundo. A veces me olvido de que Angelina existe. ¿Cómo lo hace? También me olvido de la gigantesca confusión ideológica que me abruma desde que llegué a Pekín. Amo la ciudad, fuente de tantas nuevas amistades, de tantas emociones, pero también de tanto dolor. El mundo que tanto tiempo me costó levantar para huir de la sombra de mis padres se agrieta ahora. Sin embargo, Ji-nah lo pone entre paréntesis.

En Asjabad, el contacto de Peng Qi no parecía muy entusiasmado por acompañarlos o hacerles la visita cómoda e interesante por lo que redujeron su estancia. Lope escribió un par de artículos socarrones sobre aquella lengua de tierra que al parecer se había librado hasta ese momento de ser carne de cañón para Hollywood.

En su itinerario original habían pensado en seguir hacia el noroeste hasta el mar Caspio, desde donde subirían a un ferry que los dejaría en el puerto de Chalus y seguir por carretera hasta Teherán, pero no querían permanecer en aquel país y decidieron entrar lo más pronto posible en Irán aprovechando la cercanía de Asjabad a la frontera. La decisión no resultó ser mejor. Aunque no tuvieron problema alguno para entrar en el país, el trayecto necesario para llegar a Teherán era muy largo y el estado de las carreteras en la zona no todo lo bueno que hubieran deseado. Irán era un país muy montañoso y el coste de la construcción de caminos, carreteras y autopistas aumentaba en consonancia. Durante el camino, hasta que llegaron a la provincia del Golestán y su llanura agrícola, tuvieron varios incidentes mecánicos. Ji-nah fue capaz de arreglar uno de ellos, pero en otra ocasión estuvieron a merced de la buena voluntad de los lugareños. En la provincia de Jorasán, la furgoneta se negó a seguir funcionando y un humillo comenzó a escaparse del capó. Pararon en el arcén de la carretera mientras Lope intentaba comunicarse con el seguro. Estaban atravesando la cordillera del monte Kūh-e Kūrkhūd, en la que no había cobertura de ningún tipo. Se alejó varias veces de la furgoneta intentando en vano encontrar una rayita en el símbolo de cobertura telefónica, pero tuvo que rendirse tras varios intentos infructuosos. Por fortuna, la altitud aliviaba el calor de agosto. Intentaron parar a algún coche que les proporcionase ayuda, pero eran escasos y parecían tener mucha prisa. Cuando llevaban dos horas parados, apareció un camión de mercancías que se detuvo a pocos metros. De la cabina descendió un individuo bajito y moreno, de barba espesísima que los saludó con la mano. Hablaba en un inglés algo primitivo, pero Lope consiguió hacerle saber qué había ocurrido. El hombre se acercó al capó y comenzó a manipular piezas del motor mientras hablaba en persa consigo mismo. Regresó un par de veces a su camión para coger herramientas y tubos. Cuando llevaba quince minutos trabajando, se enderezó y dijo: «*All good. Start up*». Cerró el capó y Ji-nah intentó arrancar el vehículo. A la segunda, el motor rugió alegre. Se deshicieron en palabras de agradecimiento y entusiasmo, pero el hombre, que se hacía llamar Nima, declinó todos los intentos de pagarle o regalarle cosas. Solo aceptó un paquete de cigarrillos. Después escribió una nota en persa y les conminó a ir a un taller en cuanto llegaran a Azadshahr. Así lo hicieron. Al llegar a la capital del Golestán, llamaron a Farid para ponerle al tanto de su situación. Harían noche en la ciudad y partirían al día siguiente para Teherán, a donde llegarían pasado el mediodía. En el taller les dijeron que la furgoneta no aguantaría mucho más, pues parecía tener mucha historia. Lope anotó en su libreta: «Esta furgoneta ha visto más guerra que Bucéfalo».

Farid los esperaba con una sonrisa y un ramo de flores para Ji-nah. El trayecto hasta Teherán estuvo libre de incidentes. Al llegar, el calor era sofocante y el asfalto amenazaba con derretirse bajo sus pies, pero la urbe mostraba una actividad envidiable. Unos meses antes, Lope jamás habría imaginado que un día visitaría Irán, y además con entusiasmo. Quiso saberlo todo sobre el país en poco tiempo, miraba cada cosa como si fuera la primera vez que la veía, se fijaba en cómo iban vestidas las mujeres y los hombres, y se sorprendió de que no pocas llevaran el pelo suelto, a la vista de todos. Farid los llevó a conocer a sus padres. Cenaron juntos en un concurrido restaurante de la capital y los días siguientes visitaron varios puntos de interés dentro y fuera de la ciudad. Una vez visto todo, se pusieron otra vez en carretera hacia el estrecho de Ormuz, en las cercanías de Bandar Abbas, donde la familia de Farid tenía una pequeña casa junto al mar. Nada más llegar, Farid se echó al agua, pero ni Lope ni Ji-nah se atrevieron, dadas las historias que su amigo les había contado sobre tiburones y barracudas.

—¿Qué tal estás? ¿Qué te ha parecido lo que has visto hasta ahora? —preguntó Farid en un momento en el que se quedaron solos.

—Estoy bien —repuso Lope—, pero desconfío.

—¿Qué quieres decir?

—Es como si estuviera bajo los efectos de la anestesia. Sé que más tarde o más temprano todo me empezará a doler horriblemente.

—¿Qué te ha pasado?

—Angelina estaba esperándonos en Almaty, con Peng Qi. Y me vio llegar con Ji-nah.

Farid silbó.

—Todo se fue a la mierda —continuó Lope—. Le envié un mensaje esa noche, y no respondió. No ha respondido hasta ahora, y mientras coincidimos allí no hizo ningún esfuerzo por quedarse a solas conmigo para hablar. Ha cortado por lo sano.

—Tiene toda la pinta, sí.

—Pero aún no te he contado lo peor. Soy un merluzo. —Lope negaba con la cabeza—. En Samarcanda me acosté con Ji-nah. Y luego otra vez en Turkmenistán.

—¡No me jodas! ¿Pero qué coño te pasa? —Habían permanecido sentados en la arena de la playa hasta ese momento y Farid se levantó como un resorte—. ¿Y cómo se lo ha tomado ella? Quiero decir, ¿estáis en una relación o algo así?

—No lo sé.

—¿Cómo que no lo sabes?

—Creo que no. Por lo menos, por mi parte no.

Farid comenzó a caminar de un lado a otro mascullando algo en persa. De repente se encaró con Lope.

—No puedes volver directamente a Pekín.

—¿Cómo? ¿Y a dónde voy a ir? —gritó.

—¿Cuándo empiezas las clases?

—En septiembre, la segunda semana.

—Falta casi un mes. Vuelve a España.

—Ni de coña. No quiero volver a España ni harto de vino. ¿Pero por qué no voy a volver a Pekín? ¿Qué más da todo eso?

—Tienes que poner distancia con las dos. La máxima posible. Vuelve cuando todo se haya calmado.

—¿No conocerás a mi amigo Pietro Vilches por un casual? —Lope hizo un gesto con la mano—. Da igual. Él me dijo algo parecido. No puedo estar por ahí danzando un mes. No tengo tanto dinero.

—Tengo un amigo en Macao. Te dejará su habitación. Se llama Alí. Trabaja en Hong Kong pero vive en Macao, que es más barato. Te puede dejar una habitación o un sofá o algo.

Lope protestó y discutieron casi una hora. Farid llamó a su amigo y lo arregló todo con él. También se encargó de llamar a la compañía aérea y cambiar los billetes. Ji-nah tendría que regresar sola a Pekín desde Teherán.

Los días siguientes fueron extraños. Ji-nah se asombró de la decisión de Lope, quien adujo como excusa que necesitaba un lugar sin amigos para encerrarse a escribir su libro, lo que no podría hacer en Pekín. Ella pareció aceptar la explicación aunque, hasta el día de la partida, su actitud fue más fría. Nunca llegaron a hablar de lo que había ocurrido desde aquella noche en Samarcanda. En apariencia, su relación, sus interacciones, seguían siendo las mismas que hasta aquel momento, solo que ahora se conocían en la intimidad. A Lope le gustaba estar con ella, pero lo cierto es que pasaron los días y la imagen de Angelina Alexandrovna regresaba con fuerza a sus pensamientos. A veces, el rostro de ambas se superponía, como si fueran dos avatares de la misma persona, lo que aumentó no poco la confusión en la que había caído.

La última noche en Teherán no consiguió conciliar el sueño, así que se dedicó a escribir un largo artículo para el periódico con el que cerrar la serie y despedirse por vacaciones. Rubén Cortado le respondió de inmediato y aceptó sus planes. Volvería a mediados de septiembre con su rutina de artículos semanales y el libro enviado a la editorial. A la mañana siguiente, se despidió de Farid y de Ji-nah en el aeropuerto. Cuando el iraní no los veía, la joven le plantó un beso en los labios. Lope subió al avión envuelto en un mar de dudas. Las largas horas de vuelo no aliviaron su desazón. Solo la perspectiva de un mes de trabajo aislado de su vida corriente le proporcionaba un cierto consuelo.

Aterrizó en el aeropuerto de Hong Kong varias horas después. Tomó el metro para ir hasta el muelle de los ferris y se subió a uno que lo dejaría en Macao una hora después. La gran bahía del río Perla estaba iluminada por la luz de la luna. Las luces de los casinos dieron la bienvenida a los viajeros. Tomó un taxi que lo llevó a la dirección de la casa de Alí. Era un edificio antiguo de cuatro pisos, aunque con ascensor, no muy lejos del *Largo do Senado*. Macao era la ciudad más rara que había visto en Asia, como si un grupo de chinos hubiese decidido crear un parque de atracciones de estilo europeo tradicional para vivir en él. Las calles estaban empedradas y las placas eran de ladrillo con el nombre portugués estampado en azul. Los edificios parecían sacados de un pueblo de Castilla. Pero en la calle solo había chinos que hablaban un idioma ininteligible.

Lope llegó a su destino. Llamó a la puerta del apartamento y esta se abrió al instante. Alí estaba a punto de salir.

—¡Oh! ¡Has llegado! ¡Justo a tiempo! ¡Pasa, pasa!

Alí era un joven de estatura media, muy delgado y con el pelo corto. Vestía de gala y parecía apurado.

—Yo me tengo que ir a una fiesta de mi empresa. ¡Menos mal que has llegado antes de que me fuera! Bueno, aquí te dejo las llaves. Puedes dormir en el sofá. Te he dejado unas sábanas por ahí. Coge lo que quieras de la nevera. Hay café en los armarios, y mira, dátiles. ¡Están buenísimos!

—Sí, estoy familiarizado con los dátiles iraníes.

—Buenos, ¿eh?

Alí era aún más jovial que Farid, pero parecía muy nervioso.

—Hoy seguramente llegaré tarde —dijo ya en la puerta—. Así que hablaremos mañana más tranquilos. ¿Vale? Cualquier cosa me llamas. Te he dejado mi teléfono en ese papel. *Bye bye!*

Lope dejó que pasaran unos minutos y después salió de la casa. No le costó demasiado encontrar un supermercado en el que compró un kit de viaje para baño con chancletas de plástico y una toalla superabsorbente. Regresó al apartamento y se duchó. Volvió a salir a la calle. La noche era anormalmente fresca para esa época del año y caminó durante mucho tiempo. Cenó en algunos puestos de comida que encontró, en especial una tortilla de ostras que le hizo mucha gracia. El sur de China era, sin duda, muy diferente al norte. Casi parecía otro país. Las temperaturas hacían que la vida nocturna fuera mucho más relajada y bulliciosa, sobre todo en verano, cuando el calor de las horas centrales del día no dejaba vivir.

Sin advertirlo, fue poco a poco acercándose a la zona de los casinos, que relucían con sus aparatosas luces y letreros luminosos. Decenas de personas entraban y salían por las grandes puertas. Los que entraban tenían todos la misma mirada enfebrecida, como si estuviesen sufriendo un ataque de ansiedad. De los que salían, ninguno era igual al otro: borrachos, sobrios, llorosos, exultantes, enfadados, desesperados, resignados, nerviosos, huidizos, avergonzados y moderadamente satisfechos. Toda la gama de las emociones humanas se concentraba en el umbral de un casino.

Se detuvo largo rato a mirar las puertas del Gran Casino Lisboa, el de diseño arquitectónico más llamativo, mientras fumaba y bebía una cerveza. Se había traído su libreta y, de vez en cuando, hacía alguna anotación. Envió mensajes a Farid y Ji-nah para avisarles de que había llegado. «Espero que no estés huyendo de mí», le respondió ella. «No me gustaría que tuvieras que huir de mí». Lope no supo qué responder porque lo que había ocurrido desde los días de Samarcanda era cuanto menos confuso y añadía capas de complejidad a su vida que no hubiera imaginado jamás. «Aunque ahora debo estar preparado para cualquier eventualidad. Todo es posible», anotó.

Se disponía a regresar al apartamento cuando una figura que entraba en el casino le resultó muy familiar. ¿Era posible?

Aquella persona se parecía demasiado a Peng Qi. Sin pensarlo dos veces tiró la lata de cerveza en una papelera y entró. El ruido de la música y de la miríada de voces que se concentraban en aquella gigantesca sala era ensordecedor. Todo el mundo hablaba, gritaba, cantaba y zapateaba. Procedió con cuidado, intentando otear el panorama a lo lejos, buscando la cara de Peng Qi sin dejarse ver. Por fin lo divisó en la mesa de bacará y confirmó que era él. Sus gestos inconfundibles lo delataban, aunque llevaba gafas de sol y vestía como un dominguero. Lope se acomodó en el bar, a bastante distancia de su objetivo. Desde allí era imposible que lo viese. Peng Qi jugó durante mucho rato, a veces parecía que ganaba, a veces que perdía. Era difícil de percibir a aquella distancia, pero su tronco y su cabeza iban poco a poco encogiéndose sobre la mesa, y los gestos delataban una creciente frustración. Finalmente, recogió su chaqueta, regaló la última ficha que le quedaba a otro jugador y salió del casino. En la puerta pidió un taxi y pronto se perdió entre las calles de la ciudad. Lope regresó al interior y se acercó a la mesa de bacará.

—¿Cuánto ha perdido el tipo que estaba aquí hace un momento? El del polo azul marino —preguntó Lope al crupier.

—Lo siento, señor. No se lo puedo decir. Normas del casino.

—Cincuenta mil —dijo en inglés el jugador al que Peng Qi le había regalado la última ficha.

—¿Cincuenta mil yuanes?

El jugador soltó una carcajada y lo miró incrédulo.

—Dólares americanos, amigo. Con los que se compra y vende petróleo… y políticos.

Lope se quedó boquiabierto. En poco más de dos horas Peng Qi había perdido lo que él ganaba en año y medio.

—¿Suele venir por aquí? —siguió preguntando Lope.

—Estuvo ayer —repuso el fulano—. Y también perdió. No sé si volverá mañana.

Lope dio las gracias y se marchó. Mientras caminaba de vuelta al apartamento, su cabeza daba vueltas como una peonza. ¿Sabía Angelina lo que hacía su marido? Sus continuos viajes, ¿eran por trabajo o venía a Macao a jugarse los cuartos? ¿De dónde sacaba tantísimo dinero para perderlo tan alegremente? A la sorpresa inicial le siguió una gran agitación y el deseo irresistible de contárselo a alguien. ¿Pero a quién? Fumó un cigarro frente a las ruinas de la catedral de Sao Paulo. Sin darse cuenta había llegado demasiado lejos caminando. Cuando se calmó, regresó hacia la casa. Ya en el apartamento, Lope descubrió que un sentimiento más acorde con su personalidad profunda se hacía hueco en su pecho: el alivio moral. Su traición a Peng Qi ya no le parecía tan aborrecible. No era una persona sin mácula. Se daba al abominable vicio del juego. A lo mejor hasta se merecía que le pusiesen los cuernos. Sin embargo, este «feliz» descubrimiento no solucionaba el problema principal: Angelina no le hablaba y Peng Qi seguía siendo su amigo, al que le debía buenas informaciones y contactos con los que había escrito crónicas interesantes, las cuales estaban cimentando su fama creciente en el mundo periodístico de la vieja España. Se tumbó en el sofá y siguió dándole vueltas al asunto hasta que la fatiga lo venció y se quedó dormido.

Al día siguiente salió a desayunar a un local cercano. Después, buscó una cafetería cómoda y se puso a escribir. Luchó lo indecible con las palabras y las ideas. La imagen de Peng Qi en el casino se colaba una y otra vez entre sus pensamientos, pero ya por la tarde consiguió concentrarse por entero en el texto. Durante los días siguientes decidió seguir una rutina estajanovista de trabajo que le evitase pensar en lo que no debía. El dueño de la cafetería, Manny, que era un inmigrante filipino, comenzó a invitarle a algunos postres. Con el tiempo, su prosa fue adquiriendo la soltura habitual y consiguió retomar el tono y el ritmo que caracterizaban su estilo, con descripciones sencillas, pero efectivas, acotaciones irónicas, párrafos informativos y anécdotas personales. La parte más dura del libro fue la dedicada a Kazajistán. El recuerdo de Angelina estuvo a punto de arruinar todo su trabajo. Se dio un día de descanso para salir con Alí, al que apenas veía, y después retomó la escritura. Tres días antes de su partida puso el punto final. Había escrito unas ciento cincuenta páginas en Word. Las revisó en busca de errores y envió el texto a Rubén Cortado, quien lo remitiría a la editorial.

Era un viernes noche y Alí lo había invitado a salir con sus amigos por Hong Kong. Tomó un ferry y llegó una hora después al muelle de Kowloon. Los rascacielos de la isla Victoria formaban un espeso bosque de neones. Una lluvia fina humedecía las apretadas calles de la excolonia británica. Tomó el metro en Tsim Sah-tsui y se bajó en Mongkok. Al salir por la boca del metro, una marea de gente estuvo a punto de arrollarlo. Jamás había visto tantos seres humanos juntos en un espacio tan reducido. Mongkok tenía fama de ser el barrio con mayor densidad de población del mundo, o uno de los mayores. Consiguió llegar a duras penas a la dirección que le había dado Alí, un club cuyas puertas estaban guardadas por un gigantesco guardia indio tocado con un sombrero Sij. El maromo parecía sacado de la serie de televisión de Sandokán. Se hizo a un lado y lo dejó pasar. El club era en realidad una discoteca con dos pisos, una gran pista de baile y muchas mesas alrededor, algunas de ellas en reservados. Alí le presentó a sus amigos, una colección de oficinistas hongkoneses y extranjeros que se comunicaban en un revoltijo de idiomas y bromas privadas. Cotilleaban sobre el personal de la empresa y otros amigos que no estaban presentes. Lope no encontró ningún incentivo para integrarse en la conversación y decidió beber. Dos horas después estaba tan ebrio que casi no veía lo que tenía delante. Entre vaso y vaso de vodka, ginebra y ron, todos los fantasmas que habían acechado en su cabeza durante el mes de trabajo salieron de sus oscuros rincones para resarcirse. El breve discurso que pronunció en la cena de Almaty sobre la conquista del *Heartland* regresó a su memoria, pero esta vez desde una perspectiva muy distinta. Él era la persona indicada para romper la alianza rusochina que, en su cabeza, tomaba la forma del matrimonio entre Angelina y Peng Qi, «un matrimonio contra natura», porque Angelina solo podía ser suya. Mientras más lo pensaba, más indignado se sentía. Y entonces, llegó el desastre. Los amigos de Alí discutían de política local. Lope se puso de pie, pero se tambaleó y estuvo a punto de caerse. Después, con voz casi gangosa, se lanzó a pronunciar arengas en favor del libre comercio, de la libertad individual, de la ideología del trabajo duro y la autonomía personal.

—¡El comunismo solo trae hambre y miseria! —exclamaba—. La única esperanza de los asiáticos es levantar la bandera de la libertad y decir NO al socialismo. El horror se está apoderando del *Heartland*. La comuna, la opresión del grupo, la intrusión del Estado en nuestras vidas. No temáis, porque cuando sintáis que os morís de hambre reaccionaréis y encontraréis la solución. El hombre siempre encuentra la solución por sí mismo. ¡El socialismo será derrotado! ¡Y los comunistas de mierda irán al basurero de la Historia! ¡Claro, ese Peng Qi¡ Y ese partido comunista suyo son muy listos, pero luego se gastan todo el dinero del pueblo en el casino, dejando a su mu…

Por un momento no pudo seguir. Alí lo contemplaba aterrado y sus amigos miraban a todas partes avergonzados. Los clientes de otras mesas también habían empezado a mirarlo como si fuera un loco. Los amigos de Alí intentaron tirarle de la manga para que se sentara y se callara, pero él se desasía y gritaba que la conquistaría.

—¡Yo la conquistaré, porque solo me quiere a mí! ¿¡Lo entendéis!? —y bebió lo que quedaba de su vodka de un trago.

De repente, se quedó pálido, el semblante se contrajo y vomitó sobre la mesa. Durante dos segundos pareció recobrar la razón y vio horrorizado lo que había ocurrido, solo para desmayarse sobre su propio vómito.

Se despertó en un habitáculo rodeado de una cortina blanca. Estaba tendido en una cama y el dorso de la mano izquierda había sido perforado para introducirle suero. Le dolían horriblemente la cabeza y el estómago. Los párpados pesaban varios kilos y casi no podía hablar. Una enfermera corrió las cortinas. Dijo algo en cantonés y llamó al médico.

—Ya se ha despertado —dijo una figura con bata blanca y gafas de pasta negra—. ¿Me escucha? ¿Sí? Bien, quédese unas horas más y descanse. Le daré el alta por la noche y podrá irse a casa.

—Angelina —musitó—. ¿Dónde está Angelina?

El médico miró a la enfermera, la cual se encogió de hombros.

—Duérmase un rato más y cuando despierte llamaremos a quien quiera.

Lope intentó levantar el brazo, pero fue en vano. No tenía fuerza. Se rindió y poco después se había quedado dormido otra vez. El sonido de su móvil lo despertó horas más tarde. Había recuperado parte de su energía y el dolor de cabeza había remitido. Miró la pantalla. Era Farid.

—*Wei?*

—Lope, ¿qué demonios has hecho?

—No lo sé, Farid. Creo que estoy en el hospital.

—Claro que estás en el hospital. Alí me lo ha contado todo. Te llevó él mismo y luego se fue a casa. Ya está yendo para allí para llevarte de vuelta al apartamento.

—Lo siento, Farid, lo siento. No, no..., lo siento. Yo lo siento mucho.

Repitió varias veces que lo sentía y ninguna otra palabra le venía a la mente.

—Angelina ha estado aquí. Ha venido a buscarte.

Lope se quedó callado, pensando en si había sido una alucinación auditiva. Después emitió un gruñido.

—Le he dicho que estabas en Macao escribiendo tu libro y que volverías dentro de tres días. Parecía que había llorado.

Lope siguió sin decir nada.

—Ahora soy yo el que lo siente, Lope, pero le dije que lo mejor que podía hacer era dejarte en paz.

La ira hizo presa de él y, recuperado de un plumazo, cubrió de improperios a Farid y le dijo que no era su amigo. El iraní soportó aquella lluvia de descalificaciones con admirable estoicismo y, antes de colgar, le dijo:

—Nos vemos el martes y hablaremos cuando hayas entrado en razón —y colgó.

Lope se quedó con dos palmos de narices. El pecho se agitaba arriba y abajo. Después se desplomó sobre la cama otra vez. Sin fuerzas para autocontrolarse sollozó quedamente contra la almohada.

Cuando Alí llegó, lo tuvo que despertar porque había vuelto a quedarse dormido. Lope se disculpó cien veces con él, pero el joven iraní hizo un gesto con la mano quitándole importancia. Le ayudó a vestirse y le dio un refresco isotónico. Después lo acompañó al mostrador. Lope pagó los gastos del hospital con su tarjeta y se dejó guiar por Alí. En esa ocasión tomaron un autobús que cruzaba el largo puente que unía Macao con Hong Kong. Llegaron al apartamento bien entrada la noche. Alí calentó unas gachas que había preparado durante el día, se las dio a comer y después se retiró a su habitación asegurándole a Lope que no se preocupara.

—Todos tenemos algún episodio ridículo en nuestras vidas. Si yo te contara... Mañana te invito a desayunar. Buenas noches.

Lope apagó las luces y se acurrucó en el sofá. Pasaron los minutos y no conseguía quedarse dormido. Seguía furioso con Farid, pero se arrepentía de su reacción. En el fondo tenía razón y, por primera vez, deseó no haberla conocido nunca. Ahora entendía las palabras de Leonardo Pasamonte, aquel exembajador español cuyas últimas palabras antes de desaparecer fueron: «No cometa el error de enamorarse». Bueno, pues lo había cometido y ahora no podía hacer nada. Consultó su correo electrónico en el móvil y vio un email de Rubén Cortado.

¿Qué tal, Lope?

Tengo buenas y malas noticias para ti. Tenemos un nuevo inversor y los sueldos van a aumentar, incluido el tuyo. Pero la mala noticia es que también han forzado la dimisión del director y mañana empieza uno nuevo. Lo han traído de fuera. Nuestra línea editorial va a cambiar. Me han dicho que me garantizan el puesto, pero ya me imagino lo que van a exigir de mí. Yo tengo mujer y dos hijos, y una hipoteca. Tú no estás atado a nada. Lo que quiero decir es que si sigues enviando artículos como los que has enviado hasta ahora puede que empiecen a ser editados y mutilados antes de su publicación. Y lo tendré que hacer yo mismo. Lo siento mucho. Te subiremos el sueldo, pero no sé si te compensará. En cualquier caso, tú decides lo que es mejor para ti.

El inversor es Blackrock, por cierto, el fondo de inversiones americano.

Saludos y te informaré de lo que salga de la primera reunión con el nuevo director.

Un abrazo,

Rubén Cortado

IV
La sagrada familia

El profesor Zhang era un individuo muy espigado, casi esmirriado, tan liviano que una ráfaga de viento podría llevárselo volando. Vestía con pantalones negros y camisa blanca, sin marca de ningún tipo, y calzaba unos zapatos con varios remiendos y un par de suelas de repuesto. Detrás de sus gafas de mandamás comunista, refulgían unos ojillos negros y curiosos como los de un castor. Hablaba con voz excepcionalmente enérgica y clara. Toda la energía física de su ser se concentraba en esa poderosa voz con la que explicaba, tiza en mano, el desarrollo económico de Asia Oriental en la segunda mitad del siglo XX. Hizo un resumen de las principales teorías que analizaban dicho desarrollo y anunció su explicación detallada para las siguientes semanas. A continuación, repartió varios tacos de folios con artículos académicos y pidió un resumen de todos ellos a los alumnos, los cuales tendrían que explicarlos a sus compañeros e intentar rebatirlos.

Lope estaba cansado y miró el taco con consternación. Había llegado el día anterior a Pekín. Solo quería dormir. Eran las diez de la mañana, pero todavía le esperaba otra clase antes del mediodía. Salió del aula y caminó despacio hacia una de las cafeterías del campus. Pidió un expreso doble y se puso a leer una novela de Raymond Chandler. Quería volver a su esencia, al que había sido antes de aquella fatídica noche en el Mandarin Oriental; por ello pensó que una de las maneras de recuperarse pasaba por la lectura de sus verdaderos héroes. Marlowe y su desapego, no exento de romanticismo moral, era lo que más le convenía en aquel momento de su vida. Lope sonreía. Necesitaba ser duro.

Siguió leyendo hasta las once. Asistió a la clase de organizaciones internacionales, se aburrió y, cuando llegó la hora, salió casi corriendo en dirección al metro. Un rato después comía con la profesora Wang y con Xiao Lu en la academia Lanmate. Les contó su viaje por Asia central y su mes en Macao, intentando no acordarse de los detalles más dolorosos. Después dio dos horas de chino con la directora Xu y emprendió el camino de vuelta a casa. Todavía no estaban en la hora punta, así que el metro de Pekín iba a la mitad de su capacidad. Había espacio de sobra para sentarse cómodamente en los asientos y seguir leyendo. Llegó a Guomao y anduvo a paso ligero hasta el apartamento. Al llegar, se repantigó en el sofá y puso la tele. Lo primero que vio fue a Meng Mi haciendo un reportaje en un *hutong* de la capital. Estaba muy hermosa con sus enormes gafas negras y un vestido blanco entallado, desprendía buen humor, confianza; los ojos parecían mirarle con fijeza. Fue ella la que le dio la bienvenida en su primera noche en la capital. La primera que sufrió su desorden sentimental y moral. Lope apagó la televisión y se recostó en el sofá echándose una manta de verano por encima.

Xiao Zhang lo despertó.

—Lope, he hecho sopa y unas verduras. Come un poco.

Se levantó algo mareado. Al otro lado del humo del caldo, Farid le pedía gesticulando que se sentara a cenar.

—¿Estás mejor?

Lope asintió algo cohibido. El día anterior se había disculpado con su compañero de piso y luego se había ido a dormir sin deshacer la maleta. Por la mañana no habían coincidido.

—Come ahora. Nadie piensa bien con el estómago vacío. Se toman decisiones estúpidas.

—Yo las tomo hasta con el estómago lleno.

—Eso es porque te has alimentado mal toda tu vida y es difícil obligar al cuerpo a cambiar. ¿Qué vas a hacer a partir de ahora?

—Estudiar y trabajar, pero sé que no podré aislarme. Estoy demasiado metido en el pozo. Si me quedo en Pekín es para afrontarlo, de lo contrario tendría que huir. Y no quiero huir.

—Bueno, creo que es lo correcto. Nos tendremos que preparar —dijo mirando a Xiao Zhang.

—Intentaré hacer sopa todas las noches —rio la joven—. Meng Mi te aprecia, por cierto, a pesar de todo. Creo que comprende cómo eres y no quiere desahuciarte como amigo. Nosotros tampoco te vamos a desahuciar, aunque nos grites en un arrebato.

Lope hizo un esfuerzo sobrehumano para reprimir las lágrimas, pero por primera vez en su vida no pudo soportarlo y lloró frente a otras personas.

—No sé ni freír un huevo —dijo casi hipando.

Farid y Xiao Zhang se miraron y soltaron una carcajada. Lope también terminó por reírse y cenaron en perfecta armonía. Fregaron los platos y recogieron la mesa. Vieron un rato la tele en el sofá antes de retirarse a dormir. Lope tuvo sueños extraños.

Era una tarde fría de otoño en la plaza de Santa Ana, y su padre, vestido con gabardina y sombrero oscuro, le llevaba de la mano. Se paraban en el puesto de castañas. Las vendía un señor sucio, con mono de minero, que revolvía las brasas y expulsaba motas incandescentes en el aire. Con las castañas humeando se acercaban a un escaparate en el que vendían tumbonas de playa, y había gente repantigada tomando el sol. Entraban en la tienda que, como por ensalmo, se convertía en una playa del golfo Pérsico, y se veían petroleros y yates en la línea del horizonte. En el ocaso, bandadas de estorninos hacían cabriolas y ejercicios malabares en el aire, como anunciando la llegada del invierno. Su padre hablaba con Farid y le ayudaba a ponerse una venda por la mordedura de una barracuda. Lope jugaba con sus amigos a enterrar y desenterrar avispas en la arena. Siempre sobrevivían. ¿Por qué?, se preguntaba.

—Hay poros —decía su padre, y Farid lo confirmaba.

—¿Qué son los poros? —preguntaba Lope, pero ambos se encogían de hombros.

La semana transcurrió sin sobresaltos. Regresó a su rutina habitual: asistía a las clases del máster y a la academia de chino, se pasaba por el café de Ibrahim para recabar noticias y chismes de Exteriores, y escribió un artículo sobre los parques de Pekín y la política «verde» del ayuntamiento. El sábado acudieron todos a un concierto de Ji-nah en una sala de jazz del barrio universitario. Lope temía el encuentro, pero se había conjurado para hacer frente al enredo en el que se hallaba. No la evitó. Por el contrario, pasaron toda la noche charlando y recordando los mejores momentos del viaje. Lope le contó lo que había hecho en Macao y cómo el libro ya estaba en manos de la editorial. Lo cierto era que Ji-nah siempre le había hecho sentir bien. Nada en ella le forzaba a comportarse de una manera determinada ni se veía arrebatado por sus pasiones. Estar con ella era ser Lope Carvajal de Guevara.

—¿Sabes qué? —dijo él mientras fumaban fuera de un bar del lago de Houhai—. He tenido una especie de epifanía. Me he dado cuenta de que cuando estoy contigo, el mundo exterior parece no tener influencia en mí.

—No me digas. ¿Cómo es eso posible?

—Es precisamente lo que te quería preguntar.

Ji-nah se acodó sobre la valla y miró las barquillas que cruzaban el lago.

—¿Dejas de pensar en ella?

—No es tan sencillo.

Ji-nah se volvió a mirarle.

—¿Entonces lo admites?

—¿El qué?

—Tienes algún tipo de relación con ella. No pareces sorprendido.

—En general, las mujeres sois mucho más perceptivas que los hombres. Sabía que no podría mantenerte al margen mucho tiempo.

—¿La amas?

—No estoy seguro de que sea amor. Creo que es algo mucho más fuerte. Una especie de perdición.

—Creo que a ella le pasa lo mismo. No me dijo nada cuando nos conocimos, pero ya sabes, nos comunicamos a nuestra manera.

Lope dio una calada a su cigarro y reflexionó unos segundos.

—Si sabías lo que ocurría o te lo figurabas, ¿qué razón hay para lo de Samarcanda?

—La más sencilla del mundo —repuso Ji-nah—. Te quiero para mí, y al mismo tiempo, a pesar de que me cayó muy bien, quiero competir con ella. Es parte de mi carácter. Soy competitiva.

—¿Meng Mi? —Asintió sonriendo—. Me siento como un trozo de carne.

Ji-nah se echó a reír.

—No tienes vergüenza —dijo muy seria cuando recuperó la compostura—. Te has acostado con las tres y te haces el atormentado.

—No me lo hago, lo estoy, porque me he convertido en lo que más odio. Me he convertido en mi madre.

Un silencio incómodo se impuso entre los dos. Ji-nah pareció encogerse. Él prosiguió:

—He caído en el mismo desorden moral que mi madre, pero soy consciente de ello y me desgarra por dentro. Soy inconstante y alérgico al compromiso, en parte por miedo a ser humillado, pero sobre todo para evitarle disgustos a la gente. He hecho daño a otras personas, a veces sin quererlo, otras veces por egoísmo e irresponsabilidad. A veces me pregunto si no vine a Pekín huyendo. Pero la huida fue un fracaso, porque en mi primera noche conocí a Meng Mi, y ella se enamoró de mí. Desde el minuto uno perdí el control de todo. Luego conocí a Angelina y me volví loco. Algo que jamás me había ocurrido. Nunca he sufrido tanto por una persona y, a la vez, nunca he amado tanto. Y luego te conocí a ti, que llevas contigo una especie de cúpula mágica que me protege del exterior. Y se está demasiado bien dentro como para salir alegremente. Todo es un embrollo monumental. Meng Mi y yo somos historia, y aun así interfiere en mi presente por el fracaso que supuso.

—¿Por qué no salió bien? —preguntó Ji-nah con voz queda.

—Eso es lo peor de todo. Que no lo sé. Y siempre me ocurre lo mismo. Por eso el caso de Angelina y el tuyo son tan diferentes a todo lo que he conocido.

—Es como *Kind of Blue* —declaró la joven tras una pausa para encender un cigarro—. La primera vez que lo escuché no sabía lo que era. Estaba confusa y alegre. No entendía nada, pero ejercía un atractivo arrollador.

Ji-nah aplastó la colilla del cigarro en la valla. Vestía con vaqueros ajustados, botas altas de cuero color arena y un sobretodo gris entallado; el pelo herrumbroso le había crecido y llegaba por debajo de los hombros. Se acercó a pocos centímetros, le puso la mano en el pecho y le dio un beso. Su piel olía a manzanas frescas. Lope la abrazó por el talle y se dejó llevar por una oleada de bienestar, como la del enfermo que sufre dolores y empieza a sentir el efecto de la morfina.

—No quiero hacerte daño.

—No soy ninguna niña. Salgo a la calle todos los días sabiendo que a lo mejor me cae una teja y me mata, o que me puede atropellar un autobús. Tú no me das miedo y ella tampoco. Quiero ser libre de equivocarme. Aunque sufra. Eso significa que estoy viva. Ella ha derrumbado todo tu mundo, pero yo soy la chica del tren de la que jamás podrás olvidarte.

Aquella noche, Lope durmió relativamente bien, y no estaba preparado para lo que ocurrió a la mañana siguiente. Se levantó de un buen humor excepcional. El día amaneció magnífico, uno de los pocos en los que el verano se negaba a irse. Se dio una larga ducha caliente y después de secarse se acicaló admirando su figura en el espejo. Salió al salón en vaqueros, con el torso desnudo. La piel todavía humeaba. Hizo café en la cafetera eléctrica y después se atrevió a preparar un desayuno con las cosas que había en la nevera, intentando recordar cómo lo hacían Farid y Xiao Zhang. Para cuando ambos salieron del cuarto, Lope ya no podía dar marcha atrás al desastre, provocando la carcajada general.

—Habrá que pedir el desayuno —rio Xiao Zhang.

—Nah, creo que puedo arreglarlo.

Farid se puso manos a la obra y consiguió enderezar en lo posible aquel rancho digno de la prisión. Se acababan de sentar en la mesa cuando sonó el timbre de la puerta. Todos se miraron extrañados.

—¿Será Meng Mi? —dijo Xiao Zhang en alto, y acto seguido se dirigió a la puerta.

La abrió y en el umbral apareció Angelina Alexandrovna. Llevaba puesto un hermoso vestido de flores y unas botas negras de chúpame la punta. Sus rizos dorados cegaban la vista. Xiao Zhang no la conocía ni estaba al tanto de su historia con Lope.

—Hola, ¿en qué puedo ayudarte? —dijo en su inglés macarrónico.

—Disculpa —contestó Angelina en chino—. Creo que me he confundido de apartamento. ¿No es el séptimo C?

—Es el séptimo C.

—Pasa, por favor —dijo Farid acercándose a la puerta—. Es amiga de Lope.

Angelina dejó sus botas en la entrada.

—Estamos desayunando —le informó Farid—. Puedes unirte a nosotros, pero no te lo recomiendo. Ha cocinado Lope.

Angelina lo vio, de pie junto a la mesa, en vaqueros y sin camiseta, mirándola un poco atolondrado. Una especie de silencio incómodo se enseñoreó de la habitación.

—Hace mucho que no nos veíamos —dijo por fin Angelina.

—Una eternidad.

—Siento mucho no haberte hecho caso —aventuró dirigiéndose a Farid.

—Sabía que no me harías caso, pero por favor, siéntate.

—¿Quieres café? —preguntó Xiao Zhang. Angelina asintió y se sentó en la mesa.

—Siempre cocinan Farid y Xiao Zhang —explicó Lope—, pero hoy me había levantado de buen humor y me puse a hacer el desayuno, por eso parece un horror.

Angelina sonrió por primera vez desde que había entrado. Echó una mirada en derredor y dijo:

—Tenéis un apartamento muy acogedor. Y parecéis una pequeña familia.

—Al principio éramos como una familia de sustitución —intervino Xiao Zhang—, pero ahora somos casi como la familia verdadera.

—¿Solo vosotros tres?

—Luego tenemos la familia extensa —aclaró Farid—. Ayer estuvimos casi todos reunidos aquí.

—Perdonadme. Os he interrumpido. Yo solo quería hablar con Lope y…

—Luego salimos a dar un paseo —la tranquilizó Lope—. Vamos a disfrutar, o lo que sea, del desayuno. O por lo menos del café, que es lo único que no he arruinado.

Sin darse cuenta, Angelina rio y al mismo tiempo le agarró de la mano. Pero no pudieron siquiera sentirse incómodos porque el teléfono de Lope comenzó a sonar. Comprobó que era un número de España y se levantó de la mesa.

—Perdonadme —dijo a todos—. Es un número de España. Es un poco raro. Sí, ¿dígame?

—¿Es el señorito Lope? Soy Rosa, la asistenta de su padre.

—¿Rosa?

—Sí, Rosa. ¿Se acuerda de mí, señorito? Cuando se escapó de casa de su madre y vino aquí hace muchos años. Yo le atendí y le vestí. ¿Se acuerda?

—Claro, Rosa. ¿Cómo iba a olvidarme? —Lope estaba confuso y sorprendido—. ¿Qué ocurre? ¿Por qué me llama?

—Verá, señorito. Su papá está muy mal, muy enfermito, y seguramente no se vaya a recuperar.

—Entiendo. Yo no puedo hacer mucho, Rosa. Vivo en China.

—Sí, lo sabemos. Nos costó mucho saber dónde estaba y conseguir su número de teléfono. Señorito, yo sé que no aprecia usted a su papá, pero él se muere y quiere verlo antes de… ya sabe, irse.

—¿Pero por qué? ¡Si nunca quiso saber nada de mí!

—Por favor. Le quedan unas pocas semanas de vida. Eso dijo el doctorcito. Venga a verle. Es el último deseo de un moribundo. No le tenga rencor, se lo ruego.

Lope se agarraba de los cabellos y resoplaba pensando en que la muerte de su padre llegaba en un momento inoportuno. «Por el amor de Dios, no tiene edad para morirse», pensó en un arrebato de egoísmo.

—Rosa, déjeme pensarlo. No es tan fácil agarrar un avión y presentarme en Madrid así como así.

—Por favor, piénselo bien y llámeme. Pero dese prisa. Además, no tiene parientes. Usted se tendrá que hacer cargo de la casa cuando muera.

—De acuerdo, Rosa. La llamaré mañana. Allí debe ser muy tarde. Acuéstese.

Lope colgó. Todos le estaban mirando, pues el semblante indicaba que algo desagradable había ocurrido.

—Mi padre se muere —explicó Lope sin demasiadas florituras.

*****

En el avión de regreso a España pensó en Angelina, y en cómo se habían reconciliado gracias al próximo fallecimiento de su padre. Era lo único que le podía agradecer en esta vida.

—Debe de estar arrepentido —le dijo Angelina mientras paseaban por un parque—. Parece que quiere hacer las paces con su conciencia.

—Me fastidia, y al mismo tiempo, siento curiosidad.

Angelina le agarró de la mano.

—Tienes que verlo por última vez. Piensa en lo que podrías desear cuando estés en tu lecho de muerte.

—Tienes razón, aunque yo siempre pensé que tendría una muerte rápida y violenta. No me preguntes por qué. Cosas raras que se nos vienen a la mente. Mi padre, en cambio, llevó una vida plácida, poco propensa a las muertes repentinas.

—¿Irás?

—Sí.

—No lo hagas por mí.

Lope la abrazó. A ninguno de los dos le importó que algún conocido los viese.

—¿Por qué has vuelto a mí?

—No quiero despedirme tan pronto de lo que mi vida podría haber sido.

—Pero yo soy el Diablo, ¿recuerdas?

—No, eres el zorro de Pekín.

—El zorro es un animal con connotaciones negativas en la cultura china. No sé si sentirme halagado.

—Yo no soy china, soy rusa, y crecí viendo a los zorros grises merodear por nuestra dacha. Papá decía que buscaban la manera de entrar a por las gallinas, pero yo creo que en realidad nos protegían.

En el avión pensó que el que necesitaba protección era él, o quizás «dirección». La visita a su padre moribundo le serviría como aplazamiento de una serie de dilemas que se le presentaban: la adicción al juego de Peng Qi, su futuro con Angelina, su presente con Ji-nah y ¿qué sería de él cuando terminase el máster y si perdía el trabajo de periodista?

Su compañera de asiento vino a interrumpir el hilo de sus pensamientos.

—¿Has venido por negocios a Pekín?

La que hablaba era una mujer que rondaría los sesenta años, con el pelo recogido y una vestimenta que intentaba retrasar su vejez inminente. Lucía unas gafas redondas de montura dorada y unos guantes de lana azules de Hello Kitty.

—No, vivo en Pekín. Tengo que volver a España por una urgencia.

—Ya veo. ¿Y a qué te dedicas? Si puedo preguntar.

—Estudio un máster en Tsinghua y trabajo de corresponsal.

—¿Eres corresponsal? ¿De qué medio?

—*El Sol*.

La mujer cambió ligeramente su tono de voz. Hasta ese momento había expresado genuina curiosidad.

—O sea que usted es el que escribe esas crónicas «amables» con el régimen —dijo sonriendo.

Lope la miró a los ojos, indignado por el «tonito».

—Escribo lo que me da la gana, mientras me dejen.

—Por favor, no te ofendas. Es solo que creo que eres muy benévolo.

—¿A qué se dedica usted? ¿Es comisaria europea de Derechos Humanos o algo así?

La mujer se echó a reír.

—Blanca Rodríguez. Soy profesora de estudios chinos en la Complutense. A lo mejor has leído alguno de mis libros.

—No, no he leído ninguno.

—¿Puedo regalarte alguno? A lo mejor te aportan otra perspectiva menos complaciente.

—A lo mejor, pero tenga en cuenta que para contar historias de terror ya están el resto de los corresponsales, así que un ser insignificante como yo no va a poner en peligro las conciencias de los lectores. Despreocúpese, todos irán al Cielo.

La profesora prorrumpió en una carcajada.

—Perdóname —dijo por fin—. Tenía ganas de pelea.

El ambiente se distendió.

—No se preocupe. La verdad es que no se puede caer bien a todo el mundo.

—Puede parecer un consuelo, pero no lo es —repuso la mujer—. En todos los ámbitos de la vida nos encontramos con personas que nos detestan. Solo los psicópatas no se ven alterados por ello.

Lope se alegró de que, aplicando la teoría de aquella profesora, él no cayera en la categoría de psicópata. Se disculpó con la mujer y fue a dar un paseo por el avión para estirar las piernas. Regresó un rato después y sacó su libreta de notas. Escribió lo siguiente:

Desde el vergonzoso episodio de Hong Kong, he renacido y abrazado el escepticismo. Mis diosecillos me habían dicho que el socialismo era igual a miseria, pero resulta que yo vivo en un país socialista próspero y tecnológicamente hiperavanzado, ¿por qué creer en declaraciones vehementes y jaleadas por masas de internautas e influencers enfervorecidos? Pero también, ¿por qué creer a propagandistas de China que vendían el paraíso económico, tecnológico y moral cuando en el fondo padecía males consustanciales a toda sociedad humana, cuando había un funcionario tan capaz como Peng Qi que luego se jugaba los cuartos en el casino? ¿Pero qué importa todo esto? Nada. Solo quiero a Angelina, a mi «familia de Pekín», el refugio de Ji-nah, leer una buena novela de Raymond Chandler en la terraza de un hotel. Todo lo demás no tiene ningún valor al lado de lo que he descubierto en Pekín: el mundo.

Llegaron a Madrid a las siete de la mañana. Lope subió al metro y se bajó en Plaza de España. Después caminó con su maleta de tamaño mediano hasta el apartamento de su padre. No volvía por allí desde que era pequeño, desde que la tía Manuela fue a buscarle una tarde de mayo muy hermosa. Tuvo que consultar el mapa del teléfono para llegar. Era un edificio de los años cincuenta, renovado por dentro y embellecido por fuera, con un ascensor nuevo y portería moderna. El encargado le preguntó quién era y a quién deseaba ver tan temprano:

—Soy el hijo de Eladio Carvajal —dijo Lope—. Vengo a verle.

—No sabía que tuviera hijos.

—Hasta los más raros tienen hijos.

—Ya, déjeme que le anuncie. Rosa, tengo aquí a un joven que dice que es hijo de don Eladio —anunció por el telefonillo—. Ya veo. Ya. De acuerdo, le mando para arriba.

Lope subió en el ascensor y se bajó en el quinto. Solo había tres puertas, todas ellas macizas y enormes. Una de ellas se abrió sin que Lope hubiera llamado. Allí estaba Rosa, una mujer de unos sesenta años, chaparrita y con ojeras. Había sido fiel a Eladio desde que la contratara años atrás, después del divorcio. Fiel hasta la muerte, «más que su esposa», pensó.

—Diosito le bendiga que ha llegado. Pase, pase. Le he preparado un cuarto para dormir. Vaya a la cocina, ¿se acuerda dónde estaba? Yo le llevo la maleta al cuarto.

Lope miraba a todas partes intentando recordar su infancia, pero las imágenes de aquella etapa de su vida estaban sumidas en una nebulosa. A todas luces, aquellas paredes, los muebles, le eran completamente ajenos.

—Es por aquí —le indicó Rosa cuando volvió de la habitación—. Su papá todavía no se ha despertado. Suele dormir hasta más tarde. ¿Ya ha desayunado? ¿No? Deje que le prepare un café calentito y unas cositas.

—Gracias, Rosa, no se moleste.

—No es molestia, señorito. Es mi trabajo, y además estoy muy contenta de que haya venido. Su papá se va a alegrar mucho.

Rosa preparó unas tostadas con fruta y calentó leche. Le puso un café humeante en la mesa y le habló de la enfermedad de su padre. Al parecer se trataba de un caso raro que ella no entendía, pero el médico le dijo que era hereditario.

—Y por eso debe usted mirarse, señorito. Es lo que me dijo el doctor Velasco. Aproveche que ha venido para ir al hospital y hacerse unas pruebas.

Lope bebió el café y tomó el desayuno con parsimonia. Se sentía como una gallina en un corral que no era el suyo. Madrid no parecía tener la misma vitalidad que cuando se marchó nueve meses atrás, y a ello se unía que no estaba en su casa. De hecho, era la casa en la que menos le apetecía estar.

—Mírela bien, señorito. Pronto será suya.

—Ya casi no me acuerdo de nada, Rosa. Es como si nunca hubiera vivido aquí.

—Yo lo sé todo, *mijo*. Pero no la desprecie aún. A lo mejor quiere ducharse y cambiarse de ropa. Vaya. Está todo preparado. Su papá se despertará más tarde.

Lope se duchó y se cambió de ropa. Abrió la ventana de la habitación para fumar. La calle de Princesa le saludó con ruido de motores a combustión, a los que ya no estaba acostumbrado. Le resultaron bastante molestos. Apagó el cigarro y cerró la ventana. Después, se tumbó sobre la cama y envió un mensaje a Angelina para avisarle de que había llegado y estaba en casa de su padre. «Rezaré por él», contestó. Poco después, se quedó dormido. El frío lo despertó. Algo más tarde, Rosa tocó a la puerta.

—Señorito Lope, su papá se ha despertado. Ahora va a tomar el desayuno. Venga, por favor.

Lope se puso un jersey fino y siguió a Rosa por el pasillo. Entró en una habitación muy amplia y espaciosa, llena de libros por todas partes, incluyendo la cama, donde reposaba un extraño con signos evidentes de enfermedad, que se esforzaba por leer el periódico y beber café al mismo tiempo. Al ver a Lope sonrió y cerró los ojos.

—Parece que hoy no hay crónica tuya en *El Sol* —dijo con voz más fuerte de lo que Lope había esperado—. Supongo que te habrán dispensado de escribirla por venir aquí. Por favor, siéntate.

Lope se sentó en un butacón situado junto a la cabecera de la cama. Al lado había una mesilla donde Rosa dejó leche caliente con galletas y las medicinas de Eladio.

—Supongo que ya te han dicho que me muero —comenzó—. Claro, si no, no hubieras venido. Es normal.

Eladio le miró algo cohibido.

—Ya ves, ahora que estoy cerca de la muerte me vuelvo más hablador. Tú y yo nunca hablamos mucho, ¿verdad?

—Casi nada, señor.

—No me llames «señor». Pero bueno, ¿qué digo? Yo no puedo darte órdenes. Llámame como quieras.

Se quedó callado un rato. Los ojos estaban hundidos en las cuencas y la tez presentaba un tono amarillento, como de piel de pollo; tenía la boca entreabierta para respirar y las manos reposaban sobre el vientre.

—Supongo que no me reconocerás —dijo retomando la conversación—. Tampoco estoy tan mal. Nunca fui guapo. La guapa era tu madre. Era tan hermosa que hasta un herbívoro como yo se quedó prendado de ella. Y eso que fue un matrimonio arreglado. Una cosa sorprendente. En plenos años noventa. Un celacanto, ya lo ves.

—¿Estaba usted enamorado de Silvia? —preguntó Lope escéptico.

—Claro que sí. Ya sé que no se notaba, pero yo es que siempre fui un niño rarito. Para ella fue una auténtica calamidad, y claro, pasó lo que pasó. No la culpo, ¿sabes? Porque la culpa fue mía. Bueno, y de nuestros padres. ¿A quién se le ocurre?

—¿Su inmoralidad no es culpa suya?

—Hay que entenderla. Ella era jovencita. Y le plantan a alguien como yo y le dicen que eso es la vida.

—Podría haber sido abnegada, fiel, madre de familia. Pero en vez de eso eligió ser una pelandusca.

Eladio se sobresaltó al escuchar aquel adjetivo de labios de su hijo.

—No hables así de tu madre.

—Por lo que a mí respecta, la única madre que tuve fue Manuela.

—Ya, ya lo sé. Pero, quiero creer que esas personas pueden redimirse y que en el fondo no son malas. El Bien puede triunfar.

Lope no podía creer lo que oía y pensó que su padre en realidad parecía un adolescente ingenuo. Tenía razón la tía Manuela. Algo había hecho cortocircuito en el cerebro de su padre a cierta edad y se había quedado anclado en ella, reforzado por el mundo novelesco en el que se había recluido.

—Hay gente buena por el mundo, como Jean Valjean. Pecadores que se rediman como el de aquella película antigua, ¿cómo se llamaba? Era la favorita de mamá. ¿Cómo se llamaba? Salía Fernando Fernán Gómez, muy jovencito, haciendo de cura. Ya me saldrá.

Otra vez se quedó callado después de beber el café. Esta vez el lapso de tiempo fue mucho más largo. Además, casi no se movía, y agachaba la cabeza. De súbito, se incorporó otra vez y miró a todas partes. Descubrió a Lope y tardó en reconocerlo.

—Ah, sí. Eres tú. Has venido a verme. Sí, ahora lo recuerdo. Ya has desayunado, ¿verdad? Sí, creo que… creo que hemos estado hablando. Sí, sí. Hemos hablado de tu madre. Silvia jamás me perdonará.

—Señor —le interrumpió Lope—. ¿Por qué habría de perdonarle? ¿No tendría que ser al revés?

—¿Ah? ¿Qué? No, no, de ninguna de las maneras. Yo fui el culpable de todo. Me volví loco. A mamá le pedí perdón antes de morir. Y a Silvia también el día que firmó los papeles del divorcio. Pero se marchó sin decir nada. Mamá me perdonó, pero ella… no, no me perdonará. He intentado contactar con ella, ¿sabes? Pero no ha respondido. ¡Ah, quizás sí venga a casa sabiendo que estás tú aquí!

Eladio parecía súbitamente contento, esperanzado, casi como un niño esperando los regalos de Navidad. Los ojos negros y hundidos parecían haber cobrado nueva vida. Lope hizo una mueca de disgusto ante la posibilidad de que su madre apareciera por allí. «No, no vendrá», pensó. «¿Con qué cara podría aparecer por aquí?»

—Hijo, ¿qué vas a hacer con la casa?

—No hablemos de eso, señor.

—No quieres hablar de eso, ¿eh? Ya, lo entiendo. Pero ¿qué va a ser de Rosa?

—¿No tiene pensión?

—Sí, por supuesto. Yo le he pagado la seguridad social desde hace tiempo, pero creo que aun le quedan unos años.

—Pues no sé. Es que no voy a vivir aquí.

—No vas a vivir aquí.... ¿por qué? —musitó Eladio genuinamente sorprendido—. ¿Y dónde? ¿En Alcalá de Henares?

—No, señor. Vivo en China, como ya sabe. Y no quiero irme de allí. En cualquier caso, no quiero volver aquí.

—Supongo que tiene sentido. En los artículos que escribes se te ve muy enamorado de ese mundo. ¡Y cómo me gustaron tus crónicas de Asia Central! Nunca imaginé que mi hijo fuera a ser un talento literario. Fíjate, yo, que no he hecho otra cosa en mi vida que leer libros. —Se quedó callado, señalando los libros desparramados por la habitación—. Ahora que me voy a morir me doy cuenta de que he malgastado mi vida. Creo que me volví loco.

Entonces, Lope hizo una conexión que no se esperaba.

—Conozco a una persona que también se volvió loca leyendo demasiado.

—Hombre, será Don Quijote —sonrió Eladio.

—No, es una persona de verdad. Como no le conozco mucho, a pesar de que sea usted mi padre, le voy a contar una cosa. He conocido a una mujer extraordinaria que se volvió loca leyendo a Dostoievski. Tuvo una infancia feliz, pero cuando empezó a tener inquietudes intelectuales descubrió a Dostoievski y se le metió entre ceja y ceja que la vida es sufrimiento, y que solo sacrificándonos sin vacilar por los demás nuestra vida tendrá sentido, porque esa es la enseñanza máxima de Jesucristo. No tiene necesidad de sufrir, no tiene necesidad de sacrificar su vida, y busca el pecado para poder redimirse. Pero no está en su naturaleza ser pecadora. Los libros os volvieron locos a los dos. Usted no fue el padre que yo debería haber tenido, y ella no será la mujer que deseo por encima de cualquier otra cosa de esta vida. Y todo porque los libros los volvieron locos.

Eladio estaba absorto escuchándolo, y cuando terminó de deglutir las palabras de su hijo, derramó una lágrima. Después lloró. Lope le alcanzó un pañuelo.

—¿Cómo se llama esa mujer, si puedo preguntar? —dijo Eladio cuando se recompuso.

—Angelina Alexandrovna Sumérkina.

—Es rusa. Ya entiendo. ¿Es bonita?

—Jamás ha existido una más hermosa que ella. Su patología consiste precisamente en la conciencia de su belleza extrema, el saberse casi perfecta para el canon de belleza de nuestros días, lo cual choca con su convicción de que los seres humanos son más que imperfectos, siempre a un paso del pecado o en el pecado mismo. La discrepancia entre su aspecto físico y su convicción antropológica la ha llevado a buscar en sí misma la bajeza moral, y si no la encuentra, la construye. Por eso muchas veces dudo de si me quiere de verdad o soy solo un sustituto del cilicio.

—Entiendo. En cualquier caso, no seas como yo, que… Yo también conocí a la mujer más hermosa del mundo. Hasta su nombre es hermoso: Silvia de Guevara Barrientos. Y la perdí. No, más bien nunca la tuve. —Eladio le miró de reojo—. Sé que te lo has preguntado alguna vez.

—¿El qué?

—Si soy tu verdadero padre. Pues déjame decirte que sí. En la noche de bodas nosotros…

—Es suficiente. No hace falta que me dé detalles.

—No dejes que esa mujer se vaya, Lope. Aunque esté loca. No la abandones. Ella necesita ayuda.

—Es complicado, señor. Está casada. De ahí lo de forzar la búsqueda del pecado conmigo. Y además el marido es mi amigo.

—Ya veo. ¿Por eso odias a tu madre?

Lope acusó el golpe, aunque enseguida se dio cuenta de que su padre no lo había dicho con esa intención. Su pregunta era sincera, la sinceridad propia de un niño.

—No es eso. No quiero ser como ella, pero me he convertido en ella.

—¿Y ella? ¿Quiere a su marido? Porque si está contigo, eso quiere decir que no lo ama.

—Señor, no sé si quiero seguir con esta conversación.

—Parece que vas aceptando en tu corazón que soy tu padre. A un padre no se le cuentan estas cosas. Da vergüenza hacerlo.

Ahora fue Lope el que se quedó callado sin saber qué decir.

—¿Qué significa «Sumérkina»? —quiso saber Eladio.

—Crepúsculo.

—Qué bonito. ¿No tendrás una foto de ella? Eso no te da vergüenza, ¿verdad? Perdóname, es pura curiosidad.

Lope le enseñó varias fotos de su teléfono. Eladio sonreía, alternando su mirada entre Lope y el teléfono. Se lo devolvió sin decir nada, solo asintiendo.

—Me voy a tumbar un rato —anunció Eladio—. ¿Puedo pedirte un favor? ¿Puedes leerme el periódico? Se me cansa mucho la vista. Dile a Rosa que te ponga otro café.

Le leyó el periódico. Su padre había cerrado los ojos, pero escuchaba con atención y, de vez en cuando, hacía comentarios, o le pedía que repitiera algún pasaje. Algunas noticias no le interesaban. De otras, en cambio, quería saber más, y le rogó que buscara información en Internet. Al final, se quedó dormido.

—Por la tarde duerme una siesta —informó Rosa—. Eso le hace mucho bien.

Lope también sesteó un rato para hacer frente a la diferencia horaria. Después, llamó a sus amigos, Pietro Vilches y Nacho Perdomo. El primero estaba ocupado trabajando hasta tarde, pero Nacho podía quedar con él para cenar. Habló otro rato con Eladio y después se disculpó, despidiéndose hasta el día siguiente.

—Mañana quizás venga tu madre —dijo Eladio antes de quedarse dormido otra vez.

Caminó hasta la plaza de Santa Ana, donde había quedado con Nacho. Por el camino, respondió a mensajes de Ji-nah y Farid, y recibió la llamada de Angelina. Le contó por encima cómo había ido la conversación con su padre y se puso muy contenta. Sus rezos, al parecer, estaban teniendo efecto. Lope le dijo que la amaba y que no pensaba abandonarla jamás. Angelina se sintió sorprendida y le dijo que no esperaba menos de él, por quien también rezaba, indudablemente.

Nacho lo esperaba en una taberna. Vestía de azul con una chaqueta verde que no pegaba ni con cola.

—Pietro te va a echar la bronca si te ve —le dijo Lope después de darse un abrazo.

Nacho se echó a reír. Pidieron unas raciones de bravas. Lope pidió KAS de limón. Se pusieron al día entre risas y exclamaciones de asombro. Nacho languidecía en la sección de política del *ABC*, haciendo de chico para todo. Estaba menos enterado de lo que le gustaría sobre los mentideros políticos, sobre todo porque no le enviaban a los saraos donde se contaban rumores y se dejaban escapar secretos. Sin embargo, no veía más futuro para él dentro del periodismo, que era su verdadera pasión, aunque también albergaba esperanzas literarias.

—Si no consigo nada, siempre puedo volver a casa y trabajar con mi hermano, pero sería como admitir la derrota —dijo Nacho—. Lo he pensado muchas veces. ¿Y si no tuviera ese colchón, por muy antipático que me resulte? A lo mejor así triunfaría. Sin red de seguridad uno tiene que lanzarse hacia adelante.

—Nunca se sabe dónde puede estar la oportunidad. A mí me pasa algo parecido. Siempre puedo volver a España. Tengo la casa de mi tía y pronto tendré la de mi padre, pero vivo como si no las tuviera. Lo cierto es que ni siquiera pienso en eso.

—¿No quieres volver?

—No. Creo que si volviese me moriría de pena. No hay nada que me ate aquí.

—El país cada día huele más a podrido —suspiró Nacho, que albergaba un odio casi visceral por los partidos del «Régimen», como lo llamaba él—. El doctor Sánchez ha vuelto a ganar, aunque haya perdido. Hay que rendirse a la evidencia. Los poderes globalistas lo quieren en la poltrona y el PP le sirve de escudero.

—¿Y qué hay de los demás?

—No me hables. Esto es un erial. Luego están esos de la «derechita valiente». La «derecha Miami», les llama Pietro. No creo que haya partido más idiota que ese. Y además, son unos traidores. Son el partido antinacional por antonomasia: el que más vocifera el amor a la patria y el que más la traiciona poniéndose al servicio de fuerzas extranjeras.

—Nachete, ¿ya nos estás poniendo a parir? —dijo una voz detrás de ellos.

Un hombre acababa de entrar en el bar y se dirigía a Nacho. Vestía con traje y corbata, y parecía recién salido del trabajo.

—¿Cómo tú por aquí? —preguntó el recién llegado—. Perdona, no conozco a tu amigo.

—Lope —contestó Nacho—. Este es Fede Villamediana. Es consultor.

—Encantado, Lope. ¿Eres amigo de Nacho?

—Desde que éramos pequeños.

—Ya veo. —Villamediana era un sujeto talludo, de complexión fuerte, pelo engominado y sonrisa encantadora; uno de esos ejecutivos capitalinos que imponían con su presencia e intimidaban con sus modales, labia y conexiones—. ¿También eres periodista? Con Nacho colaboro a veces.

—Algo parecido, pero no trabajo en España. Soy corresponsal en Pekín. He venido por un asunto familiar.

—¿En China? ¿Y te dejan trabajar allí con la censura y todo?

Lope dio un trago a su KAS.

—Hasta ahora he escrito lo que me ha dado la gana y he entrevistado a quien me ha dado la gana. De hecho, la censura puede venirme ahora por mi propio medio.

—Escribe para *El Sol* —aclaró Nacho.

—¡Oh! ¡Ya me he enterado! —dijo Villamediana—. Os ha entrado Blackrock. Bueno, ahora tendréis más dinero y más medios.

Lope no dijo nada y pidió otro refresco.

—Y tú, Nacho, ¿qué tal? Sigues ahí en la pelea, ¿eh? Tenemos que quedar. Tengo algunas informaciones que podrías aprovechar. En ACOM me han contado alguna cosa interesante sobre el consulado en Fez y su utilización por el PSOE.

Villamediana pidió un vermú y comenzó a relatar las vicisitudes del lobby marroquí, representado sobre todo por una exministra socialista y un diplomático que fue diputado por el PP.

—Esos cabrones nos han metido a los mulás en casa. Pero el pueblo español está despertando —aseguró Villamediana ufano—. Ya lo dije en la última reunión del comité de VOX. Hay que aprovechar al máximo esta oleada. Muchos españoles se están dando cuenta de que les ha llegado el detritus, que los mahometanos están en un estadio inferior de civilización. Son unos bárbaros.

Lope se quedó de piedra; se acordó de Farid, de Osama y de Nuha, e incluso de Alí, que sin conocerlo le había acogido en su casa y le había aguantado aquel vergonzoso episodio de Hong Kong. Se acordó de la buena acogida que tuvo en Irán, donde aquel amable camionero les arregló el motor de la furgoneta. No le pareció que sus amigos estuviesen en un estadio inferior de civilización, ni que fuesen unos bárbaros.

—Dios nos libre de los hijos de puta refinados —exclamó Lope sin poder contenerse.

Nacho, que por dentro estaba tan disgustado como él, lo miró atónito, como esperando una explicación. Lope acabó su refresco y se puso la chaqueta.

—Perdona, Nacho, ya quedaremos mañana. Tengo que volver a casa. Ya sabes cómo está mi padre.

Caminó sin rumbo durante un rato, mirando los escaparates de Preciados, las actuaciones de artistas urbanos en Sol y llegó hasta la Plaza Mayor. Su cabeza bullía recordando la confrontación en el bar y odió a Villamediana solo una hora después de haberlo conocido. Ítem más, detestó haber regresado a España e incluso se maravilló de que hubiera podido vivir allí hasta hacía solo nueve o diez meses. Cuando caminaba por la explanada del Senado, la diferencia horaria lo atacó sin piedad y entró en una taberna para pedir un café que lo despertara .

En la barra pidió un expreso doble y un cruasán. A su lado, un anciano y un hombre de mediana edad, ambos bien vestidos, hablaban de política internacional.

—La ofensiva ucraniana ha sido completamente derrotada —decía el anciano—. Era de esperar, no sé qué se creían que iba a pasar.

—Ya me lo advirtió mi amigo el coronel O'Grady —respondió el más joven—. Dice que todo está acabado. Ahora los rusos seguirán con su guerra de desgaste agresiva hasta el colapso final o la bandera blanca de la OTAN.

—Yo no me fiaría —advirtió el anciano—. Muchas cosas pueden pasar en el próximo año o año y medio. No en Ucrania, pero sí en otros teatros de operaciones. Lo que sí está claro es que Europa va directa al desastre. Volveremos a ser una península que actuará como fondo de saco de Eurasia. Nadie aquí está preparado.

—O sea, que Leonardo tenía razón.

—Sí. Hablé hace poco con él. Mantiene su diagnóstico. Y advirtió de que incluso podría haber una guerra más generalizada sin llegar a la guerra nuclear. Una especie de cosa intermedia entre la guerra fría y la caliente. O una guerra fría más caliente que la anterior.

Lope se interesó mucho por la conversación y se sobresaltó al escuchar el nombre de Leonardo. «¿Estarán hablando de

Pasamonte, el que fuera embajador en China?», pensó. Bebió el café de un trago y les interrumpió.

—Discúlpenme que les interrumpa —comenzó—. Lo siento, estaba al lado y no he podido evitar escucharles. Me llamo Lope Carvajal y...

—¿El corresponsal de *El Sol*? —le interrumpió a su vez el más joven.

—Pues... sí, soy yo.

—Entonces tú debes de ser el hijo de Eladio —terció el anciano—. Somos vecinos. Estoy enterado de su enfermedad. ¿Cómo sigue?

—Bueno, he venido porque... En fin, parece que no le queda mucho tiempo, aunque está perfectamente consciente.

—Tus crónicas de Pekín y de Asia Central son excelentes. ¡Enhorabuena! —El más joven le estrechó la mano—. Me llamo Mateo. Lo siento mucho por tu padre.

—Gracias, Mateo.

—Coincido con mi amigo —añadió el anciano—. Yo soy Enrique Uría, vecino de tu familia desde hace más de veinte años. Casi treinta. Creo que incluso te recuerdo de cuando eras pequeño.

—Vaya, pues qué casualidad —repuso Lope sorprendido.

Siguió hablando con ellos y le confirmaron que, en efecto, hablaban de Leonardo Pasamonte, quien era su amigo y había sido jefe de Mateo durante trece años. También descubrió que era Mateo el español del que tanto hablaban en la academia Lanmate de Pekín.

—Sigo en contacto con ellas —confirmó—. Y las visito siempre que voy a Pekín por trabajo.

Lope se puso muy contento y enseguida estableció una gran familiaridad con ellos.

—¿Quieres cenar con nosotros? —le propuso Uría—. Mateo vive cerca, en Conde-Duque. Hoy íbamos a cenar juntos en mi casa, con nuestras esposas. Donde caben cuatro caben cinco. Solo tendrás que subir un piso hasta tu casa cuando terminemos.

Lope aceptó encantado y pidieron un taxi. Poco después llegaban al apartamento de Enrique Uría. Les abrió una matrona que debía tener la misma edad que Rosa y que, al igual que ella, hablaba con acento centroamericano. Al parecer también se conocían. En la cocina, una anciana aún elegante se afanaba dando los últimos retoques a la cena. A su lado, una rubia de facciones suaves y hermosas la ayudaba.

—Te presento a mi mujer, Olivia —dijo Uría—. ¿A que no sabes quién es? El hijo de Eladio, el que trabaja en Pekín. Lope Carvajal.

—Bienvenido, Lope —le saludo Olivia—. Me alegro mucho de conocerte y es una alegría que te hayas encontrado por casualidad con estos dos golfos. Por favor, pasemos al salón que ya está todo preparado.

—Y te presento a mi mujer, Felicity —dijo Mateo.

—Encantada, Lope.

—¿Eres… americana?

—Inglesa, pero ya casi más española —rio—. Enhorabuena por tu trabajo.

Lope se maravilló de los platos que degustaban y cómo diferían de lo que había comido durante toda su vida en España.

—Ustedes comen bien —comentó Lope—. No me refiero a que coman de lujo, sino «bien», es decir, con sustancia.

—Comer es seguramente el único placer que se puede disfrutar con los pantalones puestos —dijo Felicity, lo cual causó bastante risa en la mesa, en especial por su acento británico.

Lope volvió a sentirse como si estuviera en Pekín. Les habló de su vida allí, de sus amigos y su trabajo, de los estudios y de su viaje, omitiendo los problemas amorosos. Les adelantó que su libro saldría para la campaña de Navidad. Luego les contó el incidente en el bar.

—No te sulfures por eso —le tranquilizó Uría—. Poco se puede hacer. La cuestión de la inmigración musulmana en España es un arma de división de la sociedad. Pero todos juegan con ella. Hay muchos ciudadanos indignados, y con razón. Sobre todo por la inseguridad. Muchos de los que vienen no son como tus amigos, por desgracia. Otros sí, pero son los menos, o no se les escucha. Los análisis que se hacen son sesgados y las soluciones propuestas, o son inadecuadas, o son expeditivas, es decir, susceptibles de generar un problema más gordo. Sobre todo teniendo en cuenta a quién tenemos de vecino en el sur.

—No te lleves mal rato por todo eso —insistió Mateo—. Sigue haciendo lo que haces. Escribe lo que ves con honestidad. Es lo mínimo. Además, todo esto ya lo sabías.

—No odies a tu país —terció Felicity—. Compadécelo si quieres, pero no lo odies.

La conversación caminó entonces por otros derroteros, y cuando todos se retiraron, Olivia le conminó a pasar a saludarlos antes de que se marchara, y que les mantuviese al tanto del estado de su padre.

Lope tardó en dormirse, pero por fin cayó rendido. El ruido de los coches lo despertó. El día era esplendoroso y salió a dar un paseo matutino. Cuando regresó, Rosa le había hecho la cama y preparaba el desayuno. Después pasó el día con su padre, hablando de literatura y leyéndole el periódico. De vez en cuando mencionaba a su madre y se quedaba catatónico. Así pasaron dos días más. Entremedias cenó con Nacho y Pietro. Lope se disculpó con el primero por la escena del bar y no volvieron a hablar de ello. Enterado de lo que había pasado, Pietro le dio una opinión parecida a la de Enrique Uría, solo que aún más práctica.

—Déjate de ideologías. Solo nos amargan la vida. Procura vestir bien y asistir a todos los saraos que puedas. Que ningún cabrón, vivo o muerto, te arrebate el placer de tomarte un vino gratis rodeado de capullos trajeados.

—Suelen ser esos capullos trajeados los que nos amargan —repuso Lope.

—Son los que pagan las fiestas. Como compensación por sus gilipolleces, tú te bebes su alcohol gratis, su comida y lo que se tercie.

—¿Sus esposas? —interrumpió Nacho, pensando que hacía una gracieta.

—Nacho —cortó Pietro—. Siempre tendrás el peor sentido del humor de toda la geografía nacional.

Otra de las citas ineludibles de Lope era Rubén Cortado y la nueva dirección de *El Sol*. Una mañana, se acercó hasta la redacción del periódico en la calle Alberto Alcocer y quedó impresionado. En poco tiempo desde que los nuevos inversores se habían hecho con su control, la sede se había ampliado de manera significativa. Rubén lo recibió con cortesía y buen humor, pero con la mirada algo melancólica, como si sus pensamientos estuvieran en otro lugar. Pasó a su despacho y le plantó un café de la máquina que sabía a rayos y centellas.

—Nos lo van a cambiar —dijo Rubén sin demasiado entusiasmo—. Están habilitando una sala de descanso.

—No pareces muy animado.

—Debería estar contento de que me suban el sueldo, pero... me han quitado las ganas de vivir. Y eso que llevan poco más de un mes. Ayer recibí el sueldo aumentado. Mi mujer está encantada. Lo hago por ella.

—¿Pero qué pasa?

—Ya te lo dije. La línea editorial ha cambiado. Hay un tipo que supervisa a cada jefe de sección en vistas a potenciales «reorganizaciones». Es el que se encarga de comprobar quién se adapta y quién no.

—¿Y los suscriptores que habíais conseguido?

—Algunos han cancelado la suscripción sabiendo lo que se venía, pero a los nuevos jefes no les importa.

—¿Qué va a pasar conmigo?

—Tu último artículo pasó sin cortes, porque estábamos en los primeros días, pero el subjefe frunció el ceño al leerlo. Hoy te las verás con él.

Minutos después, un individuo bajito con camisa remangada que dejaba al aire unos brazos velludos, entró en el despacho de Rubén Cortado sin demasiadas ceremonias y les avisó de que el director quería verles. Se dirigieron todos a su despacho, al otro lado de la redacción. Algunas cabezas se alzaron de sus cubículos. Aquello parecía una funeraria. El director era un «viejoven» que vestía como un ejecutivo y respondía al nombre de Fernando Smith-Kovacs. Nadie sabía mucho de él, excepto que se había dedicado a la consultoría en diferentes empresas del sector y, al parecer, cobraba sus buenos euros por sacar adelante medios de comunicación de dimensiones modestas.

—O sea que este es nuestro corresponsal en Pekín —dijo con voz de tiple—. Tome, beba esto. Es mejor que el de la máquina. —Le alcanzó una taza humeante de café—. Parece que sus artículos tienen muchos lectores.

—Gracias, señor.

—No era un cumplido, pero es culpa mía. No me he expresado bien. Sus lectores, o parte de ellos, no son nuestro *target*. Perdóneme por ser tan directo. Lo que queremos es que se adapte a nuestro *target*. ¿Podrá hacer eso?

—¿Y qué *target* es ese, señor? Si puedo preguntar.

—Ignacio se lo contará, pero he leído cosas suyas y estoy seguro de que sabrá adaptarse. Se ve que tiene talento. Me dicen que va usted a sacar un libro. Lo siento mucho, pero no lo publicitaremos aquí. Por lo que me cuenta Ignacio, no está en nuestra línea editorial. Pero bueno, es entendible. En cualquier caso, solo quiero decirle que contamos con usted entre nuestras filas. Estoy seguro de que sabrá darnos lo que queremos y, como a todos los demás, le aumentaremos el sueldo. No mucho, pero creo que lo notará.

—Gracias, señor.

Regresaron al despacho de Rubén Cortado. El supervisor que respondía al nombre de Ignacio le explicó cuál era la línea editorial del periódico con una imagen: una portada del *Daily Mail*, el diario liberal conservador del Reino Unido, a caballo entre el sensacionalismo y el periodismo tradicional, con fuentes en los servicios secretos que hacen declaraciones impresionistas.

—Rubén te indicará los cambios necesarios que debes hacer hasta que cojas la idea, ¿vale? Estamos en una nueva etapa y creemos que puedes ser uno de nuestros mejores *assets*.

—Sí, señor —dijo Lope sin demasiadas ganas, como si el ambiente de la redacción le hubiese calado hasta los huesos.

—¿Todos intercalan palabras en inglés? —preguntó a Rubén cuando Ignacio abandonó el despacho.

—Solo estos dos. Han metido a más gente suya en la redacción, en otras secciones. Los míos siguen, pero Juan Medina, que está en Buenos Aires, ya me ha dicho que no lo soporta. Creo que no va a durar mucho.

Lope enmudeció. No sabía qué decir ni estaba seguro de que pudiera adaptarse. Le había costado varios meses formar su tono y su estilo de escritura. Con las nuevas exigencias, no estaba seguro de que pudiese funcionar de la misma manera.

—Haré lo que pueda —dijo finalmente.

—Lope, no sé cómo te va a nivel personal en Pekín, pero si yo estuviera en tu lugar, no regresaría aquí. Tú envíame lo que quieras. Yo me encargo de arreglarlo. Como ya te dije por teléfono, a mí ya no me queda más remedio, a no ser que venga otro medio y me fiche, dejándome a mi aire. Cosa que no va a ocurrir. Demasiado tiempo ha durado este milagro.

Rubén Cortado miró por su ventana hacia la redacción.

—Nunca he comprado un billete de lotería. En mi vida —continuó—. Ahora he empezado a comprarlos. Por cierto, no podré hacer de intermediario con la editorial. Creo que ya te pasé el contacto de Jorge Prado. Él se encarga de tu libro.

—Sí, me dijo que me enviaría el texto otra vez para revisarlo de nuevo y luego pasarían a galeradas.

—¿Cuándo vuelves a Pekín?

—Cuando mi padre fallezca. Y luego pasarán algunos días hasta que ponga todo en orden. Espero estar de vuelta a mediados de octubre.

Lope salió de la redacción y de inmediato se sintió mejor, como si el aire de aquella oficina contuviese un agente entristecedor. El sol brillaba en el cielo de Madrid y una brisa fría erizaba la piel del cuello.

Pasaron los días sin demasiada novedad. Lope hablaba con su padre y estudiaba las materias del máster que sus compañeros le enviaban por correo electrónico. Entregó los trabajos a tiempo y asistió a algunas clases por Internet gracias al permiso del profesor Ding Dou y la junta de profesores. De vez en cuando, llamaba a Angelina, y hablaba con Farid, Xiao Zhang y Ji-nah cuando se juntaban todos en casa. Meng Mi también solía aparecer. Peng Qi le enviaba información de interés para su trabajo, pero Lope ya no tendría tanta necesidad de estas «filtraciones»; tampoco podía ocultar que el secreto de Peng Qi afectaba a su ánimo. Había transcurrido bastante tiempo desde que lo sorprendiera en el casino, y quedaba claro que no se lo diría a nadie, en especial a Angelina.

En la primera semana de octubre, el estado de salud de su padre empeoró. No podía incorporarse en la cama y le costaba hablar. Pasaba la mayor parte del tiempo dormido, y cuando estaba consciente, miraba hacia la puerta de la habitación, como esperando a que entrase alguien. Rosa lo trataba con un cariño y dedicación como no había visto en otra persona. Le limpiaba las heces y las orinas como si fuera su propio hijo. El día 6 de octubre por la noche, el médico confirmó que estaba en sus últimas horas y se quedó en la casa. Rosa le acomodó en otra habitación. Lope se quedó al lado de su padre, quien tuvo unos momentos de lucidez antes de expirar.

—Lope —lo llamó con aparente entereza—. De esta noche no paso, ¿eh? Bueno, qué le vamos a hacer. Ya lo sabía.

Eladio sonreía, pero su rostro demacrado deformó la sonrisa en algo siniestro.

—Al final no ha venido. Da igual, era mi última locura. ¿Te acuerdas de lo que te dije el primer día?

—Me dijiste muchas cosas.

—No abandones a esa mujer. ¿Cómo se llamaba? Angelina, ¿verdad? No la abandones, aunque ella te abandone. Mírame a mí, resguardado del mundo toda la vida, para nada. Aquí se acaba todo.

Calló por unos momentos.

—Cuida de Rosa. Ella sabe lo que hay que hacer conmigo. El notario vendrá mañana. Tú no te preocupes. Cuida de ella y todo saldrá bien. Ahora quiero descansar.

Esas fueron sus últimas palabras. Calló en un sueño intranquilo, y alrededor de las tres de la mañana, su respiración se cortó. Lope llamó al médico que certificaría el deceso. Rosa volvió a limpiar al que era ya cadáver cuando aún estaba caliente. Los intestinos y la vejiga se habían aflojado. Después cubrió a Eladio con una sábana limpia y esperaron a que llegara el personal de la funeraria al día siguiente.

Envió un mensaje a Angelina: «Ya está. Ha fallecido. Creo que no sufrió mucho. Te quiero». Respondió minutos después: «Justo me dirijo a la iglesia. Rezaré por su alma. Por favor, besa su frente y di una oración. Seguro que alguna te sabes. Hazlo por él. Yo también te quiero». Se sorprendió a sí mismo besando la frente de su padre, a quien había empezado a tratar de tú aquel mismo día. De súbito, una congoja inesperada se adueñó de su pecho y no pudo contener las lágrimas. Todas aquellas semanas hablando con su padre y leyéndole los periódicos habían tenido un efecto imperceptible en él. Lo había ido conociendo y ahora lamentaba no tener más tiempo para leerle las páginas de su libro. En voz baja, improvisó una oración sin saber muy bien lo que decía. Permaneció un rato junto al cadáver hasta que se quedó dormido en el butacón. Rosa lo despertó cuando llegaron los empleados de la funeraria. Más tarde vino el notario, habló con el médico unos minutos y, después, convocó a Rosa y a Lope en lo que había sido el antiguo despacho de Eladio, donde les leyó el testamento. Su padre había dejado un legado para Rosa que le serviría como pensión y rogaba a su hijo que la permitiese seguir viviendo en la casa si era su deseo. A Lope le dejaba el resto de sus posesiones: el apartamento de la calle Princesa con todo lo que hubiera dentro, el dinero de sus cuentas corrientes y una cantidad considerable en acciones y fondos de inversión. Eso era todo. No había ningún codicilo ni ninguna otra instrucción. La vida de Eladio tocaba a su fin.

Se organizó una pequeña capilla ardiente en el mismo apartamento. Acudieron algunos de los vecinos, algún compañero de la facultad y dos exalumnos a los que les había dirigido la tesis. También estuvieron Enrique Uría con su esposa Olivia, así como Mateo Cortina y Felicity Fly. Al segundo día se celebró una misa solemne en la iglesia del barrio y esa misma tarde fue enterrado con una sencilla ceremonia en el modesto panteón familiar. Silvia de Guevara no dio signos de vida.

Lope regresó a la que ahora era su casa. Se quitó la ropa y se duchó. Después se metió en la cama y durmió hasta el día siguiente sin que ningún sueño lo perturbara. Por la mañana, mientras desayunaba con Rosa. Compró el billete de vuelta a Pekín.

—Rosa, no hemos podido hablar. ¿Te vas a quedar aquí?

—Lo que me ordene usted. Faltaría más.

—Pero ya oíste el testamento. Yo no voy a hacer nada con esta casa. Si quieres quedarte, quédate. En el fondo me harías un favor.

—No sé si quedarme, señorito Lope. Me da un poco de pena.

—Aquí no tendrías que gastar en el alquiler. Solo te pediría que atendieses a los gastos corrientes. Yo me haría cargo de lo demás. El IBI y esas cosas.

Rosa accedió no solo a quedarse en esas condiciones, sino también a gestionar la casa de Alcalá.

—Señorito, es mejor que alquile esa casa o que la venda. Si la tiene cerrada se va a estropear, o incluso puede que la ocupen si se dan cuenta de que no vive nadie.

Lope también accedió a esto último. Rosa se llevaría un porcentaje del alquiler como gastos de gestión y el resto iría a parar a la cuenta de Lope en España, con la que pagaría los correspondientes impuestos. Ese mismo día, viajó a Alcalá y trasladó algunos de sus efectos personales a la casa de Princesa. El resto del mobiliario quedaría para los futuros inquilinos. Pasó los días que le quedaban hasta su vuelo arreglando los últimos flecos y despidiéndose de sus amigos, los viejos y los nuevos. Llamó por última vez a Rubén Cortado para darle ánimos, y el día de la partida dio un abrazo a Rosa y se despidió de la casa. Tomó el metro en Callao para ir al aeropuerto. Iba ligero de equipaje. El avión despegó a mediodía, y doce horas después aterrizó en el aeropuerto de Beijing Capital. El ocaso se abatía sobre la ciudad. Llevaba más de una semana sin consultar las noticias —desde que leyó el último periódico a su padre— y se enteró con retraso de que en las mismas horas en que Eladio agonizaba, Hamás había lanzado un ataque masivo contra Israel. Los medios de comunicación y las redes sociales eran un hervidero de titulares, mensajes de odio, rumores, noticias falsas y narrativas para todos los gustos. Lope guardó el teléfono en el bolsillo y se dedicó a contemplar las luces de la ciudad mientras un taxi lo llevaba desde el aeropuerto hasta el apartamento de la calle Baiziwan. Pronto estaría con su verdadera familia.

V
Curso de literatura rusa

—No te fíes nunca de un turco. Es gente a la que no le gustan los perros. Y a mí me gustan los perros.

El negro Ibrahim preparaba el café etíope a su descuidada manera. Hablaba con unos parroquianos sobre la crisis de Oriente Medio, pero él siempre llevaba la conversación a su terreno.

—La botica del Sultán de Estambul no era tan buena como la del Preste Juan —aseguraba—. Allí había pelos de leopardo para limpiar el ojo de unas arenillas malditas. Eran pelos casi mágicos. Yo tengo uno, pero aquí no hacen falta. Lo tengo como tótem. Un día os lo traigo para que lo veáis. ¡Ah, aquí viene Lope, el novio de Pekín! ¡Zheng Jie! ¡Unos higos!

—¿Qué tal, Ibrahim?

—Mi establecimiento es eterno, amigo mío. Como la Iglesia y como el mal de las hemorroides. Cuando tú te cases, que será un acontecimiento cósmico, aquí estaré yo, incólume.

—Estoy muy contento de verte.

—Hay gente muy contenta de que estés aquí —aseguró el etíope—. No solo mi mujer, sino también otras mujeres de otros hombres. No sé quién me contó una vez un chiste sobre las mujeres que solían esperar muy coquetas a que atacasen los vikingos.

—Qué mala fama me atribuyes, Ibrahim.

—¡Qué va! ¡Si es un halago! ¿A dónde voy a ir yo con este ojo? Mi mujer es una santa budista. Sacrifica su posibilidad de alcanzar el Nirvana para salvarme a mí.

Lope se sentó en una de las mesas con un ejemplar de su libro. Le acababan de llegar por correo y quería regalarle un ejemplar a Roberto Ampuero. El corresponsal de *EFE* llegó unos minutos después y se puso a bromear con Ibrahim. Bebieron café mientras Ampuero ojeaba el libro.

—¿Te han censurado mucho? —preguntó el veterano periodista.

—No. Por el contrario, han hecho muy buenas sugerencias para mejorarlo. Creo que ha quedado muy bien.

—No he visto nada en *El Sol*.

—Ni lo verás. Para ellos es como si el autor del libro y yo mismo fuésemos personas diferentes. Es esquizofrénico.

—Bueno, ahora ya sabes lo que es el periodismo de verdad. Lo que habías vivido estos meses era una anomalía. Intentaré colarles una reseña elogiosa. A ver hasta dónde llega.

—Va a tener edición en chino.

—¿No me digas? ¿Tu amigo del Gobierno?

—Sí, ya se está traduciendo. Así de rápido —dijo Lope chasqueando los dedos.

—Joder, qué potra. En fin, ¿sabes que leí tu libro sobre Manchester? Me reí mucho. La verdad es que tienes talento, cabrón. Yo tengo tanto callo escribiendo noticias y notas de prensa que ya todo lo que escribo me sale como una crónica. Hasta la lista de la compra.

—Tienes que desacostumbrarte para escribir tus memorias.

—No tengo nada interesante que contar. Me ha dicho un pajarito que tú has vivido más en once meses que yo en quince años aquí.

—¿Y qué pajarito es ese?

—Lo siento, pero no puedo revelar mis fuentes —dijo riendo—. Y ahora te tengo que dejar, que hay rueda de prensa. Hazme caso, y ten cuidado.

Ampuero dejó a Lope devanándose los sesos sobre quién podría haberle contado alguna de sus intimidades, pero pronto él mismo se puso en marcha hacia la academia Lanmate, donde pasó toda la tarde atendiendo las clases y cenando con las profesoras. En el largo recorrido en metro de vuelta a casa recapituló el mes que había transcurrido desde que regresara de España. Farid seguía con avidez todas las noticias que llegaban de Palestina y hablaba con algunos de sus amigos iraníes. En las cenas de los sábados con toda la familia, los miedos a una generalización del conflicto se dejaban palpar en la persona de Nuha, cuyos padres vivían en Beirut. Osama padecía de los nervios. No había conseguido saber nada de su familia y se temía lo peor. Los demás escuchaban con atención lo que decían y, ocasionalmente, conseguían cambiar de tema. Song Ji-nah se hizo fija de aquellas cenas y siempre había alguien nuevo que se unía, en general, compañeros de Meng Mi y Xiao Zhang. Hacia las diez de la noche, salían en dirección a Sanlitun, a Houhai o a Wudaokou, según soplara el viento.

Lope no volvió a repetir la noche de Samarcanda con Ji-nah, pero la compenetración de ambos era innegable, y la noche los llevaba casi siempre a los besos, abrazos y caricias.

Ji-nah parecía un corredor de fondo. Sabía que Lope amaba profundamente a Angelina Alexandrovna, pero también que aquella relación no tenía futuro, pues ella también comenzaba a conocer a Angelina y su manera de ser. Además era consciente de que para Lope, ella no era solo una amiga a la que apreciaba y con la que podía traspasar barreras. Como le dijo una noche de verano: ella era la chica del tren y nunca se la podría quitar de la cabeza. Lo cierto es que Lope solía anotar en su libreta reflexiones de todo tipo intentando dilucidar lo que sentía por la trompetista, pero no era capaz de resolver el enigma. Para él todo sería más fácil si una de las dos no existiera, aunque no pocas veces, en los deliciosos momentos de duermevela previos al despertar matinal, había jugueteado con la fantasía de formar una especie de armónico matrimonio con ambas. Vivirían en un espacioso apartamento cerca del lago de Houhai y dormirían los tres juntos en una cama extragrande. El despertador desbarataba la fantasía y la ducha terminaba con los restos que se le habían adherido a la conciencia.

Desde su regreso, solo había asistido una vez a las reuniones en casa de Peng Qi. Los habituales de aquel guateque le dieron el pésame por la muerte de su padre y se alegraron de que hubiera decidido seguir en Pekín. Rory Tsou le regaló membrillo de su finca del Xinjiang, y Rassul Kargashev, el secretario de la embajada kazaja, se interesó por su libro, hasta el punto de que procuraría encontrarle editor en el país. Aquella noche no pudo pasear por el jardín con Angelina, pero su relación de cara a los demás era más distendida. Al día siguiente, es decir, el domingo anterior, decidió darle una sorpresa. En el metro lo recordaba con una sonrisa. Aquella mañana se acercó hasta la embajada rusa, cuyos muros resguardaban la única iglesia ortodoxa de Pekín. Lope no podía entrar, pues solo los fieles registrados tenían permiso. No obstante, se apostó a una decena de metros del portón y la vio entrar, cubierto el cabello con un bonito pañuelo. Pensando que las misas ortodoxas debían durar lo mismo que las católicas, decidió esperar de pie. Pronto se dio cuenta de su error. Tuvo que apostarse más lejos para encontrar un sitio en el que poder sentarse. Dos horas después, los fieles comenzaron a abandonar la embajada. Entonces la llamó por teléfono y le dijo que mirase al sur. Angelina lo vio. Se despidió de algunas personas, se quitó el pañuelo y caminó hacia él. Al encontrarse siguieron andando hasta perder de vista la embajada, y entonces se fundieron en un abrazo. Después, subieron a un taxi y se dirigieron a un hotel que alquilaba habitaciones por horas, ya a las afueras de la ciudad. Era uno de esos hoteles en los que se encontraban amantes furtivos y parejas adúlteras. No habían tenido oportunidad de hacer el amor desde el regreso de Lope, quien se dedicó a aspirar el aroma a leche fresca que desprendía la blanca piel de Angelina mientras ella le hablaba de literatura rusa y le recitaba poemas de Anna Ajmátova, que él, por supuesto, no entendía. Angelina los traducía al chino y se ayudaba del inglés. También hablaba del amor a la Humanidad, y de cómo era imposible en los tiempos en que vivían.

—No hay amor posible a la Humanidad con lo que está ocurriendo en Gaza. Todo el mundo se reiría del que proclame, como Cristo, el amor a la Humanidad.

Angelina musitaba estas palabras abrazada al cuerpo desnudo de Lope, como si confundiera la antropología física con la teología. A él no le importaba. Sus elucubraciones filosóficas y literarias complementaban la fascinación que su figura ejercía sobre él. Su mezcla de fortaleza y debilidad, el amor a sus padres, su sacrificio por ellos, el buen talante del que solía hacer gala; todo contribuía a su amor.

Siguió recordando cada centímetro de su cuerpo con una sonrisa bobalicona en el rostro, hasta que se dio cuenta de que se había pasado la parada. Tuvo que volver sobre sus pasos y llegó a casa más tarde de lo que tenía previsto. Vio la tele con Farid, fumaron un cigarro en la terraza y, a las once, se retiraron cada uno a su habitación. Muchos días habían sido tan plácidos como aquel, y por primera vez sintió algo parecido a la felicidad. «Sea quien sea esa señora», anotó en su libreta.

Al día siguiente, mientras desayunaba, leyó sendos correos electrónicos de Enrique Uría y Mateo Cortina. Ambos le felicitaban por su libro y advertían el cambio que se había producido en sus artículos para *El Sol*. «Ahora», decía Mateo en su correo, «parece como si evitaras la complacencia. Los logros o las notas positivas ya no tienen nada que ver con la gobernanza de China, sino con una especie de brote espontáneo. Creo que es una manera hábil de evitar la censura, pero no sé si te permitirán hacerlo por mucho tiempo. Los que dirigen ahora tu periódico no son tontos. Los conozco». Lope había introducido estos cambios con cierto esfuerzo para hacerle la vida más fácil a Rubén Cortado, ahorrándole trabajo y el bochorno de tener que mutilar sus textos. Hasta ese momento, había dado resultado. Y sus artículos seguían apareciendo en esencia tal y como los enviaba. No obstante, Ampuero, el corresponsal de *EFE*, más al tanto de las redes sociales, le avisó de que ya no se comentaban tanto ni daban pie a agrias polémicas. Rubén Cortado le confirmó que el número de visualizaciones se había reducido. Extraños tiempos vivía el periodismo cuando te pagaban más por escribir textos que se leían menos. Lope coincidía con Mateo en que esa situación no podía durar demasiado. Tarde o temprano, el supervisor Ignacio le exigiría a Rubén que atara en corto a su corresponsal. Había recibido su primer sueldo ampliado, y aunque no suponía un cambio sustancial, le permitía un mayor desahogo a la hora de afrontar sus gastos de ocio. Para poder afrontar las escapadas con Angelina, Lope había tenido que privarse de muchas cosas: evitaba los taxis, racionaba los cigarros, y en ocasiones se limitaba a dos comidas y un solo café al día. Tampoco había comprado ropa en todo el tiempo que llevaba en Pekín, así que cuando recibió el nuevo sueldo, compró calcetines y calzoncillos. Los ahorros con los que contaba seguían reduciéndose a medida que pagaba las tasas del máster y compraba libros. Los billetes de avión a España también habían supuesto un buen mordisco. Por alguna razón que no terminaba de entender, quizás por vergüenza, no había tocado el dinero de la herencia ni pensaba demasiado en el alquiler de la casa de Alcalá. Todo ese dinero languidecía en una cuenta bancaria cuyo saldo ni siquiera consultaba. En pocas palabras, seguía viviendo como si solo dependiera de su trabajo. La inercia jugaba un rol no poco importante en esta actitud. Se había acostumbrado a un nivel de vida modesto y si no sentía la necesidad de aumentarlo, ¿para qué hacerlo? Estas reflexiones solían terminar con el problema, que a decir verdad no se presentaba a menudo.

Poco después, recibió otro correo. Era de su editor, Jorge Prado. Le comunicaba que las ventas del libro iban mejor de lo esperado gracias a que había llegado a ciertas manos: algunos escritores y periodistas que lo estaban elogiando. «Yo no tengo absolutamente nada que ver en eso», le aseguraba Prado. «Hasta cierto punto, alguien se nos ha adelantado», concluía. Lope tenía una ligera idea de quién pudiera ser, pero no podía asegurarlo.

Todo aquel día y el resto de la semana transcurrió sin sobresaltos, y los desayunos con Farid trataban de manera invariable sobre el conflicto en Gaza, que el iraní seguía al dedillo. A medida que la situación en la franja se «normalizaba», poco quedaba por decir que ya no se hubiera dicho, y la atención de los medios de comunicación regresó otra vez a la situación de Ucrania, donde el ejército ruso, tal y como había predicho Enrique Uría, había comenzado una amplia operación de desgaste agresivo en toda la línea del frente. Además, para asombro de propios y extraños, la economía rusa seguía tomando velocidad y no tenía visos de aflojar, hasta el punto de que la gobernadora del banco central, Elvira Nabiulina, no cesaba de intentar enfriar la economía por miedo a que se disparase la inflación. Uno de los grandes beneficiados de las sanciones occidentales a Rusia fue, sin duda, China, y en segundo lugar, la India y países de la antigua URSS. Este fue el tema de conversación de la siguiente cena en casa de Peng Qi, que también contó con algunos empresarios que habían aprovechado dicha oportunidad.

—Es increíble —decía uno de ellos, representante de una empresa que fabricaba piezas de automóviles en Kazán—. Es como el enemigo que se retira sin luchar. Nos han dejado el campo libre. La única competencia ahora es la de los propios rusos.

Los proyectos para aumentar la llegada de gas de Siberia hasta China se habían acelerado, y ambos países habían decidido dar un impulso a los BRICS y a los proyectos de conexión intermodal norte-sur. Ante la debacle de la contraofensiva ucraniana y la evidencia de que Rusia estaba más fuerte que nunca en el ámbito militar, Washington renovó la presión sobre Nueva Delhi y Pekín para que retirasen su apoyo a Moscú. Llegaron incluso a intentar cortejar a Mongolia, lo cual no tenía el más mínimo sentido. El objetivo era siempre el mismo: evitar la unión del *Heartland.*

Todo lo que se contó en aquella cena era de sumo interés para Lope, pero temía no poder utilizarlo como era debido. Mientras escuchaba, iba anotando todo en su cerebro y tuvo la idea de escribir un macrorreportaje sobre la reorganización de las cadenas de suministro en Eurasia para venderlo a otra publicación, mientras seguía con artículos inocuos para *El Sol.*

Desde su regreso del gran viaje, había vuelto a ver a Peng Qi con cuentagotas, aunque sí habían hablado por teléfono. El alto funcionario no sospechaba nada, pero a Lope le costaba mantener la actitud más relajada que tenía antes de conocer su oscuro secreto. Era curioso comprobar cómo la rutina afectaba al cerebro y el corazón humanos. Tal era su poder, que hasta las inmoralidades se deshacían como un azucarillo. Si se era capaz de vivir con los horrores de la guerra, cuánto más no sería posible acostumbrarse a engañar a tu propio amigo con su esposa. Ahora se añadía el hecho de que este amigo padeciese el vicio del juego. Sin embargo, en los meses siguientes, con la regularidad de las cenas en casa de Peng Qi, esta incomodidad también terminó por desdibujarse.

Hacia la Navidad, el libro de Lope se convirtió en un modesto superventas, lo cual quería decir que el número de lectores en España no llegaba a los treinta mil. En una sociedad como la española, donde cien mil ejemplares vendidos para un libro de ensayo se consideraba un éxito sin precedentes, vender treinta mil te garantizaba el contrato para otro libro y más colaboraciones en los medios de comunicación. Jorge Prado le anunció que la editorial quería una nueva obra y le sugería que el tema se redujese a Pekín. Lope aceptó la propuesta, aunque eso significara, otra vez, descuidar el máster, cuyas asignaturas iba a aprobando sin brillantez. En ese sentido, su sueño inicial de conseguir un puesto de profesor se esfumaba. Otros de sus compañeros lo merecían más. Todavía le quedaba un año por delante, incluyendo la tesina, y decidió terminar lo que había empezado, pero sin ningún entusiasmo. Puso todo su empeño en escribir una «sonata de Pekín», por lo que convenció a un semanario mexicano de tirada en toda Hispanoamérica para que le publicara artículos sobre la capital china que le servirían de base para el libro, al igual que había hecho con *Polo de inaccesibilidad*, obra que, según algunos archipámpanos del columnismo español, le «ponía en el camino de convertirse en el Julio Camba del siglo XXI». Exageraciones, claro, pero Lope pensó que había encontrado una rica veta que merecía la pena explotar.

No obstante, antes de ponerse a trabajar en esta tarea, la traducción de su libro al chino le ocuparía algunos días de las fiestas navideñas, a pesar de que en China no se celebraban, excepto por las comunidades cristianas. La editorial que se había encargado de la traducción y publicación organizó varias presentaciones, la más importante de ellas en una enorme librería del barrio de Xidan, un evento al que acudieron los embajadores de Kazajistán, Uzbekistán e Irán. Por deferencia, también se invitó al embajador español, Carlos Erandio, al que Lope solo había saludado tres o cuatro veces en eventos que organizaba el Ministerio de Asuntos Exteriores para la prensa extranjera y la comunidad diplomática. La presentación fue un éxito y Lope se atrevió a hacer su intervención en chino con la ayuda de la directora Xu Yan y la profesora Wang. Peng Qi también intervino, elogiando la capacidad de Lope Carvajal para captar, recurriendo al buen humor, la esencia de los lugares por los que pasaba y de la gente que los poblaba. Aquella noche acudieron todos sus amigos y se sintió en la cima de su felicidad. Aprovechando que Angelina no podía ser muy efusiva con Lope, Song Ji-nah no desperdició la oportunidad, y le dio un largo abrazo delante de todo el público. Estaba muy hermosa aquella noche, vestida con falda corta y chaqueta gris, medias negras y el pelo alisado, cortado a la altura de la mandíbula. En aquel momento, Angelina fue consciente, o quizás se terminó de convencer, de que tenía una rival, y de que sus sospechas de Almaty no eran infundadas, al margen de que su relación con Ji-nah fuese excelente. Aquella noche sorprendió a Lope con sus recursos y consiguió quedarse diez minutos a solas con él, en completa intimidad; diez minutos de sexo con ropa en los que Angelina le dijo, sin hablar, que era suya, y solo suya.

—Sé que estás muy feliz —le dijo Farid más tarde—, pero el problema no se va a solucionar solo.

—Déjalo estar —repuso Lope—. Yo no tengo prisa por saber cómo va a acabar esto.

—Yo me lo imagino. Y te va a doler. Una de las dos terminará por renunciar, y sabes quién va a ser.

Lope no quería que renunciase ninguna de las dos, por supuesto, pues el egoísmo emocional era ahora más fuerte que sus escrúpulos morales. A veces se excusaba en las palabras de su padre moribundo, quien le había rogado, sin conocerla, que jamás abandonase a Angelina Alexandrovna, a quien consideraba una víctima de la locura, igual que lo había sido él. Aquella petición lo había conmovido y siempre la tenía presente, pero no le era necesario recurrir a ella para saber que jamás abandonaría a Angelina por propia voluntad.

Lope desterró aquellos pensamientos y disfrutó de aquella noche inolvidable, que tantas páginas ocuparía en su libreta.

Como decía, no fue esa la única presentación de su libro, pues el Instituto Cervantes había organizado otro evento en el que también se presentaría la traducción de mi propio libro al chino. Y fue en esas circunstancias que conocí a Lope Carvajal de Guevara.

Yo había vivido en Pekín más o menos por la misma época en la que nuestro común amigo, Mateo Cortina, trabajó allí en su primer destino con Leonardo Pasamonte, Marqués de la Merindad y embajador de España ante la República Popular. El lector probablemente conozca sus aventuras, pues el año pasado edité y publiqué sus memorias con el título de *El naufragio de los imperios*. Poco antes de conocer a Lope Carvajal, yo había escrito un modesto libro de cuentos ambientados en Taiwán, que gracias a algunos contactos fue traducido en China (en el Taiwán independentista nunca quisieron saber nada de él). La publicación coincidió en el tiempo con la del libro de Lope, y alguien en el Instituto Cervantes de Pekín tuvo la feliz idea de realizar un evento conjunto.

No había estado en la China del continente desde el año 2017 y, aunque muchos en la isla, por temor a mi seguridad, me advertían de que no viajase, yo no hice caso de sus delirantes advertencias. Quería regresar una vez más a la ciudad mágica. Recorrí de nuevo las calles que tan feliz me habían hecho y pude ser testigo de los vastos cambios y mejoras que Pekín había experimentado. Mis editores me agasajaron todo el día y después me llevaron hasta el Cervantes, ubicado no muy lejos del Estadio de los Trabajadores y el barrio de Sanlitun. Cuando llegué, ya se había reunido una gran concurrencia; en su gran mayoría estudiantes de español, personal diplomático y parte de la colonia española de la capital. En la sala de conferencias no cabía un alma. Saludé al director del instituto que, a su vez, me presentó a Lope Carvajal, un joven más alto que yo, bien formado y muy atractivo. Vestía de negro con un abrigo gris de invierno y, envuelta en el cuello, una bufanda marrón que olía a tabaco. Se le veía muy tranquilo y contento, siempre sonriendo y saludando a sus conocidos aquí y allá. Me dijo que no había leído mi libro, pero que ya lo tenía encargado y lo esperaba uno de esos días. Yo también le confesé que no había leído el suyo y bromeamos con la falta de sincronización, temiendo que nos preguntasen al uno por el libro del otro.

El acto se desarrolló sin contratiempos y hubo muchas preguntas del público. Ambos disfrutamos bastante de aquel par de horas rodeados de estudiantes ávidos de conocimientos y corroídos por las dudas lingüísticas y culturales. Ambos teníamos planes diferentes esa noche, pero como nos habíamos caído bien, quedamos en vernos al día siguiente para cenar en un garito de Wangjing. Aproveché aquel día para visitar la academia Lanmate, donde yo también había sido alumno y profesor. Después di un paseo hasta la Universidad de Tecnología Química de Pekín, donde estudié chino, hice grandes amistades y pasé mis mejores momentos. Tomé café con mis amigos Alí y Magali, antiguos compañeros de facultad que ahora compartían su vida en la capital; y ya cercana la hora, tomé un taxi hasta el lugar convenido con Lope. Se trataba de un restaurante coreano que le había recomendado Song Ji-nah, de quien yo por entonces no sabía nada. Charlamos de muchas cosas interesantes, en especial de nuestras amistades en común; también de cómo veíamos España desde la distancia, así como de la situación mundial. Fue un intercambio interesante y fructífero. Después de cenar dimos un paseo para hacer la digestión, durante el cual fumó dos o tres cigarrillos, asegurándome que antes de llegar a Pekín solo fumaba algún pitillo de Pascuas a Ramos, y cuando le invitaban. Encontramos un bar tranquilo y nos sentamos a tomar una copa.

—¿Cómo es vivir en Taiwán? —me preguntó con genuina curiosidad.

—Vivir en Taiwán —respondí casi afligido— es como una trampa para soñadores. En los últimos años me siento como Moisés nada más enterarse de que le es negada la entrada a la Tierra Prometida.

—Explícate.

—Más o menos con tu edad, quizás algo más joven, yo tenía sueños confusos de vida en Asia. Soñaba con vivir en Seúl, en Tokio, pero también en Pekín. Una vida en la que pudiera estar a caballo entre esas tres ciudades, teniendo una de las tres como base fija. Pero por mi carácter impulsivo, deseando estar en Asia de cualquier manera, acepté una beca para venir a Taiwán. Ahora, por razones de distinta índole, estoy atrapado. Puedo ver la Tierra Prometida a lo lejos, casi puedo tocarla, pero no puedo entrar. En ese sentido, Taiwán es lo más parecido a un castigo cruel.

—Suena muy fuerte.

—A lo mejor estoy exagerando, pero muchos días me siento así. A veces consigo, con bastante esfuerzo, hacer un viaje a Japón o venir aquí al continente, y me siento privilegiado por estar tan cerca de estas tierras que tanto me gustan. Me sería más costoso si viviese en España, pero aun así... Todo se acaba porque tengo que volver a Taiwán. Ese sitio que no está en ninguna parte.

—¿Te arrepientes?

—Sí, me arrepiento, aunque el arrepentimiento no surja de la razón, aunque sé que es una pasión triste. No lo puedo remediar. Si pudiera viajar atrás en el tiempo, jamás pondría un pie en Taiwán. Es una isla prisión de mis sueños.

—Pero tienes un trabajo estable y bien pagado, según me has contado. Muchos en España no pueden decir lo mismo.

—En ese sentido tengo suerte. El problema, supongo, es cuando me comparo con lo que me hubiera gustado ser. Por favor, no publiques esto en ningún lado, podría costarme mi empleo. La mayor parte de los días odio mi trabajo, por muy fácil que sea. Escribo propaganda con la que no estoy de acuerdo y que, en los días malos, me avinagra el carácter. A veces me consuelo pensando que me llevo su dinero, cuando en realidad no creo en su ideología, pero en otras ocasiones entiendo que me despreciarían si supiesen que no comulgo con sus ruedas de molino. «Mira a este pringado sin honor, que se vende por un plato de lentejas. Le damos un sueldo y baila al son que nosotros tocamos». No sé si me explico.

—Creo que me empiezo a sentir así.

—¿Eres feliz en Pekín?

—Sí, ahora mismo lo soy.

—Quizás algún día dejes de serlo, pero hasta que ese día llegue, haz lo posible por no marcharte, o por no perder de vista tus verdaderos deseos. No dejes que las prisas te conduzcan a una decisión equivocada. Es lo que me ocurrió a mí. Y por el amor de Dios, no vengas a Taiwán. No te arriesgues a que su vórtice te trague.

Lope Carvajal permaneció meditabundo durante un rato, luego continuamos hablando y quedamos en seguir en contacto cuando yo regresara a mi cárcel, desde la que aún escribo, y en la que parece que terminaré mis días, pues ya pocos me quedan. En estos meses, desde que recibiera sus diarios y anotaciones, he venido escribiendo su historia. Todavía no ha acabado.

*****

Pasada la Navidad, llegaron las semanas preparatorias del Año Nuevo chino y los desplazamientos masivos de viajeros.

Lope asistió a las últimas clases de aquel semestre y aprobó las asignaturas sin pena ni gloria.

—Tenía más esperanzas puestas en usted —le dijo un día el profesor Ding Dou mientras tomaban el té en la leonera que tenía por despacho—. Quiero creer que el trabajo lo tiene absorbido. Ya me enteré de su libro. Lo tengo comprado y lo leeré durante las vacaciones.

—Gracias, profesor. Tiene usted razón. El trabajo me ha absorbido y encima me han encargado otro libro. Yo también pensaba que el máster sería una salida para mí, pero ahora ya no tengo tantas esperanzas.

Ding Dou chasqueó la lengua mientras le servía más té, dando a entender que no se podía tener todo en esta vida.

Peng Qi ofreció una cena especial en su casa antes del Año Nuevo chino. Para tan ilustre ocasión, invitó a muchas más personas de las habituales, y para sorpresa de Lope, una de esas invitadas fue Song Ji-nah. Más tarde, Angelina le aseguró que todo había sido idea de Peng Qi, pero que ella no había puesto objeción, pues a pesar de todo, Ji-nah le caía bien y hablaban de manera más o menos regular desde que se conocieran en Almaty.

Aquella noche, las dos mujeres que ocupaban su corazón, si bien una más que otra, le dieron tregua. Pasaron la mayor parte de la velada juntas, con las amigas de Angelina, Anna Prokofievna y Natalia Poplavskaya. La esposa de Rory Tsou, Rebecca, también acaparó la conversación de Ji-nah, interesándose por su actividad musical. Lope estuvo más taciturno, y aparte de las personas que ya conocía, no intentó hacer nuevas amistades. Por su parte, Peng Qi, si bien hablaba con todos sus invitados, no era el anfitrión jovial y despreocupado de otras ocasiones. Cuando no intervenía en una conversación, su semblante reflejaba pesadumbre, y la mirada solía perderse hacia otros mundos. En una de sus salidas al jardín, Peng Qi se le unió, y caminaron entre la nieve suelta.

—Esta nieve me recuerda a mi primer día en la ciudad —dijo Lope por romper el hielo.

—La nieve es rara en Pekín. Ni siquiera la tenemos todos los años, pero ya vamos dos seguidos —dijo con voz destemplada—. Es ley de vida. Las cosas se enfrían. Se supone que miles de millones de años en el futuro, cuando el sol se apague, la Tierra será una bola de hielo.

Lope lo miró extrañado. ¿A qué venía aquello?

—Cuando llega el frío —continuó en el mismo tono—, nos agarramos al último rescoldo. Es lo único que puede encender otro fuego.

—Empiezo a pensar que me quieres decir algo, pero no sé el qué —rio Lope.

Peng Qi lo miró e intentó una sonrisa.

—A veces los altos funcionarios nos ponemos poéticos —dijo a modo de excusa, y de repente cambió de tema—. ¿Qué tal te va con Ji-nah?

—¿Qué tal me va de qué?

—¿Tenéis algún tipo de relación? Está en tu grupo habitual de amigos, ¿no?

—Sí, forma parte de mi círculo de amigos habitual.

—Y… ¿no sois pareja?

Lope no percibió curiosidad en el tono de Peng Qi, sino más bien un deseo, y meditó su respuesta. Quizás demasiado tiempo.

—¿Qué te hace pensar que somos pareja?

—Bueno, a lo mejor son cosas mías —dijo intentando quitar hierro al asunto—. Ella es bastante cariñosa contigo. Y es una joven inteligente, de una belleza… enigmática. Atractiva para muchos hombres. Además tiene sensibilidad artística.

—Desde luego, todo eso es cierto: hermosa, sensible, inteligente. Cualquiera se sentiría honrado de ser su pareja. Toca la trompeta y el piano, y tiene don de gentes.

Peng Qi sonrió y dio un trago a su copa de champán, saboreándolo como si fuera la última libación de un condenado a muerte.

—A ti no te gusta mucho el champán, ¿verdad?

—Me da dolor de estómago —confirmó Lope.

—Cuando era adolescente, mi sueño era ser lo suficientemente acaudalado como para beber champán siempre que quisiese. Lo he podido hacer durante unos cuantos años, hasta ahora.

Vació la copa y se retiró de nuevo al interior de la casa. Lope encendió un cigarro y meditó sobre aquellas extrañas palabras mientras aguantaba el frío. Para cuando la boquilla empezaba a quemarse, aún no había llegado a ninguna conclusión. No le apetecía entrar, así que hizo lo único que podía hacer: encender otro cigarro. Natalia Poplavskaya salió al jardín y se acercó a él. Desde que la viera por primera vez en compañía de Angelina en el Mandarin Oriental, Natasha había cambiado bastante sus gustos. Había renunciado al maquillaje exagerado y los vestidos voluptuosos. El resultado era una mujer mucho más natural y agradable a la vista. Por otra parte, siempre había sido amable y de conversación fácil. Al igual que Anna, estaba al tanto de su relación con Angelina, pero nunca habían hablado abiertamente de la cuestión.

—Te vas a quedar helado aquí fuera —empezó Natasha.

—La penitencia del fumador.

—Se nota que has pasado mucho tiempo con Angelina que ya hablas en términos de pecado y penitencia.

—¿Tú no vas a la iglesia?

—¿Yo? No, la que va con Angelina es Anna. Yo vengo de familia de intelectuales soviéticos. Nací atea, por decirlo así.

—¿Os llevabais bien?

—¿En mi familia? Bastante bien. Otras familias del estilo, no tanto. Angelina me ha contado algo de la tuya.

—Desestructurada, una realidad cada vez más presente. Y se está volviendo mayoritaria.

—Entonces todo esto te suena.

Lope sonrió y dio una calada al cigarro.

—No voy a abandonarla —dijo en tono firme.

—Ese es el problema, Lope —contestó Natasha—, que ella tampoco es de las que abandona.

Regresó a casa con opresión en el pecho, rumiando desgracias inminentes y diseñando planes de huida. No concilió el sueño hasta casi las cinco de la madrugada.

Las vacaciones de Año Nuevo chino contribuyeron a calmar sus ánimos. La ciudad se vació. Farid viajó a Chengdu para conocer a la familia de Xiao Zhang, y en principio, Lope se quedó solo en el apartamento. Zheng Jie, la esposa del negro Ibrahim, le preparó varias tarteras con comida para los primeros días antes de marcharse a Jiangxi para ver a su familia. Angelina y Peng Qi pasaron las festividades en Shaanxi, en la casa familiar de los Peng, y Meng Mi regresó a Tianjin con su padre. Osama y Nuha aprovecharon para viajar a Japón. Lope solo tuvo la compañía de Song Ji-nah, quien de hecho convivió con él hasta el día anterior al regreso de Farid. El efecto terapéutico de su presencia volvió a aliviar el ánimo de Lope, desterrando los malos presagios que lo acechaban desde la cena en casa de Peng Qi. Compartieron la comida de Zheng Jie y, cuando se acabó, Ji-nah cocinó *bibimbap*, *chapche* y sopa de tofu con kimchi. Limpiaron la casa de arriba a abajo y escucharon a David Bowie mientras bailaban y hacían el amor.

—Creo que hacemos buena pareja, señor Carvajal —dijo un día Ji-nah—, pero tienes que aprender a cocinar. Sabes limpiar bien, pero un hombre que no sabe cocinar es un inútil.

—Algún defecto tenía que tener —rio mirándola de reojo.

—¿Qué dices? Tú eres un defecto con patas. Lo único bueno es que conoces a David Bowie, y ni siquiera es mérito tuyo.

Habían encendido la calefacción y retozaban desnudos en el sofá del salón, sobre el que habían extendido una sábana.

—¿Por qué no has vuelto a Corea para el Año Nuevo?

—Porque sabía que tú estarías solo aquí.

—En serio.

—Ya sabes que no quiero hablar de mi familia.

—Me parece un poco injusto. Tú lo sabes todo de la mía.

—Ya te lo dije —resopló Ji-nah con desgana—. Mis padres murieron cuando yo era pequeña y me crió mi abuelo. No hay mucho que contar.

—Un día me dijiste que Pekín te había dado libertad. ¿No tenías libertad en Seúl?

—No, no la tenía.

—¿Por tu abuelo?

—Sí y no. Digamos que no es culpa suya, enteramente. Hay condicionantes externos.

—¿Volverás algún día a Seúl?

Ji-nah enmudeció y su semblante reflejaba que no quería abordar ese problema. Lo tenía relegado a la esquina más oscura y remota de su conciencia por alguna buena razón, pero Lope se empeñaba en sacarlo a la luz.

—¡De verdad, no quiero hablar de ello! —exclamó en un arrebato de ira. Se levantó del sofá y comenzó a vestirse—. Déjame en paz con ese tema de una maldita vez.

Ji-nah se puso un abrigo, una bufanda y un gorro de lana, y salió a la terraza a fumar para no tener que compartir el mismo espacio con Lope, quien ya había sido testigo en dos o tres ocasiones de estas explosiones de carácter durante su viaje por Asia Central; una de ellas provocada por preguntas parecidas. Lope se culpaba y, al mismo tiempo, no entendía que ella fuese incapaz de entender que sus preguntas iban encaminadas a conocerla mejor y, por lo tanto, a quedar más ligada a ella. Se suponía que era lo que deseaba, pero la «caja negra» de Ji-nah parecía ser más fuerte que su interés por Lope. Este episodio consiguió empañar, en parte, lo que a todas luces fueron unos días de felicidad casi conyugal. Poco después todo regresó a la normalidad: un nuevo semestre, artículos sobre Pekín, textos automutilados para *El Sol*, escapadas con Angelina y desayunos en familia.

Hacia mediados de marzo, Peng Qi, cuyo comportamiento en las dos cenas que celebró en su casa tras el Año Nuevo chino había estado cada vez más alejado de su carácter, llamó a Lope y lo citó en un restaurante de las afueras de la ciudad al que jamás habían ido. Cuando quería darle información sobre cuestiones de política y economía nacionales, lo solía citar en el café del negro Ibrahim o en restaurantes del centro. El lujo, el aislamiento y la soledad de aquel establecimiento debieran haberlo puesto en guardia. Lope creyó que se trataba de otra de esas «reuniones de trabajo». Entró en la única habitación-comedor que existía, con una sola mesa y dos sillas. Peng Qi lo esperaba vestido con traje y corbata, muy peripuesto, quizás intentando ocultar las ojeras y otros signos de deterioro físico y emocional. Lope se sentó y escrutó su rostro. Parecía cada vez más desencajado, como si estuviese al borde del derrumbe psicológico.

—Peng Qi, ¿te encuentras bien? Pareces enfermo.

—Estoy bien —respondió intentando una sonrisa. Después desvió la mirada e indicó a un camarero que podía empezar a traer la comida.

—Un sitio curioso —dijo Lope mirando las paredes de la habitación, decoradas con pinturas chinas tradicionales y caligrafías.

—Perteneció a un alto funcionario de la época del emperador Guangwu. Pintaba y coleccionaba pinturas. También fue poeta. Ahora es un restaurante exclusivo. Solo acepta dos comensales al día.

—¿Por qué me has traído aquí?

Peng Qi resopló como una ballena.

—Es difícil para mí. No sé muy bien por dónde empezar.

El camarero llegó con los platos, con *todos* los platos de la velada. Peng Qi esperó a que se retirara y continuó:

—Es Angelina —dijo casi en un susurro. Lope se puso en guardia y comenzó a mover la pierna involuntariamente—. Sé lo que ocurre entre vosotros.

—¿Cómo?

—No hace falta que finjamos más —dijo haciendo un gesto de fastidio—. Pero digamos que la culpa es mía.

Lope no contestó. Miraba a aquel desgraciado de semblante macilento y casi le daba pena.

—Yo lo propicié a sabiendas. Quería que Angelina fuera feliz.

—Perdóneme, señor, pero no entiendo nada.

Los nervios de Lope cambiaron su tono de voz.

—Ahora me tratas de usted. Lo entiendo. Verás, no sé si ella te ha contado algo o no, pero en cualquier caso debo contarte la historia. Hace unos años, cuando el proyecto de Nueva Ruta de la Seda se puso en marcha, viajé a Kazajistán para evaluar una inversión. Era un embalse de considerable magnitud. Se presentaron varias empresas locales como socias de nuestras empresas chinas. Y teníamos que elegir entre ellas. Había dos muy prometedoras y otras no tanto. Entre las que no eran tan prometedoras estaba la de Alexander Gavrílovich. —Peng Qi se detuvo para beber agua y continuó—. Me cayó muy bien. Ya pudiste darte cuenta de que es un hombre encantador. Me invitó a comer y luego me llevó hasta la dacha. Me enamoré del lugar. Allí conocí a su hija, Angelina Alexandrovna Sumérkina, y claro está, también me enamoré de ella. ¿Quién no? Hice varias visitas a la dacha mientras estuve en Kazajistán durante el periodo de evaluación de empresas y llegué a conocer el carácter de Angelina. Mi equipo me advirtió de que la empresa familiar tenía problemas y estaba casi en la bancarrota. Todos en la familia eran conscientes de que aquel proyecto podía salvarles. —Peng Qi le hizo un gesto—. Por favor, come, yo no tengo demasiado apetito.

Lope comió algo, por cortesía, y bebió un vaso de té.

—¿No bebes alcohol?

—Lo estoy dejando —repuso Lope—. Cuando bebo demasiado me transformo en un ser horrible.

Peng Qi no dijo nada a esto.

—No sé cómo ocurrió —continuó con el tono cada vez más quebrado—. En cualquier caso, todos nos dimos cuenta de que yo quería darles el proyecto, para salvarlos, pero que también quería a Angelina, y que estaba allí por ella. Su padre y su madre lo captaron, y ella también. Y como es de natural abnegada y tiene esas ideas sobre el sacrificio…

—Se sacrificó —cortó Lope—. Todo eso me lo ha contado.

—Ya veo. El caso es que ella no me quiere. Nunca me quiso. Y no la culpo. Yo soy un tipo de lo más corriente. Y entendí que… —Peng Qi se resistía a llorar—. Ella se estaba sacrificando, por lo que jamás la toqué. Solo la besé el día de la boda, y la cojo de la mano y la abrazo en público para guardar las apariencias. Eso no quiere decir que no me trate con bondad, como a otro miembro de su familia. Se preocupa por mí, me acompaña al médico cuando no me encuentro bien, etc. Como si fuese su hermano mayor. Como verás, soy un egoísta, porque yo a ella sí la amo como se debería amar a una mujer.

—No es usted el único egoísta.

—Ya llegaremos a eso. El caso es que desde que nos casamos no he podido dejar de pensar en que había destruido la vida de Angelina. Me remordía la conciencia. Sabía que eso no estaba bien. Ya no se llevan los matrimonios así. O eso quiero creer.

—Yo soy víctima de un matrimonio así, aunque no lo crea.

—¿En serio? —Lope asintió—. Ya veo. El caso es que todos estos años me he sentido culpable y acaricié la idea de que Angelina se merecía amar a alguien de verdad y ser feliz. Incluso llegué a pensar en que cuando conociese a ese alguien le concedería el divorcio.

El corazón de Lope quería salirse del pecho. ¿Era eso lo que le iba a proponer? Pero ella no aceptaría. El vínculo era sagrado.

—Busqué a muchos candidatos y no encontré a ninguno satisfactorio. Y parece que ella tampoco. Y entonces aquel día lo conocí a usted en el evento de… lo he olvidado. El caso es que me fijé en cómo le miraba Angelina. Jamás había visto esa mirada en ella. Parecía otra persona. Y aunque yo no le conocía y la carrera de periodista no me gusta un pelo…

—El oficio más vil del mundo.

—… le propuse a Angelina invitarte a las cenas mensuales en mi casa. No me equivoqué. Jamás he visto a Angelina tan feliz en su vida. Es la alegría personificada. Ahora bien, tampoco la vi tan decepcionada como cuando apareciste con Ji-nah en Almaty. Le destrozaste el corazón y yo me puse hecho una furia.

—Creo que ahora empiezo a entender ciertas cosas.

—¿Como cuáles?

—Sus miradas y sus gestos aquella noche. Y las preguntas que me hizo. Cómo la miraba a ella y cómo me miraba a mí. Cuando me preguntó por Ji-nah no lo hizo por mera curiosidad, como lo hubiera hecho cualquier otra persona. No, usted me pidió explicaciones. —Peng Qi asintió—. Ahora bien, no entiendo la pregunta que me hizo hace unas semanas sobre mi relación con Ji-nah.

—Ya voy llegando a eso. Mientras duró su enfado contigo, Angelina estuvo imposible. Pasaba de la melancolía a la furia, iba a misa con más frecuencia y se encerraba a leer en su habitación. Yo sabía lo que le pasaba, y durante un tiempo consideré que no eras adecuado para ella. Además, desapareciste más de un mes.

—Consideré que era lo mejor. Angelina no me respondía y… ¿pero qué estoy haciendo? —Lope se agarró de los cabellos—. Le pongo excusas al marido de mi amante sobre por qué no hice caso a su mujer. Lo siento, pero me voy a volver loco.

Agarró la botella de licor de sorgo y haciendo un esfuerzo ímprobo se sirvió un vaso. Lo apuró y se sirvió otro.

—Da igual —cortó Peng Qi—. Le dije que tenía el ánimo cambiado y que algo la preocupaba, y que fuera lo que fuese debía solucionarlo. Pasaron varios días en los que pareció ir a peor y volví a hablar con ella. Al día siguiente de esa segunda charla se marchó pronto por la mañana, y cuando volvió por la tarde era la Angelina feliz que había conocido los meses anteriores. Supe entonces que se había reconciliado contigo.

—Muy bien —dijo Lope repuesto—. ¿Y ahora qué hacemos? Usted no solo sabe que soy el amante de su mujer sino que resulta que lo propició como penitencia por su pecado. Yo me aproveché de su amistad para conseguir fama periodística, y ahora, como escritor. Soy un miserable, lo admito. Me he aprovechado para mi propia felicidad. Amo a Angelina. La amo como si fuera un trozo de mi carne, pero resulta que ella no le abandonará, y usted está pensando en concederle el divorcio para que sea feliz.

—Ya no —sentenció Peng Qi.

—¿Cómo que ya no?

—Por eso te he citado aquí. La necesito a mi lado. Yo también la amo y es mi mujer.

—¡Pero ella no le quiere a usted! ¿Lo entiende? —Lope casi se levantó de la silla. Con tal vehemencia hablaba—. ¡Me quiere a mí! ¡Yo soy la razón de que sea feliz!

—¡No puedo! ¡Lo siento, pero se acabó! —Peng Qi también levantó la voz y sus ojos hundidos se encendieron por unos momentos. Luego empezó a mirar nervioso a todas partes, como si alguien estuviera escuchándolo—. ¡Me tienen vigilado! ¿Es que no lo ves?

—¡Qué quiere decir! ¿Quién lo tiene vigilado? ¿Qué tiene que ver eso?

Fue Peng Qi el que se agarró ahora de los cabellos y comenzó a sollozar mientras gritaba.

—¡Me han pillado! ¡Un día de estos me van a detener! ¡Y si ella no está a mi lado me muero, me mato! ¡Me mato!

Lope lo miró asustado. El camarero entró alarmado en el comedor. Le aseguró que se encontraban bien y terminó por marcharse.

—Peng Qi —dijo Lope una vez que el camarero se hubo ido—. Míreme. ¿De qué está hablando? ¿Es la policía la que lo va a detener?

—No lo pude resistir —dijo entre sollozos—. No lo resisto, me puede…

—¿Se refiere al juego?

Peng Qi levantó la cabeza y le miró desconcertado. Tanto, que dejó de llorar al momento.

—¿Cómo lo sabes? —acertó a preguntar.

Lope resopló y dio otro trago al licor de sorgo.

—El mes que desaparecí… No desaparecí. Estuve viviendo en Macao, en casa de un amigo. —Peng Qi abrió los ojos como platos—. Fui allí para escribir el libro. No quería estar en Pekín porque intentaría hablar con Angelina, iría a su casa, y todo sería un caos emocional. Mi compañero de piso estaba al tanto y me dijo que fuera a Macao donde un compatriota suyo me dejaría dormir en el sofá. En mi primera noche di un paseo por la zona de los casinos y le vi entrar. No estaba seguro de que fuera usted, porque estaba lejos, así que yo también entré. Desde la barra del bar le vi jugar al bacará hasta que se marchó. Cuando me aseguré de que se había ido de verdad volví a entrar y le pregunté al crupier cuánto había perdido. Otro jugador que estaba en la mesa me lo dijo. Y que estuvo usted el día anterior, y que también perdió. Ahora ya sabe por qué siempre evité responder cuando me preguntaban dónde había estado aquel mes.

Peng Qi hundió su cabeza entre las manos.

—¿Pero por qué le van a detener por eso? —preguntó Lope extrañado—. Usted se gasta el dinero en lo que quiere. Claro que son unas cantidades muy fuertes. Por lo menos para mí.

Peng Qi seguía hundido, con los codos apoyados en la mesa y sollozando en voz baja.

—No es mi dinero. —Su voz salió apagada de entre los brazos con los que tapaba su cabeza—. Son comisiones, partidas extra...

—Por el amor de Dios. Eso es gravísimo. ¡Podría caerle la pena de muerte! ¡¿En qué demonios estaba pensando?!

—¡Ya lo sé! Maldito el día en que gané dinero en el casino.

Con voz entrecortada por el llanto, Peng Qi contó cómo había jugado en un casino de Singapur por primera vez con un colega que le propuso pasar un rato divertido. Peng Qi ganó bastante dinero, y aunque tenía un buen sueldo como funcionario de alto rango, el virus del dinero fácil hizo presa de él con suma facilidad. Este episodio ocurrió al poco de casarse con Angelina. Sin embargo, no pasó demasiado tiempo hasta que empezó a perder, y el deseo de recuperar las pérdidas con rapidez lo llevó a despeñarse por una pendiente más y más peligrosa. Aceptó comisiones y manipuló libros de contabilidad para hacer frente a su insaciable apetito de juego y angustia por devolver el dinero.

—Ahora la bola se ha hecho demasiado grande —dijo hundido en la silla, con la mirada perdida—. Sé que me han atrapado y pronto me van a detener.

—No puede arrastrar a Angelina con usted —dijo Lope recordando lo que les había llevado hasta aquí—. Si permite que Angelina se hunda con usted será un miserable y merecerá estar en prisión toda la vida. ¿Y qué va a hacer? ¿Obligarla a seguir siendo su esposa para que le visite en la cárcel todos los días?

—Eso es exactamente lo que quiero. Si ella no está ahí me moriré. Si no está conmigo mientras dure el juicio, me moriré. Si no me visita en la cárcel y me infunde palabras de aliento, como esposa mía que es, entonces me quitaré la vida.

—Maldito hijo de perra —blasfemó Lope haciendo chirriar los dientes.

—Ella no me dejará, pero tú tienes que dejarla antes. Dile que se acabó. Así le será más fácil acompañarme.

—Ni harto de vino, cabrón egoísta.

—No estás en posición de llamarme egoísta. Tú eres un aprovechado. Te has aprovechado de mí. Me has hecho cornudo y te has hecho famoso gracias a mí. Ya es suficiente. Se acabó.

—Yo no soy ni la mitad de miserable que tú —respondió Lope levantándose de la mesa—. ¡Joder, creo que hasta declararé contra ti en el juicio!

—¡Hazlo! ¡Angelina no te lo perdonará!

—¡Vete a la mierda!

Lope salió por la puerta y pidió un taxi. Llamó a Angelina. Le anunció que iría a su casa a buscarla y le pidió que se preparara para salir con una maleta. Colgó sin darle opción a réplica. Peng Qi no salió del comedor mientras Lope esperaba fumando. Por fin llegó el taxi.

Durante todo el camino rememoró la caótica y casi apocalíptica conversación que había tenido con el que hasta entonces había sido su amigo y cuasimecenas. No podía creer el vuelco que se había producido en su vida. «Esta vez sí que la mierda ha alcanzado el ventilador», pensó recordando el dicho inglés.

Era un vulgar martes por la noche y los arrabales de la capital tenían un aspecto fantasmal, como de película de terror. Por la autopista del cuarto anillo circulaban menos coches de lo que era habitual. El viaje se le hizo eterno. Poco a poco fue reconociendo las calles del barrio de Peng Qi. Lope pidió al taxista que le aguardase, pero enseguida se dio cuenta de que lo haría esperar en vano y lo despidió. En el portón, Angelina lo contemplaba con el teléfono pegado a la oreja. Las lágrimas caían por sus mejillas.

—Angelina, vámonos de aquí —le dijo acercándose. No respondió. Seguía pegada al teléfono, sollozando—. Vámonos. Ya no tienes nada que hacer aquí.

—¡Lope! ¡No me puedo ir, me lo ha contado todo!

—¡Ese hombre no es tu marido! ¡Es un desgraciado! ¡No le debes nada!

—Sí, le debo. —Lope la abrazaba sin que ella se resistiese—. ¡Le debo la vida de mi padre, de mi madre y de mi hermano! Ahora es un ser humano desgraciado y no lo puedo abandonar.

—Angelina. Ya has pagado y con creces. ¡Por favor, no te hagas esto!

Lope sabía que iba a encontrar resistencia, pero en el fondo albergaba la loca esperanza de que Angelina recapacitase, de que ante un choque tan fuerte recuperase la cordura, como lo había hecho su padre a las puertas de muerte. Angelina se negaba e insistía en su deber cristiano y en su vínculo sagrado. Lope se puso de rodillas y le abrazó los pies.

—*No ya drugomu otdana / Ya budu vek emu verna* —gimoteó citando el *Evgeni Ónegin* de Pushkin—. «Pero me he entregado a otro / y le seré fiel de por vida».

Lope no estaba tan versado en literatura rusa, pero no era tan tonto como para no reconocer que citaba a algún poeta con el que justificar su decisión.

—¿Estarás aquí cuando la policía venga a llevárselo? ¿Y dónde vas a vivir si Peng Qi ya no tiene nada?

—Viviré…

Pero no pudo seguir hablando porque un taxi se presentó en la puerta. Peng Qi se bajó y caminó hacia ellos. Tenía la mirada perdida y casi los veía como si fuesen desconocidos. Aquella parecía una reunión de locos. Peng Qi abrió el portón y se encaminó como un zombi a la puerta de la entrada de la casa. Angelina lo miraba alucinada. Haciendo un esfuerzo sobrehumano, se desasió de Lope y siguió a su esposo adentro. Cerró la puerta con cuidado y desapareció de su vista.

Lope perdió la noción del tiempo. Aún permanecía junto al portón entreabierto, de hinojos en el suelo gélido. La puerta de la casa volvió a abrirse y apareció Gloria, la criada filipina.

—Señor, levántese, por el amor de Dios —le dijo en inglés—. Tiene que marcharse. No puede estar aquí.

Gloria lo agarraba del brazo con suavidad, pero se dio cuenta de que Lope necesitaba consuelo urgente, y recordando lo que sabía del español chabacano que hablaba su madre, le dijo:

—No llore, caballero. Los hombres no lloran. Me lo decía mi mamá.

Esta vez fue Lope el que la miró alucinado, como si estuviera en presencia de un extraterrestre. Entonces pareció entrar en razón y temió volverse loco, como todos los demás. Se levantó penosamente con la ayuda de Gloria y, mudo, contemplaba la casa.

—No la mire, señor, que es peor —y lo condujo afuera, acompañándolo del brazo hasta llegar a la calle principal—. Tiene que pedir un taxi, señor. ¿Quiere que se lo pida yo?

Lope asintió, aún callado. Gloria manipuló su propio teléfono, consiguió que le dijera la dirección y apretó el botón. No le soltó del brazo en todo el tiempo que tardó en llegar el taxi. Le ayudó a entrar y se despidió recordándole que no llorara, y que no volviese por allí.

—Aquí solo le espera la desgracia, señor —le dijo en chabacano.

En el trayecto de regreso a casa, Lope pasó por varios estados de ánimo consecutivos. Antes de subir, pasó por la farmacia y compró somníferos. Por fortuna, al llegar, Farid estaba enfrascado en uno de sus informes, por lo que solo le saludó con la mano, sin mirarle, pues tenía toda la atención puesta en un videojuego de su empresa. Lope entró en su habitación, apagó el móvil y desenchufó el ordenador. Después se dio una ducha caliente, fumó un cigarro en la ventana mientras la temperatura corporal se reajustaba, tomó un par de pastillas y se acostó. Su mente se apagó enseguida y durmió hasta bien entrado el miércoles por la mañana.

Languideció en su casa durante varios días, desconectado del resto del mundo, evitando a Farid y viendo la tele acurrucado en el sofá. Jamás hubiera pensado que el aislamiento fuese tan reconfortante. En un mundo donde reinaban las conexiones digitales, el apagón completo, lejos de generar ansiedad, provocaba un bienestar al que la raza humana ya casi no tenía acceso. Y sin embargo, era tan sencillo... Solo había que apagar el maldito móvil y desenchufar el maldito ordenador. Y si no fuera porque la electrificación ya formaba parte de nuestro ADN, lo ideal hubiera sido apagar el cuadro general de la luz o dejar que se fundieran los plomos, acumular leña y carbón vegetal, acudir a la fuente a por agua y lavarse en un barreño de madera calentado al fuego.

En eso pensaba Lope, pero pronto se dio cuenta de que la realidad era mucho más fuerte que sus insignificantes deseos individuales. No pudo dar esquinazo a Farid por mucho tiempo, pues al fin y al cabo compartían el mismo apartamento. Por la mañana del cuarto día de su reclusión voluntaria, Farid entró en su habitación y lo sacó a rastras de la cama, lo sentó en la mesa del comedor y lo obligó a desayunar «en familia», incluida Meng Mi. Se disculpó con todos y les aseguró que ya se sentía mejor, que había necesitado ese tiempo de aislamiento completo. Les contó la historia de Peng Qi.

—Lo detuvieron ayer —dijo Meng Mi—. En la sección de política de la CCTV están frenéticos.

—¿Ayer?

—Sí, fue la policía anticorrupción. Ahora está en dependencias judiciales. Es grave, dicen que gastó cientos de miles de yuanes en el casino, y no eran precisamente sus yuanes. Le puede caer la ejecución capital.

—Sí, ya lo sé.

Era inevitable que pensase en que el sistema judicial chino podía quitarle un problema de encima. Luego, se odió por haberlo siquiera considerado.

—¿Qué vas a hacer ahora? —preguntó Farid—. Da igual. Si no te involucran, no te involucres, y ya sabes a lo que me refiero con eso.

En ese momento llamaron a la puerta y Farid hizo una mueca cuando se escuchó un vozarrón que decía:

—*Jingcha! Kai men!*

Lope se levantó y fue a abrir.

—*Luopei xiansheng?* Somos del departamento de policía, anticorrupción. Necesitamos que venga con nosotros. Tenemos preguntas que hacerle.

La pareja de policías le permitió ducharse y adecentarse. Mientras tanto, Farid los invitó a café. Cuando estuvo listo, Lope salió con los agentes. Se pasó todo el día en dependencias de la policía. Primero contó cómo había conocido a Peng Qi y cuáles eran sus relaciones con él. Después, respondió a decenas de preguntas de distintos agentes, algunos de los cuales parecían ser de la inteligencia estatal. Uno de ellos fue el último en interrogarlo. Era de mediana edad, tirando a joven; vestía con vaqueros y camiseta blanca, y llevaba el pelo engominado como si se lo hubiese chupado una vaca.

—Señor Lope, vamos a tener que hacer algunas comprobaciones, pero por lo que a nosotros respecta está usted limpio. Hemos pedido informes a nuestra embajada en España para que nos hablen de sus artículos. Lo que sí hemos podido comprobar por las cámaras de seguridad es que estuvo usted en el Gran Casino Lisboa aquel día y las imágenes parecen corroborar su versión. Ahora estamos buscando al crupier y al otro jugador para que confirmen lo que nos ha dicho. Si se confirma, quizá tenga que declarar ante el juez encargado del caso.

—¿Me puedo ir ya a mi casa?

—Una cosa más, ¿cuál es su relación actual con la esposa del acusado?

—Llevo cuatro días sin saber de ella. Estuve tres días encerrado en mi casa, sin salir, y sin encender el móvil. Por los motivos que ya les conté a sus compañeros. Por favor, no me haga repetírselos. Estas cosas no se cuentan ni a los padres.

El agente se echó a reír.

—Está bien. Lo entiendo. Puede irse a casa, pero tenga el móvil encendido, de lo contrario tendremos que cazarlo como a una mariposita.

—¿Como a una mariposita?

—¿Prefiere algo más feo? ¿Una rata?

—No, no. Mariposa está bien.

—Bien, puede irse. Y salga a la calle. Necesita que le dé el sol.

—Ahora ya es de noche, supongo.

—Mañana va a hacer bueno. Lo ha dicho el hombre del tiempo.

Lope salió a la noche de Pekín. El frío del invierno remitía a regañadientes, pero convenía abrigarse con una chaqueta gruesa. Caminó un rato por las calles adyacentes, pues llevaba todo el día sentado y necesitaba estirar las piernas. Le había prometido a Farid que esta vez no intentaría nada estúpido, pero la fuerza de voluntad no era intensa en Lope, y se puso como excusa devolver el dinero del taxi a Gloria, la criada de Peng Qi. Notó una calma inusual en el barrio, o quizás siempre había sido así, y él lo exageraba ahora en su mente. Un farolillo iluminaba el teléfono automático del portón. Llamó y le contestó Gloria, que al principio intentó convencerle de que se marchase, pero acabó cediendo. Salió afuera y cerró la verja tras de sí.

—Señor, no debería usted haber venido.

—Le debía el dinero y también darle las gracias por lo usted hizo por mí —dijo Lope escaneando su móvil para enviarle un pago por WeChat Pay.

—No vuelva aquí. Es por su bien, y por el de ella.

—Yo estoy bien, Gloria. La policía me ha interrogado todo el día, pero me han soltado. ¿Y Angelina?

—La señorita se ha pasado el día rezando. Ahora no la dejan verle. Está incomunicado.

—¿Come?

—Casi nada, señor. Pero yo la convenzo de que coma, porque si quiere estar al lado de su marido tendrá que vivir.

—Por favor, Gloria, cuídela. Oblíguela a comer. ¿Sabe si su familia va a venir a verla?

—Descuide, caballero, que yo la cuido. No sé si su familia vendrá. No sé ni si están enterados.

Lope se marchó no sin antes escrutar las ventanas por si veía al menos la sombra de Angelina. De vuelta a casa, rebuscó entre sus tarjetas la de Alexandr Gavrílovich, pero no la encontró. Al día siguiente llamó a la oficina de su empresa en Almaty, pero nadie hablaba inglés, o eso le hicieron creer. Entonces recordó a Ainur Baizhanova, con la que había estado en contacto por teléfono, y la llamó. Sin embargo, colgó al tercer timbrazo, y lo mismo hizo cuando la llamó más tarde, por si estaba en una reunión. Aquello no era casualidad, y supuso que la noticia de la detención de Peng Qi había llegado a Kazajistán. Y si Ainur lo sabía, Alexandr Gavrílovich también.

Consiguió comunicarse con Rory Tsou. La policía también les había interrogado, y lo mismo hicieron con Anna y Natasha. Esta última le dijo a Lope que aún no había podido hablar con Angelina, aunque sí le respondía a los mensajes.

Aquel día tuvo que responder a varias llamadas perdidas, entre ellas la de Roberto Ampuero y la del profesor Ding Dou, quien también conocía a Peng Qi. Por último, habló con Song Ji-nah.

—La policía no me ha interrogado —le dijo—. Aunque pensé que lo haría.

—No les pude ocultar que tú también lo conocías. Hubiese sido ridículo, así que les hablé de ti, y les dije que no tenía idea de que pudieras tener alguna relación con él más allá de las veces que nos habíamos visto juntos, que fueron tres o cuatro.

—Creo que hiciste bien. Voy a cenar con vosotros a casa.

Lope no se pudo negar y llamó a Xiao Zhang para asegurarse de que hubiera alguien competente en la cocina aquella noche, pues los horarios de trabajo de Farid solían variar.

Cenaron en familia y, después, Lope y Ji-nah salieron a pasear por la calle Baiziwan y la ribera del canal. Las torres de la CCTV podían verse en lontananza. Una vecina paseaba a su cerdo con una correa de perro. Lope pudo comprobar cómo había crecido la criatura en poco más de un año desde que la viera por primera vez al mudarse a Pekín. Entonces era un chanchito, ahora, en cambio, un «señor cerdo».

—¡Madre mía! ¿Qué era eso? —exclamó Ji-nah, que no pudo reprimir un ataque de risa.

—¡Oh! Ese. No sé cuál es su nombre, pero Farid lo llama Frankie.

—¿Frankie? —Lope se encogió de hombros.

Ji-nah entrecruzó el brazo con el suyo.

—¿Cómo está Angelina? ¿Sabes algo de ella? —preguntó sin mirarlo.

—No estoy seguro —contestó Lope—. No parece que esté demasiado bien. Al menos eso me dicen Gloria y Natasha.

—No contesta a mis mensajes.

—Creo que solo se comunica con Anna y Natasha. De momento parece que se pasa el día rezando.

—Siempre me pareció algo curioso en ella —dijo Ji-nah—. No da la imagen de mujer religiosa.

—Tú tampoco la das.

—No lo soy… Bueno, voy al templo de *Tanzhesi*. Está muy lejos, pero me gusta ir de vez en cuando.

Ji-nah se había apoyado contra la valla del canal y fumaba sus cigarrillos esqueléticos marca Esse.

—Pensaba que iba a encontrarte destrozado —dijo cambiando de tema—, pero pareces estar bastante entero.

Lope hizo un gesto de disgusto.

—Me pasé tres días encerrado en casa, desconectado y ocultándome de Farid. El cuarto día estuve en dependencias policiales contando la misma historia una y otra vez. Hoy ha sido el primer día normal que he tenido. Creo que aún estoy en estado de *shock*.

Ji-nah no quiso insistir y poco después cada uno regresó a su casa. De vuelta en su habitación, Lope encendió su ordenador por primera vez en cinco días. Tenía correos de Rubén Cortado, de su editor Jorge Prado, de sus amigos en Madrid y alguno que otro de la universidad. Respondió a todos lo mejor que pudo y alrededor de la una de la madrugada se quedó dormido.

Durante los días siguientes, dedicó todas sus fuerzas a retrasar su derrumbe emocional, y para ello recurrió al trabajo. Dedicó más tiempo a las lecturas del máster, dejó la academia Lanmate muy a su pesar y aprovechó el tiempo para escribir el libro sobre Pekín. Renunció a las cenas y a las salidas de los sábados. Tampoco iba a los conciertos de Ji-nah. En vez de ello, se encerraba en su habitación a escribir. Al menos tres días a la semana se acercaba en taxi a la casa de Angelina. El edificio parecía muerto, y solo dos o tres luces mortecinas lo iluminaban. Quizás hubiera sido siempre así. Al final, Lope no se derrumbó de manera repentina; entró en un estado de melancolía perpetua que solo se disipaba cuando el trabajo ocupaba su mente.

Hacia finales de mayo comenzó el juicio a Peng Qi y Lope fue llamado a declarar ante el juez. Entró en la sala. Era la primera vez que lo veía desde aquella noche. El otrora poderoso funcionario había adelgazado notablemente y parecía ensimismado. Entre el público, Angelina Alexandrovna le impresionó. La había visto muchas veces sin maquillaje y seguía siendo la criatura más hermosa del universo, pero aquel día parecía haber envejecido diez años. Se ocultaba el cabello con un pañuelo grande y disimulaba su delgadez con un abrigo en el que podrían caber dos personas. Iba acompañada de Natasha y Anna. Lope comenzó su declaración con voz titubeante y evitando mirar a Angelina. El juez de instrucción le había pedido que se limitase a contar cómo vio a Peng Qi jugar en el Gran Casino Lisboa y la conversación que tuvo con el crupier y el jugador, los cuales habían sido localizados por las autoridades y corroboraron la versión de Lope. Fue una declaración breve y la defensa optó por no hacer preguntas. Salió de la sala y esperó a la puerta del juzgado a que saliese Angelina. Era un día gris y caluroso. Las nubes anunciaban lluvia y la humedad podía masticarse. Lope fumó un cigarro tras otro, intentando no moverse para evitar el sudor. La vista terminó. Aún quedaban varias jornadas de juicio hasta que se leyese la sentencia. Llovía con fuerza cuando Angelina salió acompañada de sus amigas. No esperaba verlo allí, guareciéndose con un paraguas negro. Natasha y Anna se alejaron cuando Angelina se acercó a él con lágrimas en los ojos, aquellos hermosos ojos verdes, representantes de toda una civilización. Se abrazaron y la cubrió con el paraguas.

—Angelina tienes que comer —le rogó.

—Lo siento, Lope —hipaba—. Quiero comer más, pero el estómago se me ha encogido.

—Intenté llamar a tu papá.

—¿De verdad? Estuvo aquí. Y mamá también. Van a volver, pero están tramitando el visado. Cuando ellos vengan estaré mejor. Te juro que comeré mejor.

Lope no pudo reprimir las lágrimas.

—¿Te acuerdas del día en que nos conocimos? —preguntó él—. Me llevaste al puesto de comida kazaja y comimos un estofado muy bueno. Y bebimos *arak*. Y tú parecías tan feliz...

—Gracias por todo. Porque contigo engordé.

—Nada de eso, siempre mantuviste tu línea.

—Pero mi rostro brillaba. Me miraba en el espejo y me gustaba.

—¿Cómo no ibas a gustarte? —exclamó Lope mezclando la risa con el llanto.

—Sufro mucho, Lope. Sufro todos los días y no me gusta. Rezo para que el Señor me anime. Hablo con el padre Kirill y me consuela, pero en la soledad de mi habitación sufro y también te echo de menos.

—No tienes que seguir echándome de menos. Todas las semanas paso en taxi por tu casa. Porque no puedo dejarte —dijo con fervor—. Ven conmigo, por favor.

Angelina negaba con la cabeza hundida en el pecho de Lope mientras la lluvia golpeteaba contra el paraguas.

—Ahora tengo que irme —anunció, no sin antes apretarse más contra su cuerpo.

Lope no intentó retenerla y la dejó ir. Esperó hasta verla entrar en el coche de Natalia Poplavskaya. Después se perdió entre el tráfico de la ciudad.

Acudió religiosamente a todas las vistas del juicio y en todas estuvo presente Angelina. En todas se repitió la misma escena a la salida del juzgado. Descuidó su trabajo y evitó a sus amigos, excepto a Ji-nah, porque ella no se rendía. No estaba dispuesta a perderlo y llegó a acudir a una de las vistas. Su situación era delicada, pues si bien deseaba salirse con la suya, no era indiferente al destino de Angelina, a quien empezaba a querer. Aquel mismo día aparecieron Alexandr Gavrílovich y Anna Grigórievna. Los cuatro se saludaron efusivamente y tuvieron que consolar a la mamá de Angelina, quien lloraba desconsolada por el infortunio de su hija. En un descanso, Lope consiguió arrastrar en un aparte al señor Sumérkin.

—Alexandr Gavrílovich, hay algo que debe usted saber.

—¿Qué ocurre, *bátiushka*?

—Señor, tiene que salvar a su hija de la locura. No deje que destruya su vida por ese hombre.

—Ya lo sé, joven, ya lo sé. Lo estoy intentando. Y mi esposa también, pero nuestra hija es terca. Y creo que está a medio camino del desequilibrio mental.

—Yo tengo parte de culpa, Alexandr Gavrílovich.

—¿Por qué dice eso, *bátiushka*? —preguntó el anciano sorprendido y casi enojado—. No diga eso. Usted ha venido a todas las vistas del juicio y sé por Gloria que se preocupa por nuestra hija.

—Eso es solo la punta del iceberg, señor.

—¿Qué dice?

—Yo amo a su hija, señor. Desde antes de que me conociese usted en Almaty.

—Pero eso…

—Y ella me ama a mí. Teníamos una relación y ella se culpaba por estar pecando. Yo lo sé todo sobre su matrimonio. Ella, no obstante, se empeña en honrarlo, cuando el mismo marido propició nuestra relación.

—¿Pero qué dice, *bátiushka*? ¿Cómo es eso posible?

Lope le contó toda la conversación que tuvo con Peng Qi dos días antes del arresto. Alexandr Gavrílovich no daba crédito a lo que escuchaba, echándose las manos a la cabeza y murmurando en ruso.

—Señor, tiene que hacer algo para salvarla. No deje que se hunda con él.

El pobre anciano decía que sí, abrumado por lo que Lope le había contado, y después fue a reunirse con su esposa, a quien presumiblemente contaría toda la historia.

Ji-nah se acercó a él y le dio un abrazo. Estaban en medio de la calle y los transeúntes los esquivaban para seguir caminando por la acera.

—Lope Carvajal, ¿qué voy a hacer contigo? —le dijo después de que este le contara lo que había hablado con el señor Sumérkin—. Te estás desgastando en una guerra que no es la tuya.

—¿Por qué me dices eso? Solo le he dado más datos para que sea consciente de la gravedad.

—En el fondo tienes la esperanza de que… ya sabes. Ella no cederá. Y aunque lo hiciera, te haría desgraciado.

—Creo que esa interpretación te interesa.

—No lo niego, pero… —El semblante de Ji-nah adoptó una expresión dura—. Empiezo a pensar si yo misma no me veré arrastrada por ti. Lo admito. Me estoy cansando de esperar. Me siento frustrada.

—Ya sabías dónde te metías. Yo nunca te mentí.

—Eso es cierto, pero nunca me has tenido en cuenta de verdad.

—No creo que sea el mejor momento para hablar de esto.

—¡Nunca es el mejor momento! —exclamó Ji-nah soltándose del abrazo.

—¿Y tú qué? ¡Cuando intento acercarme a ti, intentando saber algo de tu pasado te pones hecha una furia! ¡Muchas veces no sé quién eres!

—¿Y por qué arriesgarme con alguien que no sé si algún día estará conmigo al cien por cien? ¿Mereces realmente mi confianza? ¡Cuando estás conmigo es como si ella siempre estuviera presente!

—¡Ya lo sabías!

—¡Muy bien! ¡Pues no esperes que te cuente nada más de mí! ¿Por qué habría de hacerlo?

—¡Porque me quieres! Y porque…

Ambos llevaban un rato gritándose en mitad de la acera y se dieron cuenta de que algunas personas empezaban a mirarlos.

—Lope —dijo Ji-nah más calmada—, Angelina no va a abandonar a Peng Qi, y en el mejor de los casos sus padres se la llevarán de vuelta a Kazajistán. Y la verdad, eso es lo mejor que le puede pasar. Si la quieres, deberías dejarla ir.

—No puedo —gimoteó Lope.

—Lope, mírame. Necesito que seas sincero al cien por cien conmigo. ¿Sientes algo por mí, sí o no?

—Sí —admitió—. Sí, siento algo por ti.

—Pero no la vas a dejar.

—No la puedo dejar así.

Ji-nah lanzó un bufido de desesperación. Se echó las manos a la cabeza y comenzó a caminar calle arriba. El viento golpeaba los árboles con furia, aliviando el calor incipiente del verano. La vio alejarse a paso rápido hasta que dio la vuelta a la esquina y la perdió de vista. Se quedó plantado donde estaba, sacando un cigarro con manos temblorosas. Por fin puso un pie detrás del otro y caminó hasta una cafetería cercana a los juzgados. Se sentó y pidió un café con un sándwich de atún. Se había calmado y de repente se sentía hambriento. Mientras esperaba a que le trajesen el pedido, atendió a la televisión. En el canal de la CCTV 13 retransmitían la visita de Vladimir Putin a Pekín. El noticiero hablaba de las reuniones maratonianas que habían tenido los equipos negociadores y los acuerdos estratégicos a los que habían llegado. El presentador había invitado a dos expertos para analizar las relaciones rusochinas. Uno de ellos era el profesor Ding Dou.

—La amplitud y profundidad de estos acuerdos —decía el orondo profesor gesticulando con sus manos regordetas— muestra bien a las claras que la alianza entre China y Rusia es firme y ha llegado para quedarse.

—Esto es un varapalo para Washington —comentaba el presentador.

—Sin duda —respondía Ding Dou—. Toda la política de los británicos primero y los estadounidenses después ha consistido en mantener desunida a Eurasia. Estamos hablando, para que lo sepan los espectadores, de la teoría del *Heartland*, es decir, el corazón de la Tierra. Pues bien, lo que hemos visto hoy es la unión del *Heartland*. La integración euroasiática camina ahora por senderos muy firmes.

—Estados Unidos intentará ponernos palos en las ruedas.

—No lo dude —asintió Ding Dou—. Eso es solo un paso, un paso muy grande, pero aún quedan muchas batallas en el camino hacia un mundo verdaderamente multipolar. Veremos aún avances y retrocesos, pero la tendencia es clara.

Lope comió su sándwich con desgana, pensando en la teoría del *Heartland*. Se sentía derrotado y exhausto por haber luchado en una guerra que, de antemano, no podía ganar. Se había abierto nuevos frentes que no podía sostener, y la obsesión con la victoria lo estaba destruyendo. En su libreta anotó:

Todas mis fantasías ideológicas han quedado atrás, como un recuerdo lejanísimo. Mis héroes de antaño se me antojan ahora como bufones, seres ridículos, y en el fondo, lacayunos. Son productos del marketing, juegan a ser reyes taumaturgos que con su toque mágico curarán todos los males de la patria. ¡Qué lejos quedan, por fortuna! ¡Y qué tragedia que haya tenido que pasar por esto para poder vislumbrar su verdadera naturaleza de saltimbanquis melifluos! ¡Allá se vayan al guano con su liberalismo, allá se pierdan y muelan sus huesos en el osario de la democracia! ¡Qué gran mentira ha sido todo! ¡Qué gran obra de teatro se ha representado ante mí! ¡Yo no soy como quería el conde Tolstoi! No puedo ser un Nikolái Rostov, todo un roble de convicciones, ni su condesa María, una cínica de buenos sentimientos. Todo esto da asco y es mejor que muera cuanto antes. No me han criado para el otro mundo existente, sino para el de sombras chinescas, las de la caverna democrática. No puedo así entender a alguien como Angelina o mi padre. Locos los dos, como Don Quijote. Y ahora la duda me acecha. ¿Quién es el loco? ¿No lo seré yo acaso? Sé que todas estas preguntas ya han sido formuladas y que no estoy descubriendo ningún continente nuevo para los demás, ¡pero qué sorpresa cuando los descubrimos para nosotros! Angelina se volvió loca leyendo, mi padre se volvió tonto leyendo, pero parece que sus vidas hayan tenido más sentido que la mía. ¿Quién recuerda a los cuerdos? Nadie se acuerda de las personas sensatas que han pasado por esta vida. No me refiero con todo esto a los que se fingen locos, sino a los que se vuelven locos de verdad. ¿Quién me va a recordar a mí, que desde joven me crié en la nulidad? A lo mejor por eso solo he necesitado año y medio de terapia para renunciar a los jueguecitos ideológicos de nuestro régimen y de nuestro imperio. Una loca los echó abajo. Y ahora que esa loca a la que amo se niega a entrar en razón por amor a mi persona, me encuentro huérfano otra vez. Creo que nací destinado a no poder vivir el mundo del mañana, a no entenderlo, a no encajar en él. No puedo ser un creyente, ya no, porque es cosa de un pasado idealizado o de un presente inefable a mis categorías. Por eso los supuestos derechistas de hoy no ven al catolicismo más que como el nuevo New Age, el nuevo punk. ¡Qué razón tenía Pietro! Declararte católico te hace rebelde. Pero creer en Jesucristo de verdad es el abismo que nos separa de los pueblos que no han dejado de creer. Y ese Reino se nos ha vedado para siempre. La locura de la fe es confortable, incluso en el sufrimiento. Angelina sufre, pero su transmundo es glorioso. Yo también sufro, pero no tengo nada a lo que agarrarme. Me gustaría ser un estoico, pero nunca tuve maestro. A lo mejor por eso vine a China. A lo mejor quería encontrar a un maestro de película de artes marciales. Es decir, un estoico capaz de dar hostias como panes. Es el problema de las películas: son droga dura. Pero no puedo, el abismo es demasiado oscuro como para seguir viviendo como un cínico, a no ser que hagamos del cinismo el único asidero posible. ¿Hay un amor que no sea locura?

No regresó a los juzgados y decidió volver a casa. Al día siguiente se leería la sentencia, que sería de condenación. Las pruebas eran demasiado abrumadoras, y la defensa lo sabía, por lo que toda su estrategia se centró en rebajar la pena lo más posible, lo cual significaba, dentro del severo ordenamiento penal chino, conmutar la ejecución capital por cadena perpetua. Con el dinero del pueblo no se juega. Literal. Estaba ansioso por escuchar la sentencia, pues equivaldría a sentenciar su propia situación. Una cadena perpetua acabaría por fin con todos sus sufrimientos, pues Angelina no abandonaría el «sagrado deber» para con su marido. La ejecución capital en cambio lo condenaría a la agonía de la esperanza: unir sus destinos con la viuda, caso de que no hubiera más deberes conyugales de los que no tenía conocimiento.

Aquella noche, Farid intentó animarlo y hablarle de cosas diferentes. Le explicó la situación en Ucrania y en Oriente Medio y le transmitió los análisis del coronel Meng. Lope no escuchaba demasiado. Todo aquello le daba igual. Era un sinsentido. Ni siquiera los dátiles que había enviado la madre de Farid le arrancaron una mísera sonrisa. Se duchó y se metió en la cama sin leer y sin consultar su correo electrónico. Quería dormir deprisa.

Al día siguiente, Meng Mi y Xiao Zhang desayunaron en casa. Farid volvió a intentar infundir jovialidad a la conversación, pero solo Xiao Zhang le daba bola. Meng Mi permanecía inusualmente callada y Lope solo quería terminar con el trámite para ir al juzgado y escuchar «su sentencia».

—¿Este sábado vamos al concierto de Ji-nah? —preguntó Xiao Zhang.

—Por mí bien —dijo Farid.

—No hay concierto este fin de semana —terció Meng Mi sin apartar la vista de su tazón de leche de soja.

—¿Van a otra ciudad? —siguió preguntando Xiao Zhang. Meng Mi negó con la cabeza—. Entonces no dan ningún concierto esta semana.

—Algo así —confirmó Meng Mi.

—Mmm —gruñó Farid—. Meng Mi, ¿le pasa algo a Ji-nah?

Meng Mi le miró y luego se giró hacia Lope.

—Ji-nah se marcha.

—¿Cómo que se marcha?

—Se va de Pekín, de vuelta a Corea del Sur. No, no se va de vacaciones ni de visita. Abandona Pekín y vuelve para quedarse allí.

Todos miraron a Lope. Este prefirió no decir nada, apuró su café y salió por la puerta. Llegó al juzgado antes de tiempo y esperó fumando en la calle. El calor era opresivo desde por la mañana y nuestro héroe se cocía en su traje de ejecutivo, que solo se ponía en ciertas ocasiones. Aflojó el nudo de la corbata. Las personas que acudían a escuchar la sentencia se aglomeraban a las puertas del juzgado. Angelina y su familia todavía no habían llegado cuando Lope pudo entrar. Se sentó en una de las últimas filas. Poco después apareció el señor Sumérkin, que se sentó a su lado.

—*Bátiushka*, ayer no me pude despedir de usted —dijo en voz baja.

—Nos íbamos a ver hoy de todas maneras, señor.

—Es cierto, pero ahora tendrá menos tiempo para… bueno, para despedirse.

—¿Por qué dice eso?

El señor Sumérkin lo miró con cara de gravedad.

—Nos la llevamos mañana por la mañana.

Lope empezó a incorporarse en el asiento, pero el señor Sumérkin le hizo sentarse. Después le apretó la mano.

—Joven amigo, mi hija me habló de usted anoche. Nos abrió su corazón como nunca antes.

—Esas cosas no se suelen contar a los padres.

—Nuestra Angelina está rota de dolor. Ella nos confirmó lo que usted me dijo ayer. Lo ama desde hace mucho, pero esto quizás sea inesperado para usted.

—¿Qué quiere decir?

—Angelina nunca tuvo novio. Nosotros nunca supimos que le gustara ningún chico. Mi Anna llegó a pensar que le gustaban las mujeres. Ya sé que ahora se ha puesto de moda en muchas partes del mundo, pero no en la nuestra. Luego nos dimos cuenta de que no era así. Sencillamente no le gustaba ningún joven de los que conocía. —Alexandr Gavrílovich se encogió de hombros—. Lo que quiero decir es que usted, joven amigo, ha sido su primer y único amor.

Lope abrió mucho los ojos, como si hubiera visto un fantasma. Ahora comprendía lo que ocurrió la primera noche que hicieron el amor. Él casi lo había olvidado, pero se dio cuenta de que Angelina era virgen. No le dio importancia en el momento, ni sumó dos más dos. Estaba más preocupado por el hecho de que no se habían compenetrado. Él ya sabía que su matrimonio con Peng Qi era «falso», y por eso no le dio mayor importancia.

—Nuestra hija tiene treinta y un años y es a esta edad que se ha enamorado por primera vez. ¡Y en qué circunstancias! ¡Jesús bendito! No me extraña que se sorprenda, *bátiushka*. Sé que puede parecer algo ridículo en el mundo moderno de ustedes los…

—Occidentales.

—Bueno, llámense como quieran. El caso es que nuestro mundo aún mantiene las ideas de nuestros padres.

—Lo puedo entender. —Lope rio—. Y al mismo tiempo tengo envidia.

—¿De qué?

—De que vivan ustedes en un mundo de convicciones firmes, Alexandr Gavrílovich.

—*Bátiushka*. Anna y yo no le conocemos mucho, pero conocemos a nuestra hija, y si ella le ama, algo habrá visto en usted, porque insisto, nunca había visto nada en nadie. El hecho de que esté usted aquí todos los días es muestra de su devoción.

—Alexandr Gavrílovich, sé que estoy tirando piedras contra mi propio tejado, pero no debería confiar en mí. Yo no me fío de mí mismo y esta situación es nueva. Tengo treinta años y he conocido a muchas mujeres. En la mayoría de las ocasiones han sido ellas las que han terminado sufriendo por mis errores y por mi carácter. Quiero a su hija de una manera que no he querido a nadie más, pero vivo siempre con el temor de que sea un espejismo.

El señor Sumérkin asentía con respeto.

—Yo no puedo creer que vaya a decir esto, pero creo que lo mejor es que alejen a Angelina de aquí. Por favor, llévensela consigo de vuelta a casa. Si Peng Qi no es sentenciado a muerte, llévensela, y si lo es, llévensela también.

—*Bátiushka*. Eso es precisamente lo que quería decirle. Vamos a llevárnosla con nosotros, aunque tengamos que sedarla o secuestrarla. Ya hemos hecho planes en ese sentido. Pero confiaba en que viniera usted con nosotros.

Lope comenzó a derramar lágrimas. Siempre había juzgado duramente a todo aquel que veía llorar, pero ahora él mismo lloraba una vez más desde que lo hiciera a su vuelta de Macao frente a la «familia».

—No puedo, Alexandr Gavrílovich. Ahora soy yo el que debe ser consecuente. ¿Les ha contado algo Angelina sobre mi familia? ¿Sí? Bueno, entonces sabrá que viví sin Dios y sin ley familiar. Mi tía hizo lo que pudo y le estaré eternamente agradecido. Un día, mi mejor amigo me llevó a comer a su casa. Yo ya tenía veintidós años y soñaba con la recuperación de mi patria sobre bases liberales y tradicionales. Recuperar la tradición católica antigua pasaba por ser la panacea. ¡Qué idiota! Pues bien, la familia de mi amigo es así: católica tradicional, temerosos de Dios, de convicciones firmes, como ustedes, una familia basada en la igualdad jerárquica. Me sentí un impostor. Yo no valía para ir a misa los domingos, guardar el calendario litúrgico, tomarme en serio al padre y vivir una vida de acuerdo con el Evangelio y los preceptos de la Iglesia. Me sentí un impostor entonces y no creo que pueda sentirme otra cosa por el resto de mi vida si me fuera con ustedes. En términos teológicos, yo no tengo salvación ni creo en Dios ni en nada parecido. ¿Cuánto duraría mi encantamiento? ¿Un año? ¿Dos? Y luego me iría y se quedarían ustedes destrozados y engañados.

—*Bátiushka*, no tiene por qué ser así. Todos aprendemos y maduramos. Usted mismo lo ha dicho: esto es diferente.

Lope negaba con la cabeza.

—Precisamente por eso. He sido egoísta toda mi vida consciente, siempre buscando mi bienestar emocional. Por una vez que no lo hago, debo mantenerme firme hasta el final. Además, imagínese que voy con ustedes. Si al final termina saliendo mi yo profundo, el fracaso será todavía más catastrófico. Llegué a Pekín y pensé que lejos de mi patria podría empezar de nuevo. Limpio. Pues bien, de buenas a primeras caí en el mismo error, solo que esa chica es un alma buena y resistente, y ha mantenido su amistad conmigo.

—¿Y qué va a hacer? —exclamó el señor Sumérkin—. ¿Acaso puede usted encontrar algo que lo...? No sé cómo expresarlo. Perdone, mi inglés es limitado.

—Le entiendo. Alguien y algo que sea más parecido a mí, que comprenda mejor mi carácter y lo que puede esperar de mí, y que no se haga demasiadas ilusiones. Cosas un poco contradictorias, pero, en fin, menos proclives al desengaño, a la catástrofe. Es posible que haya alguien así.

—Le veo bastante convencido —dijo el señor Sumérkin con resignación—. Es un palo, *bátiushka*. Contábamos con que vendría, pero no me queda más remedio que entender su situación y aceptarla. Por favor. —Le agarró del brazo—. No se vaya sin despedirse de ella, pero no le diga nada de nuestros planes.

—Eso haré, señor. Despídame de Anna Grigórievna, y olviden que me han conocido.

Se estrecharon las manos y el señor Sumérkin lo abrazó con los ojos llorosos. Angelina y su madre ya habían entrado y estaban sentadas en la primera fila. La sesión del tribunal se abrió poco después. Los jueces se sentaron en el estrado y el presidente de la mesa procedió a leer los cargos: malversación, aceptación de comisiones, manipulación de contabilidad y robo de dinero público. Por todo ello había sido encontrado culpable y condenado a muerte con posibilidad de apelar para conmutar la pena por cadena perpetua. Peng Qi no reaccionó y mantuvo el estado semicatatónico con el que había acudido a todas las sesiones del juicio. Los alguaciles lo sacaron de la sala. Esa fue la última vez que lo vio; un hombre que ya no era un hombre, sino un cuerpo que había cedido a todas sus debilidades y había sufrido por ello, y seguiría sufriendo. ¿Qué sería de él cuando entendiese que Angelina no iría jamás a verlo?, se preguntó Lope. No quería ni pensarlo.

Todo el mundo se levantó y salió del juzgado en silencio. Lope ya estaba fuera, esperando, cuando Angelina salió del brazo de su padre y su madre. El señor Sumérkin le dijo algo al oído y la besó en la frente. Angelina vestía una blusa negra y una falda gris larga. Llevaba el cabello recogido y atado con un pañuelo. Desde que sus padres llegaron había recuperado el color en la tez y había ganado algo de peso.

—Zorro de Pekín —dijo con una sonrisa lánguida, abrazándose lentamente a él—. ¿Lo ves? Te dije que los zorros son protectores. Ahora yo también tengo que proteger a alguien.

—Sí, lo entiendo, y tenías razón —dijo Lope aspirando por última vez el aroma a leche fresca del cuerpo de Angelina—. ¡Qué poco tiempo he pasado contigo y me parece toda una vida!

—Me acuerdo de tu rostro la primera vez que viniste a nuestra casa. Pensabas que no acudiría. Y cuando me viste aparecer, tu cara se iluminó de felicidad. —Angelina lo miraba ahora sosteniendo la cabeza de Lope entre sus manos—. Mi corazón también. Te quiero tanto que creo que... no lo sé. Es muy difícil hablar de esto sin sonar convencional, e incluso afectada. Da igual, te quiero mucho, Lope Carvajal de Guevara.

—Me has hecho caso y has comido.

—Sí, te he hecho caso —rio.

—Ahora haz caso a tus padres, como cuando eras pequeña.

—Yo de pequeña era un poco traviesa, ya te lo conté.

—Es verdad, perseguías a las gallinas y a los conejos.

—Yo te prometo que comeré bien y estaré fuerte. Y tú me tienes que prometer algo.

—¿Que deje de fumar?

—No, tonto. Algo muy importante. —Angelina lo besó entre lágrimas—. Es Ji-nah. Cuida de ella y ella cuidará de ti.

—¿Qué quieres decir?

—Ya sabes lo que quiero decir. Te he dicho que te quiero mucho, más que a nada, y quiero que te salves. Y ella, a su manera, es la única que puede salvarte, para que no vuelvas a caer en tus debilidades. El Diablo no es un ser que represente el mal absoluto como lo veis vosotros. En Rusia, el Diablo siempre tuvo connotaciones socarronas, es dado a la conversación profunda, es débil, y siempre acaba reconociendo su subordinación a Dios. Ve con ella, por favor.

Lope tuvo que reconocer que Angelina, dentro de su locura dostoievskiana, veía el mundo mejor que los cuerdos. Desde su discusión en el canal de Baiziwan, Lope había empezado a comprender que, después de todo lo ocurrido, Ji-nah era su única tabla de salvación. Cuando escuchó a Meng Mi decir que se marchaba, lo entendió todo. Ahora quedaba confirmado por el alma en la que más confiaba.

—No te va a ser fácil convencerla —prosiguió Angelina—. Pero no tienes otra opción.

—No me dejas otra opción, entonces. —Se odió por su debilidad.

—Lope, amor mío…

Angelina volvió a besarlo. Le acarició el rostro, sonriéndole, y regresó con sus padres. Alexandr Gavrílovich se despidió de él diciéndole adiós con la mano. Caminaron hasta la intersección con una avenida grande donde los esperaba un coche. Angelina entró, las puertas se cerraron y el vehículo se perdió entre el tráfico de la ciudad.

VI
El mito de la caza salvaje

No era la primera ni la segunda vez que viajaba en la línea de metro que conectaba la ciudad con el aeropuerto de Beijing Capital. Y no sería la última. El verano se afianzaba con sus mañanas caniculares y sus tardes húmedas, tormentosas y anubarradas. Los ancianos jugaban al *mahjong* achicharrándose al sol para inundar sus cuerpos siempre ávidos de calor. Los más jóvenes, esperaban hasta la noche para jugar al tenis de mesa, y los de mediana edad, bailaban en parques poco iluminados. El verano era una época de vida desbocada. El negro Ibrahim estaba más contento que de costumbre. Se crecía con el bochorno, pues le recordaba a su infancia africana.

—Señor Lope, ha de recordar usted que nuestro universo es una cosa fría y sin vida. Aquí, en este apartado rincón de la Vía Láctea, podemos disfrutar de los veranos, que traen el amor.

—¿Eso no es la primavera? —le preguntó Lope durante su primer verano en la capital.

—La primavera engaña mucho. Es una época de grandes esperanzas que pueden llevar a grandes disgustos. Es cuando nos asolan los mosquitos y el león se pone cachondo. Mal asunto. Mejor el verano.

El tren atravesaba ahora los amplios espacios de las afueras de la ciudad y la gran forma del dragón aeroportuario ganaba nitidez en el horizonte. En su vagón, grupos de jóvenes hablaban entusiasmados del viaje que se disponían a realizar. Unos iban a Europa, otros a Tailandia, y parecía que otro grupito —de chicas deportistas con palos de hockey— se dirigía al Canadá. Lope era el único que no viajaba a ninguna parte.

El vuelo de Ji-nah despegaba a las cinco y se propuso llegar con mucha antelación para asegurarse de que la vería en la cola para facturar el equipaje. Lope confiaba en que ella tuviera la misma costumbre de llegar a los aeropuertos con un buen colchón de tiempo. Meng Mi, que había sido su informante, sabía la hora, pero no sabía con qué aerolínea viajaba. Reunidos la noche anterior en su casa con Farid y Xiao Zhang, supusieron que volaría con Korean Air o Asiana.

Llegó por fin a la terminal y se colocó cerca de los puestos de facturación de ambas aerolíneas, que por fortuna estaban cerca uno del otro. Esperó y esperó con el corazón en un puño. No podía fumar y tuvo que sustituir el humo en los pulmones por paseos cortos de un lado a otro, esquivando carritos y viajeros, tripulaciones, personal de limpieza y hombres de mediana edad sin oficio ni beneficio. Los aeropuertos siempre han sido lugares curiosos, como las estaciones de tren de antaño, o las paradas de la diligencia, puntos de la geografía humana donde se cruzaban todas sus subespecies. Casi una lotería.

Cuando solo quedaban dos horas para el vuelo, vio llegar a Ji-nah. Había supuesto que cargaría con varios maletones, cajas y todo tipo de enseres. En vez de eso, arrastraba una maleta de tamaño mediano, del hombro izquierdo colgaba un bolso pequeño, y del derecho, la funda de su trompeta. Se había cortado el pelo. Ahora llevaba flequillo recto a la altura de las cejas, y las puntas, recortadas en cascada, caían justo por debajo de la barbilla. Se había teñido de negro y llevaba un maquillaje que realzaba sus ojos. Advirtió la presencia de Lope y se detuvo asombrada. Después, se acercó con cara de pocos amigos.

—¿Por qué has venido, Lope? —dijo casi enfadada.

—Necesito un final feliz para mi libro.

—¡No seas niño! ¿A qué vienes? ¿A disculparte? ¿A buscarme?

—¡No entiendo por qué te enfadas! He venido por ti, ¿por qué iba a venir si no? —dijo alterado. Cuando Ji-nah estaba de malas, le sacaba de quicio.

—¿Y por qué ahora? ¡Parece que soy el segundo plato de alguien! ¡Y eso no me gusta! ¿No ves que me haces daño viniendo aquí a última hora?

Lope respiró hondo, sacó fuerzas de flaqueza y tiró de toda su experiencia para calmarse y recuperar el dominio de sí mismo.

—Ella ya me advirtió de que me costaría convencerte.

—¡Oh! ¡Dios! —Ji-nah hizo ademán de marcharse, pero Lope la retuvo agarrándola del brazo—. ¡Qué haces! ¿Te has creído que esto es una telenovela coreana? ¡Suéltame!

—Tú sabes que no veo telenovelas coreanas. Escúchame. Te suelto, no te vayas.

—Habla ya.

—No he venido aquí porque Angelina me haya rechazado definitivamente. He sido yo el que ha renunciado a ella.

Ji-nah relajó la expresión de su rostro y su mirada le dijo que había captado su atención.

—Es así —le aseguró Lope—. El día que discutimos junto al juzgado en realidad no sé por qué discutí contigo. Supongo que no quería aceptar la verdad: que solo tú me aportas equilibrio emocional, que además también te quería. Quiero decir, que te quiero, pero que solo tuve la certeza entonces, solo que seguía ofuscado por una esperanza inútil. La inercia.

—¿Y por eso me hiciste enfadar?

—Así es como lo racionalizo ahora. Y no te enfades, ¿vale? Ella me dijo que te aprecia.

—Eso ya lo sé. No entiendo por qué sigues sacand...

—Porque ella solo confía en ti para cuidarme.

Ji-nah volvió a enmudecer.

—Yo renuncié a ella para venir a buscarte, y ella, sin saber nada de las decisiones que yo había tomado, me encomendó a ti. Lo que terminó de convencerme de que la decisión era la correcta.

—Eres un lío con patas, Lope Carvajal —exclamó Ji-nah negando con la cabeza—. Cualquiera se volvería loca contigo. Envidio a Meng Mi. Ella salió a tiempo de tu círculo de destrucción, pero yo fui descuidada. Me dejé llevar. Igual que Angelina. Ella tenía razón. Eres el Diablo.

—¡Dejad ya eso! ¡No soy el Diablo ni el criado que le quita las pulgas!

Ji-nah se echó a reír y casi no pudo parar durante un minuto largo.

—Pedazo de cabrón —dijo recuperando el resuello—. Eres encantador y te odio. ¿Sabes qué? Nunca te confirmé si yo era la chica del tren que viste en tu primer día.

—Yo pensaba que sí.

—Puede ser, pero da igual. Te lo confirmo ahora. Era yo. ¡Cómo me arrepiento de haberme sentado delante de ti! Me tenía que haber quedado donde estaba, pero no lo pude resistir. Vi a un chico guapo. Un occidental de esos que no parecía un engreído. No comparto la fascinación de algunas asiáticas por los occidentales, aunque esa fascinación se ha reducido mucho en los últimos años. —Ji-nah se acercó más a Lope—. Pero tú, cabrón, tú me atrajiste, y me hiciste sentir como una colegiala. Cambié de sitio para que me vieras. Esperé a que me hablaras, pero no lo hiciste.

—Yo también esperé a que me hablaras.

—Lucha de egos, entonces. En fin, llegué a mi parada y tuve que bajar. Desde el andén miré a tu ventana. Tú me habías seguido con la mirada.

—¿Me reconociste después del concierto de aquella noche?

—Sí, te reconocí. —Ji-nah hizo un gesto con la mano para que la dejara hablar—. Me llevé una pequeña decepción porque tú no me reconociste, pero no me desanimé. Estaba tan contenta de haber coincidido contigo…

—Tu cara me sonó desde el principio, pero no conseguí ubicarte hasta más tarde.

—Supongo que Angelina ya te había distraído.

—La conocí justo una semana antes, y esa misma noche había estado en su casa.

—Lope, Lope. Sí, yo soy la chica del tren.

—Tú dijiste que no podría olvidarte, y tenías razón.

Ji-nah se echó a reír. Miró la hora y le dijo que tenía que ponerse a la cola para facturar si no quería perder el avión.

—Podrías quedarte —dijo Lope después de un rato callados.

—No puedo. Ya he enviado todas mis cosas por transporte especial. He acumulado mucho.

—O sea, que ya está decidido. No vas a volver y no vas a estar conmigo.

Ji-nah lo miró. La azafata interrumpió el curso de sus pensamientos y la apremió a llegar al mostrador. Pasó los trámites correspondientes y facturó la maleta. Después se dirigieron a la puerta que la llevaría al control de seguridad, donde tendría que despedirse de Lope.

—Tienes que volver, Ji-nah —dijo Lope con un tono como de plegaria desesperada.

Entonces ella hizo algo que no sospechaba. Dejó la trompeta en el suelo y se abrazó a Lope. Luego le dio un largo beso.

—Te quiero, Lope Carvajal, pero vas a tener que trabajártelo más. Si me quieres convencer, si me quieres de verdad, si no soy una locura transitoria, haz algo valiente. Muy valiente.

—¿El qué?

—¿Qué va a ser, diablillo? Ven a Seúl y búscame. Allí lo entenderás todo.

—¿Y dónde voy a buscarte? ¡No sé dónde vives! ¡Y supongo que allí tendrás otro teléfono!

—¿Me quieres sí o no? Si fuera Angelina, ¿no irías incluso al infierno para encontrarla? Bueno, tú ya eres el Diablo, así que la analogía no vale.

Ji-nah se rio de su propio chiste.

—No tiene gracia.

—Vale, perdona. Entiendes lo que quiero decir. ¿O no? Pero no solo tendrás que encontrarme. Además tendrás que hacer frente a todo lo que vas a encontrar allí.

Lope frunció el ceño.

—Ahora eres tú la que habla como en una telenovela.

—Lo sabía. ¡Ves telenovelas!

—¡Por favor, no te burles de mí! ¡Pero qué coño!

Ji-nah se puso seria y lo besó otra vez.

—Deberías ver tu cara. Algo me dice que lo harás, que vas a venir a buscarme, aunque tenga que esperar bastante. Cuando me encuentres y veas lo que me rodea, entonces comprobaré realmente si me quieres de verdad y me convenceré de que por fin has dejado de ser un egoísta emocional.

Ji-nah le dio el último beso y se perdió por la cola de control de seguridad.

*****

Un trueno retumbó sobre la ciudad. Segundos después, gotas de agua enormes caían a discreción, empapando el asfalto con inusitada rapidez, como si fuera papel de periódico. Los viandantes buscaban refugio en los portales, en las cafeterías y en las tiendas. Ni los paraguas más amplios y robustos resistían el ímpetu de la lluvia.

A unos pocos pasos de la boca de metro en la que se había refugiado, Lope contemplaba un charco gigante e incontenible. Ejercía una fascinación curiosa. Una suerte de entumecimiento se había apoderado de sus receptores cenestésicos. Ji-nah ya no estaba, pero todavía no lo asumía. Paralizado, pugnaba por moverse, como la persona consciente de ser víctima de la apnea del sueño y hace un esfuerzo sobrehumano por volver a respirar.

Por fin, con un estremecimiento, se echó a caminar bajo la lluvia y los truenos. El agua fresca le terminó de despertar y comenzó a ser consciente de lo que había ocurrido. Mientras la esperaba en la terminal del aeropuerto, había imaginado una escena lacrimógena, que a veces terminaba bien y a veces mal. En cambio, Ji-nah había camuflado el placer que le producía la sorpresa de ver a Lope enfadándose con él, y después, para suavizarlo, se había permitido bromear. Pero lo que en verdad le había dejado fuera de juego era el pliego de condiciones expuesto: ir a buscarla a Seúl, encontrarla en aquella ciudad enorme sin saber por dónde empezar y, por último, aceptar lo que supondría estar con ella. Encontrarla ya era un reto difícil, pero a partir de ese punto todo eran dudas. ¿Tan terrible era su vida allí? Y si lo era, ¿por qué regresar? ¿Por un despecho? ¿Por una pelea? Aquello no tenía sentido. Lope imaginó todo tipo de circunstancias tremebundas: deudas impagadas a la mafia, un abuelo moribundo y desahuciado, un hijo secreto, una hermana en problemas; por todos ellos tendría que ponerse a trabajar en una fábrica y luego hacer horas extras en un GS-25. En fin, situaciones que requerirían un sacrificio enorme por parte de Lope, una vida entera dedicada al trabajo y la miseria para que Ji-nah y su familia pudieran sobrevivir. El egoísta emocional que llevaba dentro, reprimido con dureza durante toda la relación con Angelina, se revolvía inquieto y pugnaba por salir. Las dudas se acumularon en su cabeza.

Llegó a casa empapado y encontró a Farid jugando a uno de los videojuegos de su empresa.

—¡Madre mía! ¡Estás calado! —exclamó el iraní cuando lo vio entrar—. Métete en la ducha. Que el agua no sea demasiado caliente. Es peor. Te voy a calentar una sopa. ¡Venga anda! Luego me cuentas.

Lope le hizo caso a medias. Se duchó con agua bien caliente, y al salir su cabeza parecía a punto de estallar. En la mesa, delante de la sopa, comenzó a estornudar.

—¡Madre mía, la has enganchado a lo grande! Tendré que llamar a las chicas. Tenemos enfermo para unos días.

Farid le cambió las sábanas y limpió la habitación con esmero. Después, obligó a Lope a tomar una medicina iraní para el resfriado que lo dejó fuera de combate. Pasó dos días en cama hasta que comenzó a experimentar mejoría. Todos le cuidaron por turnos, incluyendo a Nuha y Osama, que lo visitaron el primer día. Acababan de llegar de Beirut donde habían dado sepultura al padre de Nuha, víctima de la metralla de un misil israelí. Su madre, aunque muy afectada, accedió a mudarse con ellos a Pekín y ahora tramitaba un permiso especial con las autoridades chinas. Con todo, fue Meng Mi quien más tiempo le dedicó. Trasladó un colchón a su habitación y durmió junto a él. Durante la primera noche, cuando la fiebre lo acometió con fuerza, llegó a delirar durante unos minutos. Meng Mi le sostuvo la mano con firmeza hasta que la medicina consiguió disminuir la temperatura y propiciar el sueño.

Al tercer día comenzó a sentirse mucho mejor. Llamó a Roberto Ampuero por teléfono y le preguntó si tenía medicina española contra el resfriado. La iraní lo dejaba noqueado durante varias horas. El veterano periodista se presentó una hora después con una caja de Frenadol.

—¿Cómo van tus cosas? Ya me he enterado de lo que le ha pasado a tu fuente. Tela marinera, amigo. Has tenido potra de que no te haya salpicado.

—No tenían nada contra mí —dijo Lope con una débil sonrisa—, porque no había nada. Yo estaba tan sorprendido como todos los demás que le conocían, la mayoría de los cuales eran extranjeros.

Siguieron hablando un rato del asunto en la mesa del comedor.

—¿Qué tal lo demás?

—Bueno, he aprobado por la mínima las asignaturas del máster y ahora solo me queda hacer la tesina para terminar el trámite. Todo lo he hecho por la mínima: artículos para *El Sol*, colaboraciones de revistas… y el libro sobre Pekín.

—¿Qué le pasa?

—Nada, tengo un borrador, pero tendría que ponerme en serio con la redacción definitiva. Necesito un final acorde.

—Este verano tendrás tiempo.

—Ya veremos.

Ampuero regresó a casa, donde su mujer y sus hijos lo esperaban con la cena. Poco después llegaron Farid y Xiao Zhang. Mientras cocinaban, también apareció Meng Mi, la cual, conociendo que Lope se sentía mejor, había estado todo el día fuera rodando un reportaje.

Se sentó en el sofá junto a él.

—Meng Mi, gracias por cuidarme estos días.

—Eres un buen enfermo. Duermes todo el rato.

—La culpa la tiene la industria farmacéutica iraní.

—¡Eh! ¿Pero te ha curado o no te ha curado? —gritó Farid alzando su voz por encima del extractor de humo.

—Me ha curado —respondió Lope medio riendo. Y luego, dirigiéndose a Meng Mi—: ¿Sabes algo de Ji-nah?

—No, solo sé que ha llegado a Seúl. Me envió un mensaje al efecto.

—Me refiero a su vida allí. A su familia y eso.

—Nada que no sepan los demás —contestó negando con la cabeza—. Nunca se sinceró conmigo en ese aspecto. Y veo que tampoco contigo.

—O sea, que es un misterio para todo el mundo.

—Eso me temo. ¿Qué te dijo a ti?

—Que sus padres murieron cuando era pequeña y que la crió su abuelo. Y que en Pekín encontró la libertad —Meng Mi confirmaba asintiendo con la cabeza—. En el aeropuerto me dijo que si quería estar con ella tenía que demostrárselo en serio.

—¿A qué se refería con eso?

—Se supone que tengo que ir a buscarla a Seúl, pero nadie sabe dónde vive ni cómo encontrarla. Supongo que tú tampoco.

—No, y no tengo su móvil coreano. Cuando me envió el mensaje me dijo que ese número ya no serviría. Que no me preocupase y que ya me contactaría ella cuando pudiese por otros medios. Tampoco tengo ni idea de dónde vive. Excepto que es en Seúl.

—¡La cena está lista! —anunció Xiao Zhang. Todos la ayudaron a colocar los platos.

Cenaron alegres por seguir los cuatro juntos después de un año y medio desde que se conocieran y se conjuraron para seguir así el mayor tiempo posible.

—Chicos, quiero deciros algo. Quizás haya que añadir un nuevo miembro a la familia—dijo Meng Mi sonriendo.

—¡Uuuuuhhh! —exclamó Farid—. Nuestra Meng Mi ha encontrado a un buen chico. ¡Por fin!

Meng Mi asintió con la cabeza y todos le dieron la enhorabuena. Después les habló de él.

—Espero que lo tratéis bien.

—Bueno —intervino Lope—. Ahora yo también os quiero decir algo. No es nada sorprendente, pero en fin, quería anunciároslo ahora. En primer lugar, Angelina está de vuelta en casa, en Kazajistán. Me lo ha confirmado su padre. Parece que se resistió bastante, pero ahora se encuentra mejor y acepta la situación. Y en segundo lugar, necesito vuestra ayuda para traer de vuelta a Ji-nah.

—¿Cómo podemos ayudarte? —preguntó Farid—. Encantado de que seamos seis y no estés tú de carabina todo el rato.

—¡Ja! ¡Qué graciosillo el ayatolá! —rio Lope—. Os lo digo en serio. Tengo que encontrarla y saber cómo es su vida allí.

Durante los días siguientes, Lope dedicó su tiempo libre, el que le dejaba el trabajo y el libro, para buscar información sobre Ji-nah. Todos lo ayudaron en la medida de sus posibilidades, pero la joven había borrado sus huellas demasiado bien. Los miembros de la banda de jazz con la que tocaba en Pekín se encontraban en la misma situación. Nadie sabía nada de ella, como si fuera una especie de fantasma. Nunca había tenido redes sociales y solo salía en la cuenta de Weibo de su banda. Y eso era todo. Con respecto a ella, Internet era un erial.

—Estoy empezando a pensar que era una espía con identidad falsa —dijo Farid después de varias semanas de búsqueda infructuosa.

Lope se había hecho amigo de los corresponsales de la agencia de noticias Yonhap, pero no sabían nada de ninguna Song Ji-nah. En Pekín vivían miles de coreanos, y no todos tenían que conocerse entre sí. Insistió con corresponsales de otros medios y llegó incluso a buscar contactos en la embajada surcoreana en China, triangulando contactos con Rassul Kargashev y con Agustín, el español que trabajaba para el consulado. El resultado fue una cita con un empleado de la embajada surcoreana que al principio pareció muy amable, pero en cuanto escuchó el nombre de Song Ji-nah pareció cerrarse en banda.

—En realidad no podemos darle información de ningún ciudadano nuestro, señor. Song Ji-nah puede ser cualquiera.

—Eso me repetía el tipo —contó Lope ese mismo día durante la cena—. Pero me dio la sensación de que sabe algo.

Había sido un día muy caluroso en la capital y todos estaban bastante cansados. Aquel día, el novio de Meng Mi se había unido a ellos por tercera vez y parecía coger confianza. Ayudaba a Lope lavando los platos cuando sonó el timbre de la puerta. Farid acudió a abrir y se quedó pasmado. Tres hombres trajeados, altos y fuertes tapaban la entrada. Llevaban gafas de sol y el pelo engominado echado hacia atrás.

—Queremos hablar con el señor Carvajal —dijo en inglés el que estaba en el centro.

—¿De parte de quién? —preguntó Farid plantando los dos pies firmemente en el suelo, casi retándolos.

—Buscan a la señorita Song Ji-nah.

—Sí, la buscamos —dijo Lope acercándose a la puerta—. ¿Quiénes son ustedes?

—Señor Carvajal, venga con nosotros y se lo aclararemos.

—Me lo pueden aclarar aquí.

—No inmiscuya a sus amigos en esto —dijo el maromo muy tranquilo—. Usted es el verdadero interesado. Tranquilo, no le pasará nada. No somos matones ni asesinos. Las cámaras de seguridad nos han captado, el guardia del portal sabe que estamos aquí y que hemos venido a verle a usted, y hablaremos en la calle, a la vista del propio guardia.

—Soy periodista de la CCTV —intervino Meng Mi—, si algo le ocurre a mi amigo sepan ustedes que saldrán en todos los telediarios de China.

El tipo respiró hondo. Después dijo:

—¿Se quedarán todos más tranquilos si bajan al portal y nos ven desde ahí?

Dicho y hecho. Bajaron todos y Lope salió a la calle con aquellos tres hombres.

—Me llamo señor Lobo —dijo el que había llevado la voz cantante hasta ese momento—. Tome, fume un Esse. Es lo que fuma la señorita Song.

—¿Señor Lobo? ¿Es una broma?

—Sí y no. Empezó como una broma y se acabó quedando. Pero hablemos de lo que nos interesa. Sabemos por qué busca a la señorita Song y lo entendemos, señor Carvajal. Le hemos estado observando durante mucho tiempo. Pensábamos que iba usted a desistir, como siempre hace. Sin embargo, parece que ha cambiado.

—¿Observando? ¿Me han estado espiando? ¿Pero quién coño son ustedes?

—Sí, quién coño somos. Al final, todas las preguntas de la vida se resumen en esa. —El maromo se echó a reír, al parecer, muy satisfecho de sí mismo. Lope frunció el ceño—. No, ahora en serio. Le pregunto yo a usted. ¿Quién cree que es la joven que responde al nombre de Song Ji-nah?

—Eso es lo que he estado intentado averiguar y no he podido ir más allá de lo que ya sabía. Que es una surcoreana que toca la trompeta en una banda de jazz.

—No es usted un investigador muy bueno, señor Carvajal. Yo no le contrataría, pero cuando me han llamado de la embajada diciendo que andaba usted por allí haciendo preguntas, me he dicho: ¡Eh! ¡A lo mejor el chico vale para algo!

—Al grano, señor Lobo, o como coño se llame.

—Le gustan mucho los coños. Y lo digo sin segundas, que conste. Bien. Usted sabe que sus padres murieron cuando era pequeña. Eso es cierto. Y que fue criada por su abuelo. Eso también es cierto. La puritita verdad. Pero la pregunta seria de verdad es… ¿Quién es el abuelo? Como habrá adivinado ya (porque usted no es un débil mental), nosotros trabajamos para el abuelo. Nosotros tres y unos cuantos más. Impresionante, ¿verdad?

—¿No me irá a decir que es el presidente de Corea del Sur?

—¿Quién? ¿Yoon Suk-yeol? ¡No me haga reír, señor Carvajal! Ese figurón no es el abuelo de nadie y, en fin… Es un sujeto incapaz en todos los sentidos. No así el señor Song. Muy diferente. También tiene mucho poder. No tanto como lo tiene un presidente en teoría, pero bueno, bastante poder.

Lope sacó uno de sus cigarros y lo encendió:

—Verá, señor Lobo. Me siento ridículo llamándole así, en fin. Cuando conocí a Ji-nah me pidió que no le preguntara nada sobre las telenovelas coreanas. Yo no le pude preguntar nada porque no las veía, pero desde que la conozco a ella me ha picado la curiosidad y he visto unas cuantas. Ahora le pregunto yo: ¿es esto una puñetera telenovela? ¿Me está diciendo que Ji-nah es la nieta del presidente de un *chaebol*?

El señor Lobo arrancó a aplaudir y les dijo algo en coreano a sus subordinados, los cuales sonrieron y también aplaudieron.

—¿A que ahora muchas cosas empiezan a tener sentido, señor Carvajal? Claro que sí. —Se calló y sacó uno de sus cigarros. Un subordinado se lo encendió—. Bien, nos hemos divertido, pero ahora llega la parte desagradable.

Lope entendió demasiado bien y miró hacia sus amigos, que no perdían ni un detalle desde el portal. Les hizo un gesto de que no había ningún problema.

—Me sabe mal decirle esto, señor Carvajal. Me cae usted bien, y al mismo tiempo tengo curiosidad por saber lo que va a hacer. La cosa es así: ella es una rebelde, no quiere saber nada de dirigir una superempresa ni del mundo de las altas esferas. No la culpo. Es una bazofia, pero el que me paga es su abuelo. La señorita Song no puede acabar con alguien como usted. Si va a Seúl, ella se echará en sus brazos y el abuelo se cabreará conmigo. ¿Me sigue? Claro que sí.

Lope se estremeció. Le habían amenazado y, como decía el señor Lobo, ahora entendía muchas cosas, entre ellas «la situación con la que tendría que lidiar» si encontraba a Ji-nah.

—Su curiosidad estriba en saber si seré lo suficientemente valiente como para ir a buscarla.

—Eso es. —Tiró el cigarro a una alcantarilla y se atusó la chaqueta—. Le doy mi permiso para utilizar este episodio en una novela o en una serie de televisión, señor Carvajal. Mis fuentes me dicen que es un escritor cojonudo. A lo mejor un día le publican en Corea. Cuídese, y no haga tonterías como caminar bajo la lluvia. Podría haberse agarrado una pulmonía y morir antes de tiempo.

Los tres hombres caminaron hasta el borde de la acera donde habían aparcado su coche, un sedán negro marca Audi. El señor Lobo abrió la puerta y, antes de entrar, se dirigió a Lope sonriendo:

—Espero sinceramente que nos volvamos a ver, señor Carvajal.

El coche se perdió entre el escaso tráfico de la calle Baiziwan. El paisaje nocturno de Pekín era su gran amigo.

*****

A Lope nunca le había interesado el jazz, ni la música en general. Solo le traía buenos recuerdos de la tía Manuela. Pero una noche escuchó a un cervatillo tocar la trompeta y desde entonces veía la música con otros ojos, o quizás la escuchaba con otros oídos. Le daba igual. Para él era buena si la tocaba Song Ji-nah. Y la música que estaba escuchando en aquel bar era muy buena.

Estaba sentado en la mesa más alejada del escenario, bebiendo Tullamore Dew y comiendo pistachos y pollo frito, que en Gangnam eran bastante más caros que en otros barrios de Seúl.

Al final había tenido que sucumbir y utilizar el alquiler de la casa de Alcalá de Henares, al que había dado buen uso durante esos meses.

El concierto duró una hora, y luego la banda accedió a recibir peticiones.

La trompetista lucía pantalones negros ajustados, manoletinas rojas y una blusa blanca de seda. Su negro cabello, inalterado desde la última vez que la había visto, caía liso y radiante; el flequillo, recto, contrastaba con la puntas que se balanceaban a la altura de la barbilla. Como era habitual, no llevaba mucho maquillaje ni se pintaba las uñas. Sonreía, pero parecía cansada, o quizás algo le preocupaba.

A Lope le había costado mucho localizarla sin ser detectado por el señor Lobo. Recibió toda la ayuda que pudo de Mateo Cortina y su empresa de consultoría exterior. Sus contactos en Corea fueron clave para saber que Ji-nah se escabullía para tocar con una banda de jazz. Al parecer, a su abuelo no le quedaba más remedio que consentirlo.

Tocaron algunas canciones para el público hasta que llegó una nota diferente. El guitarrista se extrañó y se la pasó a Ji-nah, que la leyó con mucha atención. Escrutó al público, como si buscara alguien, y volvió a leer la nota. Después agarró el micrófono y dijo algo en coreano. El público aplaudió y las luces del bar regresaron a la tenue calidez previa al concierto. La joven recogió la trompeta y volvió a escrutar a la audiencia. De pronto, se apresuró a salir del escenario y, apartando amablemente a los clientes que la felicitaban, se abrió camino hasta el fondo del local. Afuera, la ciudad se hallaba sumida en el caos. El presidente Yoon Suk-yeol había decretado la ley marcial, pero en aquel bar a nadie le importaba, y menos al cervatillo que galopaba entre sus mesas. Lope se había puesto en pie y la miraba con el corazón alegre y desbocado. Song Ji-nah no titubeó ni un instante, y al llegar hasta él, sin pronunciar palabra, lo besó con pasión. Después, le estrechó el rostro entre sus manos y sonrió.

—Mi abuelo te va a matar, Lope Carvajal.

—Tu abuelo no sabe que yo soy el Diablo.

Sanxing, mayo de 2024 - junio de 2025

Este es el relato de un joven de provincias que vive inmerso en la aparente prosperidad y abundancia de la España de cambio de siglo.
Su vida amorosa lo mantiene en una lucha constante por alcanzar la esquiva felicidad, mientras su educación sentimental permanece ligada a la deriva de los destinos diplomáticos de su jefe en tierras de Asia, donde se decide de manera subrepticia el fin del dominio occidental.
Este viaje emocional revela cómo agarrarnos a los restos de los naufragios imperiales para sobrevivir a través del amor.

¡Sayako! es una novela corta en la que Iker Izquierdo regresa a las calles de Tokio con el propósito de contar una «historia sencilla» en la que no tengan cabida ni lo sobrenatural ni lo truculento ni lo morboso, solo la existencia de dos personas que contribuyen a la masa humana de nuestro tiempo.

Diez cuentos en los que se dan cita las más diversas temáticas, desde el comentario político hasta la ciencia-ficción, pasando por la crónica de sucesos, la farsa, la crítica social y el amor, o más bien, el desamor. Sin embargo, todos tienen un mismo denominador común: Taiwán, isla Formosa.

www.ingramcontent.com/pod-product-compliance
Lightning Source LLC
LaVergne TN
LVHW091021080826
845145LV00002B/320